閣老的糟糠妻

1

風文創 636

香拂月 著

目錄

序言

香拂月

我想，每一個作者，最初的時候都應該是一位讀者。

我喜歡閱讀，它是我從小到大唯一經歷多年不變的愛好。在書中讀到的許許多多故事伴隨著我從少年到成年。

閱讀可以放鬆心情，讓我們從繁瑣的生活中尋到一處淨土。每一本小說，都是一個全新的故事，故事中有悲有喜，有歡聚也有別離。

或許多年以後，許多故事中的情節我們已不記得，故事中的人名都會忘得一乾二淨，但那些陪伴我們走過歲月的感動，卻一直留在心間。在某個不經意間，或是在某個場景中，我們會記起，記起有過那麼一個故事，曾令我們徹夜難眠，輾轉反側。

讀書會讓我們心靈不致老去，我最大願望就是無論歲月如何增長，都能保持自己的赤子之心，不世俗，不圓滑，永遠純粹。

寫作也是多年前就養成的習慣，從最開始的小故事，到現在能寫出完整的長篇故事，其中的經歷有苦有甜，卻是我人生畫卷中最濃墨豔彩的一筆。

在無數個愜意的午後，一杯茶，一首歌，靜坐著，冥想著。一花一葉，一歌一曲，都會帶給我許多感動。感動觸發靈感，靈感會衍生出一個又一個的故事。

這些故事被匯聚在一起，連成一部完整的小說。

寫文的初衷是熱愛，是想把自己腦海中的故事用文字的方式記錄下來。這些故事，或許背景不一樣，卻有個永恆不變的話題，那就是愛情。

愛情的美好，往往是兩個人之間的事情，雖看不見摸不到，仍然令人心生嚮往。也許是在一個不經意之間，愛情就會降臨，那種滋味只可意會，不可言傳，妙不可言。

本書中的人物，最初開始設定時，就是想寫一個命好的姑娘，貌美堅強，在逆境之中反轉人生。相信在生活中，不乏有這樣的女子，她們自身本就優秀，再加上貴人相助，幸福美滿，一生順遂。

關於文中男主角的設定，更是完全理想型的男人。出身高，長得好，才情卓越，高富帥不足以形容，堪稱出塵絕豔的曠世佳公子。他一舉手一投足之間帶著魏晉王孫公子的清冷飄逸，回眸間，淡然的眼中有著對心上人獨一無二的眷戀。他像一縷清風，輕掃心田，又像一輪明月，在別人的心中灑滿銀輝。

寫文的過程是寂寞而又愉快的，寂寞是對現實生活而言，愉快是相對心靈來講。每當靈感迸發時，腦海中就會冒出一個個鮮活的人物。

我筆下的男主都是深情的，有時寫著寫著就會問自己，這樣的男人世間真的有嗎？

答案當然是無法確定的，但這樣的男人極為罕見。就因為現實中難以尋覓，才會在故事中出現。試想，一個才貌雙全的男子，偏還用情專一，怕是許多女人都曾在心底幻想過。

幻想過有那麼一個男人，他貌比潘安，面如冠玉，長身玉立。妳與他凝視間，一眼萬年，彷彿世間所有的東西都將遠去，唯妳與他存於天地間。

忽然，他乘風破浪，踏波而來，與妳深情相擁。響在你們耳畔的是春江花月夜，是滄海共潮生。

浪漫又唯美。

此情此景，雖只夢裡有過，卻依然能令我們心動不已。

希望所有閱讀本書的讀者都能在其中體會到不一樣的恩怨情仇，不一樣的愛恨交織。故事一定會有波瀾起伏，暗湧爭鬥，但結局肯定是美好的。

感謝閱讀。

第一章

距帝都一千多里的臨洲城，自古以來就是江南富庶之地，地肥糧多，商賈雲集。臨洲城往東，就是渡古縣，渡古縣靠近運河，通都運河從渡古縣城穿過，碼頭上一片繁忙，往來的船隻都要在此處停靠補給。商賈們出手大方，帶動了當地的酒肆行當，酒旗迎風招展，樓內肉菜飄香，進出的商客絡繹不絕。

運河的碼頭上，搬運貨物的苦力們忙個不停，這份營生也讓當地的壯丁們能拿到不少的工錢，放眼整個臨洲城，渡古是出了名的富縣。

渡古縣衙座落在城東邊，莊嚴肅穆，衙府的後院裡，住著現任縣令趙書才的家眷。院子西屋的外間，趙縣令與夫人董氏坐在椅子上，面色不豫，下面的小凳上，一位素色衣裙的嬌美婦人哭得梨花帶雨。

趙縣令黑著臉，他本就膚色深，眼下尤其顯得難看，方臉闊耳，身形粗壯，委實不像是一縣父母官，倒像是鄉村的農夫。趙家從他往上數五代，都是在土裡刨食的莊稼人。

夫人董氏一臉濃妝，臉刷得雪白，唇抹得猩紅，本身長得也不過爾爾，極為普通，與一般的農婦無異。

小凳上的婦人則完全不同，脂粉未施的臉上，淚痕斑斑，妙目盈淚，淚珠如斷線的珍珠一般，順著白淨的面頰往下淌，讓人我見猶憐。

董氏與婦人的傷心不同，眼中全是幸災樂禍。「鞏姨娘，也是我這個主母心慈，讓妳自己養著三姑娘，可三姑娘讓妳養在身邊，倒是壞了性子，不知從哪兒學來的狐媚招數，一個未出閣的姑娘當眾與男子糾纏不休，我這個做嫡母的不過是說兩句，就尋死覓活。」

趙縣令瞪她，董氏搖了下手中的團扇，撇了下嘴。「三姑娘心氣高，別的公子看不上，倒是好眼光瞧上鴻哥兒，趁鴻哥兒下學之際前去癡纏。也不看看自己的身分，鴻哥兒可是少卿大人的嫡長子，哪裡是她一個庶女能高攀的。」

一席話說得趙縣令面色發沈，董氏換了口氣。「老爺，三姑娘被養得性子輕浮，別人只會說我這個嫡母的不是，妾身著實委屈。」

鞏姨娘淚痕猶在，乞憐地看著趙縣令。「老爺，三姑娘自小性子如何，別人不知，您還不知嗎？」

趙縣令憶起三女兒怯懦的樣子，不悅地瞪一下董氏。「就妳這婦人，嘴裡沒句好話。鴻哥兒和雉娘也算是表兄妹，在一起說個話，旁人也不會多想，偏到妳的嘴裡就成了和男人拉扯。」

被丈夫訓斥，董氏恨極，手中的帕子絞得死死的，狠剜了眼鞏姨娘，又看向前方內室。大夫進去一會兒了，裡面連個動靜都沒有，若三姑娘真有個三長兩短，看她怎麼收拾這小賤人！

不一會兒，一位年長的白鬚大夫提著醫箱出來，鞏姨娘急忙上前。「王大夫，三姑娘如何了？」

王大夫撫了下鬚，不看她一眼，對著上座的人。「回大人、夫人，小的已盡力施救，三姑娘……許是耽擱的時辰太長，怕是……」

「不、不會的……」鞏姨娘哭喊著，衝進內室。

內室中，面容慘白的少女躺在榻上，年歲約十七，正值妙齡，少女雙眼緊閉，長睫如羽扇，柳眉粉唇，膚色白得明淨，吹彈可破，巴掌大的小臉蛋惹人心憐。她了無聲息地躺在那裡，像被粗魯折斷的嬌嫩花兒，脖子處的紅痕觸目驚心。

鞏姨娘撲上去，哭得傷心。

趙縣令和董氏走進來，趙縣令的眼中有一絲惋惜。三女兒長相出眾，雪膚花貌，以後無論是聯姻或結交顯貴，都是好助力。

董氏見榻上的少女似乎已無生機，只覺內心暢快。三姑娘生得貌美，將自己的女兒都壓得抬不起頭，夫君也對她頗重視，言語間還想替她攀一門高親，這讓人如何能忍？

她對自己身邊的婆子喊道：「妳們還不快將姨娘拉開？人死燈滅，理應入土為安，切莫再擾了三姑娘的生魂。」

婆子們就要上前拉扯鞏姨娘，鞏姨娘哭得越發大聲，哀求地望著趙縣令。「老爺，三姑娘身子溫熱，妾不相信她已經……求老爺，讓妾再守一會兒，說不定等下三姑娘就會醒來。」

「鞏姨娘，將將斷氣之人身子都是溫熱的，收殮之人常趁著這溫熱之際，替死者更衣淨面。妳讓開，三姑娘的後事要緊。」

「不……」翚姨娘死死地撲在榻上，將女兒護住。兩位婆子不敢使全力，翚姨娘是大人的心頭肉，若說背著大人，她們不會客氣，可眼下大人還站在屋內看著，她們是不敢放肆的。

董氏略帶委屈地看著趙大人。「夫君，你看，妾身一片好心，倒是枉做壞人。」

她用帕子擦了下眼角，便有白色的粉末掉下來。趙大人厭惡地轉過頭，看著哭得上氣不接下氣的愛妾，憐惜地出聲。「憐秀，夫人說得沒錯，雉娘的後事要緊，妳讓開吧。」

「老爺……」翚姨娘淚流滿面地搖頭，看得趙大人的心又軟了幾分。

董氏恨得不行，對兩個婆子使眼色，兩個婆子又上前去拉翚姨娘。翚姨娘死死地護著榻上的少女，不肯起身。突然間，似乎聽見一聲極輕的咳嗽聲，她驚喜地抬起頭，就見榻上的少女眉頭皺了一下，又咳嗽一聲。

她歡喜地叫著。「三姑娘，妳可醒了！」

趙大人和董氏看見這一幕，一個鬆口氣，帶著高興；一個猶不甘，滿眼怨毒。

榻上的少女長長的睫毛顫了幾下，睜開雙眼。她孱弱的面容像玉瓷，如墨雲一般的髮絲散在枕頭上，水眸看起來朦朧一片，帶著茫然；粉白嫩唇無血色，分外嬌弱，讓人想抱在懷中好好地呵護。

趙大人讓下人去將未走遠的王大夫追回來，老大夫氣喘吁吁地進來，就對上少女的目光，他一驚，連忙上前探脈。

半晌，王大夫道：「三姑娘應是剛才一口氣憋著沒上來，眼下許是被人一動，將那口氣頂出來，得了生機。」

他這一說，犖姨娘喜極而泣。剛才那兩個婆子使勁地拉她，她緊緊地抱著三姑娘不撒手，反倒救了三姑娘一命。

董氏臉色陰霾，狠狠地剜了兩個婆子一眼。

王大夫開了一個外傷的方子，讓人敷在少女的脖子上，再纏上布條，又重開一個調養的方子後，便起身告辭。

榻上的少女始終一言不發，犖姨娘哭起來。「三姑娘……」

少女垂下眼眸，長睫顫動，似未清醒。

犖姨娘不敢大聲，淚漣漣地捂著嘴哽咽。「三姑娘，妳為何要想不開尋短見？幸好老天保佑，烏朵這丫頭來得早，要不然……妳讓姨娘怎麼活得下去啊？」

董氏閒閒地道：「犖姨娘，雉娘才醒來，妳就跟哭喪似的，小心又驚動閻官，將雉娘未定的魂給勾走。」

少女睫毛掀起，似無意般地看了她一眼。

董氏只覺後背一涼，待細看，又見榻上的少女半垂著眼，一副半死不活的樣子，暗道自己眼花。

趙縣令不悅道：「雉娘才剛醒來，妳說什麼閻官，也不嫌晦氣。」

「老爺，我這也是心急。」董氏露出委屈的神色。

趙縣令哼了一聲，看向犖姨娘。「憐秀，雉娘才剛醒來，又敷過藥，還沒什麼精神，最該好好休息。」

翚姨娘不捨地站起來，神色哀傷地同他們一起走出房，房內只餘一位黑瘦的丫頭。

少女聽見關門聲，又睜開眼，指了指桌上的白瓷杯子，又指了下自己的喉間。黑瘦丫頭眼腫如桃，定是被淚水泡的，見她的動作，隨即明白過來，自責道：「都是烏朵粗心，三小姐必是口乾。」

叫烏朵的丫頭斟滿一杯茶，將她扶起，腰上墊了個枕頭，杯子端到她嘴邊。她伸手接過，慢慢地小口喝著，嗆了幾下，一杯下肚，喉嚨處舒適不少。

少女將杯子遞給烏朵，不經意地看到自己的雙手，十指瑩白透亮，纖纖如玉，她一愣，垂下眼眸。

烏朵以為她是累了，忙又扶著她躺下。

雉娘，如今她叫雉娘。

少女盯著頭頂的幔帳，眨了下眼，緩緩地閉上。

睡夢中，似乎又回到暗無天日的前世，東躲西藏，惶惶不可終日，連睡覺都從未踏實過。猛然似乎看見自己渾身是血地躺在馬路中間，四周車來車往，行人如織，有尖叫聲和喧鬧聲，身體裡湧出的血在地上暈成大朵的花，她睜著眼，看著天空的那朵白雲，慢慢地隨風飄蕩……

眼皮不停地下垂，她不甘心地閉上眼。雖然活得艱難，可她還沒有活夠。

翌日幽幽轉醒之際，就看見坐在榻邊上的鞏姨娘，繁複的交領古裝衣裙，顏色素淨，雖年歲看起來並不小，卻楚楚動人，別有一番風姿，一副想抱她又不敢抱的樣子，哭得哀戚戚的。

她思索著一個女兒該有的樣子，露出一個微笑。

外面走進一位婆子，手中端著雕花木盆。鞏姨娘拿帕子按了按眼角，扶她起來梳洗，說話間，雉娘知道這位婆子姓蘭，是鞏姨娘的心腹。

烏朵掀簾子進來，手裡端著一碗米粥，雉娘方才覺得腹內空空如也，就著兩碟小菜，硬忍著喉間的不適，將米粥喝完。

鞏姨娘見她喝完，眼眶更紅，問黑瘦的丫頭。「烏朵，妳今日去廚房要吃食，可有人為難妳？」

烏朵似乎遲疑一下。「姨娘，王婆子並沒有為難什麼，只不過話說得難聽些，奴婢就當作沒有聽見。」

鞏姨娘聞言，眼眶又紅了，抽出帕子抹起淚來。

雉娘的手頓一下。她發現這位姨娘眼淚真多，簡直就是個水做的人。

雉娘將碗遞給烏朵，指了指自己的喉嚨，對鞏姨娘搖了下頭，鞏姨娘哭起來，聲音哽咽。「三姑娘如此懂事，姨娘明白的，身為妾室就該守妾室的本分，從未想過要和夫人爭什麼。妳自小乖巧，縱是二姑娘多次尋妳的不是，妳也只是忍著，這次若不是她們太過分，妳怎會……幸好菩薩保佑，妳大難不死，否則……」

說完，鞏姨娘的眼淚掉得更凶。

她眸光微冷。菩薩高高在上，哪看得見人間疾苦。

她靠在榻上，蘭婆子和烏朵收拾好，便退了出去，屋內只餘母女二人，鞏姨娘淚眼汪汪地看著她。「妳不過是與表少爺不小心碰了下手，二姑娘就嚷得人盡皆知，說妳不知羞地癡纏表少爺，上趕著貼上去。可姨娘知道，妳是個本分的孩子，平日避那表少爺都來不及，又怎會做出如此事情？此事妳爹自會明察，妳為何想不開，自尋短見……」

竟是這樣？不過是被男人碰了一下手，原主便被逼得尋死。

外間有腳步聲傳來，鞏姨娘停住不語，將淚擦乾。門簾掀開，進來的是董氏。

鞏姨娘站起來朝她行禮，董氏看也不看她，挑剔地看著榻上的雉娘，裝模作樣地嘆口氣。「昨日我思來想去，雖然雉娘不知事，可我身為嫡母，卻不能看著她再做傻事。姑娘家的名節何其重要，眼下，此事還不知道瞞不瞞得住，倒不如乘機將雉娘的親事定下。」

聞言，鞏姨娘大驚。

董氏立在榻邊上，居高臨下地俯視著。「雉娘雖年歲最小，可事急從權，出了這檔事，若知情，哪還有人家願意聘她為正妻？倒是我這個嫡母心善，想著母女一場，實不忍心……我那娘家姪子一表人才，身強力壯，雉娘嫁過去，看在我的面子上，我那嫂子也不會說什麼。」

鞏姨娘臉色瞬間煞白，抖著唇。「夫人，此事老爺可知？」

董氏似笑非笑地看著她。「一個庶女的親事，我當嫡母的作主便是，何必驚動老爺？此事就這麼定了，雉娘好好養傷，就等著嫁人吧。」
說完，董氏便揚長而去。
鞏姨娘白著臉，看著榻上的女兒，大哭起來。
雉娘實在是有些看不上只知道哭的鞏姨娘，她掙扎著坐起來，鞏姨娘淚眼矇矓地望著她。「怎麼辦？夫人居然如此狠心，那董家少爺十分凶暴，聽說髮妻就是被他生生打死，不行……我要去求老爺……」
鞏姨娘哭著，掩面跑了出去。
雉娘看著房頂的木梁，垂下眼眸，半晌，使勁地拍了下榻，弄出聲響。外間的烏朵進來。「三小姐，可有什麼吩咐？」
雉娘對她招了招手，又指了指衣櫥。烏朵會意，取來一套綠色的衣裙，替她換上，又將她扶到梳妝檯前，綰了一個髮髻，綁上髮帶。
菱花鏡中映出少女的模樣，墨髮如雲，膚如凝脂，卻又弱質纖纖，綠色的衣裙也未能將其容色減半分，分明是一朵美麗的小白花。
喉嚨處還是火灼般的痛，她強忍著不適，讓烏朵扶著出去。一走出門，外面的陽光刺得她雙眼睜不開。
自然的氣息撲面而來，她深吸一口氣，再睜眼看著這陌生的院子，此時無心細看，轉向烏朵，艱難地吐出一個字。「父……」
烏朵反應過來。「縣令大人在前衙。」

雉娘點點頭，示意前去。

還未走近，就聽見鞏姨娘的哭聲。

三堂是縣令的辦事之處，此時不僅趙縣令在，文師爺也在，鞏姨娘就這樣闖進來，文師爺連忙迴避，正巧碰到趕來的雉娘。

文師爺與她遙遙見禮。雉娘不動聲色地打量著他，只見他不到四十的樣子，長相儒雅，身量中等，雙眼如炬，滿是睿智。

雉娘低下頭，烏朵彎腰行禮。「文師爺。」

這人是師爺，倒是有些出人意料。

文師爺避走，雉娘進去，就見鞏姨娘哭著，父親臉色黑沈，緊抿著唇，背著手，氣沖沖地往後院走去。

鞏姨娘哭著小跑著跟上，對雉娘使一下眼色，示意她不要再跟。雉娘微蹙下眉。便宜父親明顯不贊同董氏的行為，董氏為何還要向她們透露此事？

她看著鞏姨娘嬌怯的身影，恍然明瞭。董氏分明就是故意說給她們聽的，意在自己。她才從鬼門關前走一趟，以原身的性子，若得知馬上就要嫁給一個有暴力傾向的男子，怕是一氣之下會再尋死。

董氏想要自己死，這才是目的。

雉娘想通關竅，倒是不急。以她的姿色，趙縣令必不會讓她隨便嫁人。

自古以來，婚姻之事乃父母之命、媒妁之言，萬沒有她一個未出閣的姑娘參與的道理。

她慢慢地穿過園子，不動聲色地打量著這縣衙後宅。

此時正是花紅柳綠，青翠接紅豔之時，花圃裡不甚名貴的花兒開得豔麗，花朵滿枝，爭奇鬥妍。

院子不算大，青磚黑瓦，飛簷翹角，正中一座涼亭，八角紅柱，亭邊繁花簇簇。

她體力略有不支，靠在烏朵的身上，指一指涼亭。烏朵將她扶過去，坐在長凳上。院子實在算不上大，坐在涼亭中，都能隱約聽到東廂那邊傳來的聲音。

男人的怒吼聲和女人的哭聲，還有一道尖刻的辯駁聲。

雉娘神色未明，環顧這略不真實的一切，不經意掃到園子的另一角，那裡不知何時站著一位青年。青年約二十歲左右，身著白色長袍，雲巾束髮，長相英俊，透著一股書卷氣，望向雉娘的眼神癡迷中帶著深情，待看見她脖子上纏著的布條，眼神中有痛心，還有一絲憐憫。

青年慢慢地走過來，烏朵行禮。「見過表少爺。」

表少爺？與原主碰了一下手的表少爺。

表少爺目光痛惜。「雉表妹，妳……」

雉娘起身，扶著烏朵的手，就要往回走。這位表少爺還是遠著些的好，才不過是碰了下手，嫡母就能逼得原主去死，若是再有瓜葛，不知又要惹來什麼麻煩。

見她欲走，青年急道：「雉表妹，鴻漸願承擔責任，照顧表妹終生。」

雉娘細品著他的話。只是照顧，而不是娶，這位表少爺貪圖的不過是她的美色，打著讓她為妾的主意。她目光微冷，垂下眸子，對他的話恍若未聞。

青年追上來，堵住她的去路，面帶急切。「雉表妹……」

「鴻表哥。」

一位粉裳薄紗的少女急急地朝這邊走來，她約十六、七歲的樣子，細眼塌鼻，卻一臉極濃的妝容，百花分肖髻上插著一支鏤空累絲金釵，金釵下墜著一顆鑲金珍珠，隨著她走路的動作左右晃動，閃得人眼花。

「二小姐。」烏朵行禮。

少女理都不理她，目光含恨地看著雉娘，然後轉身盈盈地向青年見禮，頭上金釵上的珍珠擺盪出優美的弧線，將她原本一分的長相襯得多了二分的美麗。「燕娘見過鴻表哥。」

「二表妹多禮，鴻漸這廂有禮。」

男人略略地彎腰，雙手作了個揖，回一個禮。

雉娘用手指摳一下烏朵的掌心，烏朵忙對兩人告罪。「表少爺、二小姐，三小姐身子不適，奴婢先送三小姐回屋。」

段鴻漸見她臉色蒼白，又看向她包紮著的脖子，欲言又止。雉娘裝作沒看到的樣子，低下頭去，露出白瘦細嫩的頸子。

第二章

夏風拂面，陣陣花香，四人相對而立。

段鴻漸看著雉娘，飽含癡戀；雉娘靠在烏朵的身上，避開他的目光。趙燕娘目光癡癡地望著段鴻漸，似幽還怨。

雉娘扯了下烏朵的衣服，烏朵扶著她轉身，主僕二人慢慢地走著，後面傳來趙燕娘的聲音。「表哥，你莫怪三妹無禮，三妹自知昨天唐突表哥，羞愧難當，被母親說了一、兩句，便哭鬧著尋死，幸好下人發現得及時，才得以撿回性命。」

雉娘的手在衣袖裡握緊，死死地捏住。這位二小姐居然直白地將她自盡一事向外男道出，簡直是在毀她的閨譽，用心之毒，堪比蛇蠍。

她緩緩轉身，鬆開烏朵的手，背脊挺得筆直，定定地看著他們，翦水雙瞳中瞬間盈滿淚水，頃刻間滾滾而下，嬌弱的纖白嫩手伸出，似羞憤難當地捂著臉，淚水從指縫流出來，滾落在地上。

段鴻漸的心似被人揪了一下，狠狠地抽痛。

烏朵紅著眼。「二小姐，您怎麼可以如此說我們三小姐……若不是二小姐說……三小姐是怕姨娘被發賣出去，才一急之下做了傻事。」

段鴻漸不敢置信地看著趙燕娘，聲音沈痛，略帶薄怒。「燕表妹，妳身為官家小姐，怎麼可以說出這樣的話？翟姨娘再有不是，自有舅舅和舅母處理，哪是妳一個閨中女子能說發賣就發賣的。」

趙燕娘神情略有些扭曲，硬是擠出一個笑容。「表哥，你莫聽一個丫頭胡說，我怎麼可能說出賣翟姨娘的話。」

段鴻漸神色緩和，點了下頭。「翟姨娘雖是下人，可她育有雉表妹，律法有云，凡育有子女的妾室，無大錯不能輕易發賣。」

這個朝代還有如此的律法，雉娘心道，怪不得夫人處心積慮地想要除掉自己；只要自己一死，給翟姨娘尋個錯處便可以賣掉。

見心上人為庶妹對自己動怒氣，趙燕娘無比氣惱。「燕娘自小讀書識字，豈是如此不知事的人，怎會說出這樣的話？怕是雉娘惱我昨日話說得有些重。可我身為她的嫡姊，母親作為她的嫡母，見她舉止不妥，訓誡兩句也是出於愛護之情，偏三妹使了性子，鬧著要死要活。」

趙燕娘說著，委屈地看著段鴻漸，段鴻漸卻沒有看她，見雉娘似有些站不住，想伸手去拉，雉娘身子一側。

她微低著頭，長長的睫毛上掛著一滴淚珠，泫然欲泣，讓人見之憐惜。

「胡說……」粉白的唇微顫著，吐出兩個字；惹人憐的小臉上淚痕未乾，貝齒咬著唇，眼神中帶著控訴，倔強地看著趙燕娘。「妳……胡說……」

嗓子沙啞，才說幾個字便嗆得咳不停，烏朵急切地輕拍她的背，眼眶含淚，一副敢怒不敢言的樣子。

翬姨娘急匆匆地跑過來，噗咚一聲跪在趙燕娘的面前。「二姑娘，您有什麼氣就衝奴婢來。三姑娘身子虧損，不能受氣，禁不起再折騰，等三姑娘身子大好，是賣是罰，奴婢都聽二姑娘的。」

說著，她連磕了三個響頭，抬起頭時，額上一片青紅，隱有血絲。

「妳……」趙燕娘往後退一步。「翬姨娘，妳這是做什麼，還不快快起來！」

段鴻漸的臉色很難看。一個逼得父親姨娘下跪的女子是何等跋扈，虧得繼母還幾次三番地來信，透露想要和趙家結親的意思。

隨後走過來的趙縣令臉色也不好，看著雉娘搖搖欲墜，愛妾淚流不止，額間紅腫，心疼不已。往日他只知道妾室委屈，萬萬沒想竟委屈到這個分上，連對二女兒都如此卑躬屈膝。

他情不自禁地將愛妾扶起，翬姨娘傷心欲絕地低著頭。他細看三女兒只有一根髮帶的髻子，再看二女兒頭上明晃晃的金釵，眼睛似被刺痛一般。忍不住怒道：「燕娘，為父平日是如何教導妳的？妳可曾說過要賣翬姨娘的話？」

「父親！」趙燕娘叫道：「父親，燕娘從未說過此話，請父親莫要相信翬姨娘的一面之詞。」

雉娘聽聞，扯了下烏朵，淚流得更凶猛，烏朵也哭起來。「老爺，奴婢親耳聽到，二小姐說要賣掉姨娘，三小姐傷心欲絕，這才……老爺……」

趙縣令目眥盡裂，狠狠地瞪著跟上來的董氏，董氏直呼冤枉。「老爺，你可不能聽信奴才之言。燕娘是你的嫡女，怎會說出這樣的話？分明是三姑娘惱恨妾身的訓誡，對妾身懷恨在心，教唆丫頭栽贓陷害。」

鞏姨娘哭得幾欲暈厥。「夫人，三姑娘自醒來，壞了嗓子，口不能言，如何教唆下人？夫人……您不喜妾，要賣要罰妾無怨言，可三姑娘是老爺的親骨肉，怎能隨意如此詆毀？」

趙縣令伸手將她扶住，怒視著董氏。「家宅不寧，主母之過，董氏不容人，苛待庶女，休書一封。」

董氏急得大喊。「老爺，你怎麼可以休我?!公爹可是妾身送終的，再說，還有京中的鳳娘，那可是妾身所出，若鳳娘有個被休的母親，你讓她如何在京中立足？」

趙縣令咬牙道：「暫且記過，若再犯，妳自請下堂吧！」

「老爺，」董氏拉著趙燕娘跪下來。「老爺，妾身何錯之有，您竟如此絕情？」

段鴻漸見局面僵持，遲疑著開口。「舅母帶二表妹先回去吧，舅舅正在氣頭上，等氣消了就好。」

趙縣令這才發現段家外甥在場，略顯尷尬，怒目不語。董氏見有臺階下，起身帶著趙燕娘離去。

雉娘似無力地將頭靠在烏朵的肩上，半抬的眼，冷冷地看段鴻漸一眼。偽君子，就他會做好人。

段鴻漸行禮告退。

趙縣令扶著愛妾，烏朵攙著雉娘，四人回西屋。雉娘進到自己的閨房，烏朵扶她上榻，她思索著剛才董氏的話，看著烏朵。「鳳……」
「三小姐是問大小姐吧？」
雉娘點頭，就聽見烏朵回道：「姑奶奶膝下空虛，大小姐出生沒多久，就被姑奶奶帶到京城，聽說姑奶奶常帶大小姐進宮，大小姐深得皇后娘娘的喜愛。」
雉娘心下生疑。一個縣令之女，怎麼會有機會見到皇后娘娘？烏朵又道：「姑奶奶未嫁人前是皇后娘娘跟前的女官，後來嫁給表少爺的父親。」
原來如此，那段家表哥是姑母的繼子。
雉娘，鳳娘。野雞和鳳凰，真是好寓意。
董氏張狂，身有倚仗，古代男人先利後情，董氏想除去她們母女絕不只一朝一夕，此前她一直覺得鞏姨娘太會哭，似是無主見；今日看來，也是有些本事的，若不然，也不可能帶著女兒活到現在。
姨娘的屋子裡，斷斷續續地傳來抽泣聲和男人勸慰的細語聲，然後漸不可聞。雉娘閉上眼睛。有人曾說過，女人的柔弱是刺向男人心中的利器，此話不假。
烏朵見她犯睏，悄悄地出去。
當夜，趙縣令自是宿在西屋，鞏姨娘滿心歡喜。
這些年，她雖是名正言順的妾室，可因著董氏干擾，每回大人歇在她這裡，都如同做賊一般。
府衙的後院不大，這邊的動靜董氏很快就能知道。今日老爺不顧下人、妾室和外人在場，說出休棄她的話，讓她折了這麼大的面子，怎甘心看那賤人與丈夫卿卿我我，交頸纏綿？

老爺說得狠，其實哪能休她，她不僅為公爹送終，還守孝三年；還有鳳娘，小姑子來信常說，鳳娘深得皇后娘娘的喜愛，老爺想在官場再進一步，少不得要靠鳳娘在京中打通關係。

越想越是恨得咬牙切齒，氣恨難消。

她氣急敗壞地走進東側屋，對榻上躺著的老婦人就是一頓低聲咒罵，然後拿出一根長針，神色詭異地對老婦人陰笑。

老婦人嚇得連連搖頭，嘴裡嗚嗚出聲，一股尿騷味傳來。董氏厭惡地捂著口鼻，冷冷地對外面的婆子吩咐。「快去請老爺，老夫人又失禁了。」

婆子立即飛奔到西屋，將門拍得大響，大聲喊著。「老爺，老夫人……不好了！」

屋內，趙縣令正和嬌妾情到濃時，被人突然打斷，極其不悅。他緊鎖著眉，鞏姨娘低聲勸慰。

「老爺，你快去吧，老夫人的身體要緊。」

妾室如此知事，趙縣令神色略微緩和，急忙披衣下榻，往東側屋走去，嬌美的人兒在他身後露出複雜的眼神。

東側屋內，婆子們好一通忙活才將老夫人換洗一新，又將榻上的褥子重換。安頓好老夫人，王大夫才提著醫箱進來。一番診脈後，王大夫道老夫人許是受到驚嚇，故而失禁，無甚大礙，按之前的安神方子煎一碗服下即可。

送大夫出去，趙縣令才跨進東側屋。老夫人見到兒子，急得嗚嗚亂叫喚，董氏立在榻邊，見他進來，用帕子拭淚，面露傷心。「老爺，老夫人這裡有我，你去歇著吧。」

老夫人雖然一直癱瘓在榻，可腦子還是明白的，又有下人精心照顧，掐著時辰讓她出恭小解，不會輕易失禁在榻，一旦失禁，必是鬧得人仰馬翻。

趙縣令見母親已被妥善安置好，再聽董氏如此說，氣消了一些。董氏再有錯，可在孝順父母上，卻是做得妥妥貼貼，讓人挑不出半分錯來。父親在世時，曾說過董氏是佳媳，不僅田間地頭的活計拿手，家務也是一把好手，常常對她讚不絕口，今日他說出休棄的話，也是在氣頭上。

「妳回去吧，平日都是妳照料娘的飲食起居，辛苦了，今夜我就在這裡陪娘吧。」

董氏感動得熱淚盈眶。「老爺，妾身能得老爺一句辛苦，便是累死也甘願。」說完就要往趙縣令的身上靠，趙縣令看著她被淚水沖得一道道粉痕的臉，皺眉頭，又想到嬌妾那滑嫩的臉，艱難地嚥下口水，將她一推。「時辰不早，妳去歇息吧。」

董氏一僵，低著頭，做出一副柔順模樣地退出去。

榻上的老夫人口中還在嗚嗚作響，瞪著董氏叫喚。董氏側身，回了一個陰惻惻的笑，老夫人的眼神黯淡下來，癡癡地望著兒子。

趙縣令沒有注意到她和董氏的眉眼官司，以為老母親是想念自己，擠出一個笑。「娘，今日兒子在這裡陪妳，讓大梅回去歇息。平日都是大梅侍候妳，這回，也讓兒子盡盡孝。」

老夫人搖頭，耷拉著眼，老淚縱橫。淚水順著滿是溝壑的臉上流下，死死地拉著兒子的手，可憐她口不能言、手不能寫，真是有苦說不出。

趙縣令卻沒有讀懂老夫人眼中的意思，自顧自地說起趣事。老夫人的眼神越發黯淡，慢慢地閉上眼睛。

這日，堂中衙役執仗立於兩側，外面無人擊鼓，衙門外一人一馬至，從馬上下來一位青衣中年男子。

文師爺一瞧，忙出去迎接。「竟是秦書吏，什麼風將您給吹來咱們渡古縣，可是知府大人有要事？」

趙縣令聽到文師爺的聲音，也跟著出來。秦書吏是臨洲蔡知府身邊的紅人，隨侍在知府的身邊，鮮少外出公幹，他親自到訪渡古縣，定然事情不小。

秦書吏將韁繩遞給衙役，朗聲大笑。「恭喜趙大人、賀喜趙大人。」

「敢問書吏，喜從何來？」

趙縣令有些不解，秦書吏從懷中拿出一封邸報，呈給趙縣令。「喜從京城來，趙大人請過目。蔡知府一接到邸報，便命下官馬不停蹄地給大人送來。正好，此等大喜，下官還要向大人討一杯薄酒。」

趙縣令驚疑地從紅封中拿出邸報，略一閱覽，大喜過望。「秦書吏，裡面請，本官今日高興，定讓秦書吏盡興而歸。」

秦書吏一拱手。「那下官就恭敬不如從命，喝上一杯酒，也算是沾了咱們縣主娘娘的光。」

趙縣令哈哈大笑，抓著他的手就往內衙走，隨手將邸報遞給文師爺。文師爺展開一掃，臉露喜氣，也是滿面春風。

他緊跟上前，一面派人去安排席面，一面派人去後院通知夫人。一時間，縣衙內外歡聲一片，恭喜之詞不絕於耳。

趙鳳娘隨姑母住在京中，因姑母的關係，常去宮中陪伴皇后娘娘。前些日子，皇后娘娘一行前去行宮遊玩，忽然狂風大作，皇后娘娘險些掉進湖中，趙鳳娘當時恰好站在娘娘的身邊，情急之下將皇后娘娘死死拽住，才倖免於難。

皇后娘娘望著湖中的深水，心有餘悸，感念萬分，當下收趙鳳娘為義女，封為鳳來縣主，並有食邑，將洪來縣劃為縣主的封地。

皇帝親自下詔，詔書一下，邸報出京。

邸報一路從京中發出，快馬加鞭，送到臨洲城。蔡知府閱後大喜，特命秦書吏親自送來，以示隆重，後面還跟著幾輛馬車，晚一步會到，皆是知府備下的賀禮，恭賀趙氏鳳娘受封縣主之喜。

後院的董氏聽到消息，大喜過望，笑得眼角的脂粉都浮起來，揮著帕子不停地問二女兒燕娘。「燕娘，妳說，此事可是真的，娘沒有作夢嗎？」

燕娘神色不忿，不怎麼歡喜地道：「文師爺說，那臨洲城的秦書吏大人親自送來邸報，邸報從京中發出，哪會有假？」

她語氣不太好，怨恨難消。一母同胞的姊妹，鳳娘出生沒多久就被姑母帶到京中；京中繁華，鳳娘常出入宮廷，戴的是珍寶玉石，穿的是綾羅綢緞，結交的閨友都是京中貴女，甚至是公主，想來常在宮中行走，太子皇子們也是常見的，眼下又被封為縣主，何等榮耀。

而她呢？雙胎的姊妹，出生的時辰前後相差不到一炷香，她卻屈居在這渡古小縣城，唯有的幾套頭面都是鏤金的，難得有一、兩支鑲著細小的寶石；身上衣裙所用的綃絹紗，還是鳳娘從京城捎來的，必是鳳娘瞧不上，才打發給她，讓她如何歡喜得起來？

母親往日每每說起鳳娘，都是一臉驕傲，眉開眼笑。鳳娘是天上的鳳凰，她卻是家養的燕雀，天上地下，如此之差……

董氏自顧自的歡喜，沒有注意到次女的臉色，也沒有留意她語氣中的恨意，猶自喜孜孜地道：「妳姊姊自一生下來就不凡，本是陰雨連綿的天氣，偏生那天就晴了。她一出生，妳姑姑就讓人算過時辰，那可是大富大貴的命。」

趙燕娘心中扭曲。時辰？她與鳳娘雙胎，一前一後產下，母親只提鳳娘是大富大貴之相，她必然也是的……

趙燕娘想到那英俊有才的段家表哥。表哥少有才名，以後必能飛黃騰達，等她嫁給表哥，自然是大富大貴。

這麼一想，心氣順了不少。

此時就聽董氏道：「縣主可是要入皇室族譜的，以後就是皇家貴女。這都是佛祖保佑，娘必要去閬山天音寺多添香油錢，好讓佛祖保佑妳姊姊將來更進一步。」

更進一步，那不是要當皇妃，甚至……趙燕娘的臉色更加不好看，聽聞董氏計劃要去閬山天音寺上香，她眼珠子一轉。「娘，姊姊當上縣主，這可是光宗耀祖的大喜事，燕娘也要去，要不，西屋的那位也帶上吧。」

董氏的臉冷下來。「她一個庶出的賤種去湊什麼熱鬧？再說鳳娘現在身分矜貴，豈是她一個賤婦之女能高攀的，妳提她做什麼？」

趙燕娘露出一個意味深長的笑。「娘，姊姊如今是縣主，那小賤人在外人眼中可是縣主之妹，恐怕來求親的人不會少。到時候若是嫁入高門，就她那個賤命，哪能受得住高門大戶的福氣？不如低嫁，才能保平安，自古肥水不落外人田，慶山表哥自從表嫂去世後，一直未娶……」

董氏一拍女兒的手，笑得開懷，眼角浮起的粉簌簌地往下掉。「還是我兒與娘一條心，咱娘兒倆想到一處。娘早與妳爹提過，只可惜妳爹耳根子軟，被那娼婦一哭，反倒訓斥為娘一頓。」

趙燕娘狠狠地跺腳。「娘，現在大姊是縣主，可千萬不能讓小賤人沾上大姊的光！」

「娘省得，是得想個法子……」

第三章

渡古縣城不過是個小縣，趙鳳娘是渡古百年來第一位縣主，不僅京中有賀禮送來，臨洲城內各縣官員、渡古縣中凡是有些底蘊的鄉紳都來賀喜，流水似的賀禮抬進縣衙的後院，將董氏母女倆看得眼花撩亂，心花怒放。

趙燕娘摸著晃得眼花的首飾就往身上戴、頭上插，還有各色名貴的衣服料子，觸手滑順，她朝董氏撒嬌。「娘，正好給我做幾身新衣。」

董氏心花怒放。「好，咱們娘兒倆都做幾身。」

西屋中卻平靜如水。趙鳳娘當上縣主，董氏嗓門都亮上幾分，天天將下人們呼來喝去，在西屋都聽得一清二楚，鞏姨娘越發謹小慎微，雉娘默默地養傷。

烏朵去廚下取吃食，回來的籃子裡空空如也，氣得直抹淚。「廚房的王婆子說，最近府中事多，下人們都忙得腳不沾地，沒有空給咱們準備飯食。」

鞏姨娘一聽，眼眶就泛紅，轉身回到自己的房間摸出一塊碎銀子，交到烏朵的手上。「罷了，大姑娘封為縣主，是大喜的事，妳去後街的麵攤上買些吃食回來。」

烏朵低頭出去。雉娘側靠在枕頭上，將養了幾日，傷處大好，謹慎起見，她一直都未開口說話。

「見過曲嬤嬤。」

外面傳來烏朵的聲音，驚得趴在榻邊的翚姨娘差點跳起來，如老雞護雛一般擋在榻前。

雉娘瞧著翚姨娘的舉動，便知這曲嬤嬤必是個厲害的角色。

屋內走進來一個婆子，高大壯碩，望著她的眼中充滿不屑。雉娘強撐著身子坐起來，冷冷看著那婆子。婆子一愣，接著鄙視一笑。「奴婢見過三小姐，辰時已過，日頭都起得老高，三小姐還未起身，倒是奴婢來得不是時候。我們二小姐心慈，顧念姊妹之情，什麼都想著三小姐，見著園子裡的花開了，都不願意獨享，特命奴婢來請三小姐一起賞花。」

賞花？雉娘垂下眼眸，明知她剛從鬼門關走一趟，還要拉著她賞花，這位心慈的二小姐，可謂是毒如蛇蠍。

她是從地府走了一遭，又重現人間，可那原本的雉娘卻是真的去了地府，香消玉殞，就這樣，那二小姐還說什麼姊妹情深。

翚姨娘強撐著身體，囁嚅道：「曲嬤嬤，妳知道三小姐方才……三小姐這身子，怕是要再養上幾日，二小姐的心意……」

曲婆子狠狠地瞪她一眼。「翚姨娘，三小姐這不是好好的？都有心情睡到這時才起。再說這主子們的事，咱們當奴婢的哪裡清楚，二小姐一片愛妹之心，三小姐可莫要辜負。」

說完又轉個臉對榻上的雉娘道：「三小姐，妳說奴婢說得是不是在理？二小姐可是巴巴地在園子裡等著，還請三小姐莫要讓二小姐等得心寒。」

雉娘冷冷看她一眼，慢慢起身，翚姨娘急忙上前攙扶。

她示意姨娘扶自己到屏風後換好衣裙。又是綠色的衣裙，配著黃色的束腰，料子也粗得有些刺手。她略掃一眼衣櫥，見裡面除了綠黃兩個顏色的衣裙，剩下的也好不到哪兒去，甚至還有深朱色的，分明是老婦人才會穿的顏色。

曲婆子咳嗽一聲。「三小姐，這天可不早了。」

翬姨娘手一抖，隨意給她綰了個雙垂流雲髻，用絲帶束著，並未插任何釵環。

梳妝好，雉娘出門，烏朵上前來攙扶她，她鬆開翬姨娘的手。翬姨娘不捨地放開她的手，眼中似有千言萬語，淚盈盈地看著她。

她轉過身，扶住烏朵的手跟在那婆子後面。走沒多遠，就見燕娘坐在涼亭中，桌上擺著瓜果點心，倒真像是賞花的樣子。

趙燕娘不開口讓她坐，摸了摸頭上的簪子。「三妹，咱們官家小姐，一言一行莫說要仿著那京中貴女，但一個嫻靜貞德卻是跑不掉。如今大姊已是縣主，我們身為其妹，更要克己復禮，讓人挑不出錯來。」

簪子是金鑲玉的，玉質碧綠通透，鏤金包著，下墜著通體瑩透的綠寶石，隨著她輕撫的動作，擺來晃去，流光溢彩。

雉娘緩緩地抬頭，定定看著趙燕娘。她本就臉色慘白，眼下更是白得嚇人，毫無血色的唇慢慢地吐著字，嗓聲沙啞。「二姊說得是，雉娘死過一回，倒是想通不少事。說來也奇怪，雉娘本已入了地府，可閻官道我死得冤枉，容我重返世間。」

趙燕娘的臉一僵，莫名感到一股陰風，如見鬼般地盯著面前的少女。少女原本貌美的臉上一片慘白，那雙本來總是霧濛濛的翦水大眼，澄清透明，直直地看著，讓人心裡發毛，帶著說不出來的詭異。

雉娘隱約瞧見三堂黑漆大門處，朱色的官袍一現，裝出一副歡喜的樣子。「閻官都如此說，可見雉娘命不該絕。常言道，大難不死，必有後福，妳看，大姊就被封為縣主。」

大姊受封縣主，有這賤丫頭什麼事？趙燕娘霍地站起身。「三妹，依妳之言，大姊受封縣主，還是託妳之福，此話若傳出去，讓皇后娘娘怎麼想？」

雉娘靠在丫頭身上，有氣無力地看著趙燕娘。「二姊，妳說什麼？雉娘聽不懂。大姊受封縣主本是大喜之事，當然是皇后娘娘的恩典，雉娘有幸成為縣主之妹，感激萬分，二姊認為雉娘哪句說得不對？」

趙燕娘氣憤難消，看著她蒼白嬌弱的樣子，那舉手投足間都像是勾引男人的模樣，越發來氣。「三妹，切記要謹言慎行。」

這話說得重，雉娘似是受不住，搖晃一下身子，猛然向前栽去，撲在趙燕娘身上，用僅兩人能聽見的聲音冰冷地道：「蠢貨，我要搶妳的男人，易如反掌。」

說完往後仰，直直地往下倒，從後面看就像是趙燕娘將她推倒一般。所幸烏朵手快，一把將她拉住，主僕倆沒有站穩，齊齊摔倒在地。

趙燕娘怒氣攻心，指著她罵。「賤人，妳還敢妄想鴻表哥，簡直是癡心妄想！妳不過是個庶女，出身低賤，將來和妳那姨娘一樣，是個做妾的命！」

雉娘不敢置信地看著她，眼中水霧一片，大顆淚珠滾下來，嘴唇顫抖。「二姊，妳說什麼？妳居然……」

她身軟體弱，還未從地上爬起，又倒下去。

黑色的官靴急急地出現在她的視線中，她抬起頭，淚如雨下，帶著乞求。「爹……雉娘不願為妾。剛才二姊說雉娘以後也會如姨娘一般，是個做妾的，前幾日，表哥也拉著雉娘，說什麼要讓我為妾的話，我怕……爹……我不要做妾，我怕……」

未好全的嗓子本就沙啞，又帶著委屈和膽怯，還有傷心的哽咽，趙縣令心疼萬分。到底是自己的親生女兒，哪有不疼的道理。

「爹，你莫聽她胡說，女兒沒有說過這樣的話。」

趙燕娘急急爭辯。雉娘靠在烏朵的懷裡，不去反駁她的話，只是哭得上氣不接下氣，眼睛一翻，暈了過去。

園子裡充斥著趙縣令的怒吼聲，聞訊而來的鞏姨娘傷心欲絕。「二小姐，求求您莫要為難三小姐，她身子不好，怕是不能日日陪您賞花，求您高抬貴手，放過她吧！」

鞏姨娘從烏朵手中接過女兒，就見雉娘幽幽轉醒，有氣無力地道：「二姊，雉娘實在無甚氣力賞花，怕是要白費姊姊的一番美意，請姊姊莫要怪罪，容妹妹先回去休息。」

她說得小聲，帶著心灰意冷，又轉頭看著趙縣令，未語先流淚。「爹，雉娘誓死不為妾，望爹成全。」

鞏姨娘更是心如刀絞，哭得越發哀切。

趙縣令陰著臉，雖離得遠，卻親眼看到二女兒將三女兒推倒在地。他冷冷看著趙燕娘，趙燕娘猶在辯解。「爹，燕娘未說過讓她為妾的話，燕娘——」

「啪！」

趙縣令抖著手，雖然沒聽真切，可做妾二字卻是聽得清清楚楚。「還敢狡辯?!堂堂官家小姐，居然能說出讓自己妹妹為妾的話，妳可知什麼是禮義廉恥！」

趙燕娘捂著臉，不可置信地看著趙縣令，掩面奔回自己的屋子。

院子裡鬧翻天的時候，董氏正在庫房中清點東西。最近府中收的禮多，許多都是她大半輩子沒見過的好物件，琳琅滿目的禮品將庫房塞得嚴嚴實實的，看著就讓人心生歡喜。她本是守財的性子，生怕下人會順走東西，早就吩咐在她清點時，任何人不能進去打擾。

等她滿意地將物品全部過目，整理歸類，喜孜孜地回到東屋，一進門便見女兒將丫頭婆子都趕到外面，怒氣沖天地發脾氣，地上散落著砸爛的瓷瓶碎片。

董氏有些心疼，瓷瓶雖不值錢，卻也是用銀子買的。

趙燕娘見到她，如找到主心骨。「娘……」

「這是怎麼了？誰敢給妳氣受？」

「還能有誰，西屋的賤人！」趙燕娘想起雉娘，陰著臉表情猙獰。「娘，那小賤人不能再讓她待在府中，有她在，鴻表哥遲早會被她勾走；我要讓她趕緊嫁人，嫁個無賴，求生不能，求死不得。」

董氏將女兒摟在懷中。「好，娘依妳，只要她嫁給妳慶山表哥，有的是法子讓她叫天天不應，叫地地不靈。等收拾完小賤人，咱們再收拾老賤人。」

「娘，要快，女兒忍不了。」

「不會太久的。」

自鞏氏進門，丈夫就冷落自己，平日鮮少踏進她的屋子，不是歇在鞏氏的西屋，就是宿在自己的書房，她堂堂正室夫人比守活寡好不了多少。

幸好她育有長子，還有兩個女兒。可饒是如此，世上哪個女人喜歡看到自己的丈夫寵愛其他女子，每回見到鞏氏，她都恨不得生啖其肉。

董氏放開女兒，整了下衣裳，若無其事地來到西屋。

趙縣令正在安慰鞏姨娘，男子壯實威嚴，女人弱如扶柳，兩人深情凝望，郎憐惜妾有情，這一幕深深刺痛她的眼。

趙縣令聽到腳步聲，回頭一看，見是董氏，臉色冷下來。鞏姨娘從凳子上站起身，立在一邊，低頭垂淚。

「剛才妾身見燕娘傷心地回去，還道是出了什麼事，原來不過是姊妹間拌嘴。姊妹之間，鬧彆扭的事常見，紅臉之後，照舊還是親親的姊妹，妳說是不是啊，鞏姨娘？」

董氏是主母，她說的話，鞏姨娘不能反駁，無奈地答是。

反倒是趙縣令出聲，沒好氣道：「拌嘴？哪家姑娘拌嘴會說出妹妹以後為妾的話？」

董氏暗罵一句燕娘，這死丫頭沈不住氣，臉上卻做出鬆口氣的表情。「原來是這事？也是燕娘不會說話，前幾日雉娘出事，燕娘跟妾身都擔心，妾身憂心不已，多說了幾句，怕此事傳出去，無人敢娶雉娘為正室。燕娘憂心妹妹，想教導妹妹，許是對雉娘話說得重，其心意卻是好的。老爺，這姊妹之間在娘家無論如何鬧得不愉快，等嫁人後相互幫襯，情誼都不會減半分。」

趙縣令聽她這一說，將信將疑。

鞏姨娘低頭抹淚。

屋內的雉娘躺在榻上，外屋的話一字不差地傳到她耳中。董氏能把持父親後院多年，除了鞏姨娘一個妾室，連半個通房丫頭都沒有，不僅身有倚仗，本身也是有幾分手段的。

一通話說得合情合理，燕娘是對妹妹愛之深、責之切，才會說出那樣的話，反倒是自己和鞏姨娘成了不知好歹的人。

外屋裡安靜一會兒，又聽董氏說：「老爺，鳳娘受天家愛重，被封為縣主，這是何等的榮耀？妾身感念皇后娘娘恩典，想去天音寺為娘娘祈福，多添些香油錢，也算是為鳳娘積福。鳳娘身為縣主，燕娘、雉娘也跟著沾光，別的不說，有個做縣主的嫡姊，將來在夫家也無人敢欺。」

屋內靜默，趙縣令喝口茶水，並不言語。

「妾身為人母，自是希望兒女們都好。鳳娘顯貴，燕娘、雉娘身為其妹，想來以後的造化也不會差。妾身想著將兩個女兒都帶去寺中，求佛祖庇佑她們，讓她們將來也能事事順遂，姻緣美滿。」

她說得真誠，趙縣令臉色緩和下來，點頭同意。

董氏又拉著鞏姨娘的手。「鞏妹妹，妳侍候老爺多年，我自問將妳視若親妹，若真有什麼磕磕碰碰，妳莫藏在心中，盡可與我道來。老爺公務繁忙，咱們婦道人家就不要什麼事都去煩他，妳說是不是？」

翚姨娘似是感激涕零，不停點頭。

趙縣令心下大慰，董氏雖不識字，為人粗鄙，但在道德大義上，倒是沒有出過錯。

董氏走後，趙縣令也跟著出去。

翚姨娘回到內室，雉娘啞著嗓子。「天音寺……」

「妳都聽見了。」翚姨娘坐在榻邊，拉著她的手。「剛才夫人說過幾日去天音寺進香，妳也一起去。到時妳的傷也好得差不多，出去見一下世面也好。天音寺在閬山上，不遠處就是閬山書院，閬山書院是天下第一大書院，大少爺也在書院讀書，臨洲城的夫人小姐們都極愛去寺中上香。」

大少爺？

翚姨娘接著道：「大少爺人好，平日對我們從不擺臉色，過幾日，怕是會回府。雉娘是想大哥了嗎？」

雉娘點了下頭，原身也許和這位大少爺的關係不錯，她隱約有些期待。

這天過後，趙燕娘再也沒有出現在她面前，聽說是被臨洲知府家的小姐請去作客。雉娘窩在屋中不出去，王大夫來看過一次，道她的傷勢好得差不多，但身子還是有些弱，剩下就慢慢調養。

其間董氏還派人來給她量衣服尺寸，說要為她置辦幾身衣裳，還送來一副全銀的頭面。

送東西過來的曲婆子帶著施捨，鞏姨娘卻雙手接過，滿心感激，等曲婆子走後，扶著她坐到梳妝檯前就比劃起來。「夫人必是見大姑娘封了縣主，氣順心平，想起妳來，若真是如此，也是菩薩保佑。」

雉娘從鏡子裡定定地看著她，鞏姨娘低下頭去。「雉娘，她是嫡母，妳是庶女，面上只能將她往好想，私底下多加防範。夫人不簡單，二姑娘反倒容易對付得多，以前妳不愛聽姨娘說這些，姨娘……」

將後面的話隱去，鞏姨娘將最後一支銀簪插到她的髮髻中，左右端詳。「三姑娘好相貌，比姨娘年輕時還要強上幾分。不過是一副銀頭面，若是戴上鑲珠點翠的首飾，還不知要美成何樣。」

鏡中的少女面色無波，雉娘平靜地看著菱花鏡中陌生的自己，曚曨的眼神中帶著清明，眉彎如遠山，唇色如粉梅，十指纖白如玉，雖生活得不盡如人意，卻未曾經歷過人間的苦難。

這張臉，嬌弱柔美，與自己原來的樣子相距甚遠。

父親生前留下的大筆債務全壓在她身上，媽媽早就如蒸發般不知所蹤，她應付完一批又一批的討債人員，其中不乏高利貸公司，見她長得漂亮，有人起了歪心。

她整日忙著賺錢還債，還要防著別有用心之人，東躲西藏，沒有朋友，不敢輕信他人，時刻活在警戒中，連睡覺都不敢有絲毫鬆懈。

眼下雖看著活得不容易，她卻分外歡喜。能活著已是恩賜，還能衣食無憂，更是意外之喜；若好好謀劃，將來順心意地嫁給他人做正頭娘子，此生就圓滿了。

翬姨娘見她不說話，揣測她想到什麼，不由開口道：「雉娘，姨娘雖無本事，卻深知為妾的難處，若能選擇，我也不會給人做妾。」

說著，眼中盈滿淚水卻分外堅定。「姨娘絕不會讓妳步我的後塵，妳是官家小姐，縱使不能高嫁，嫁給一般的富戶人家做正室也是可以的。」

雉娘不答，從鏡子裡看著她，反手伸到後面，握住她的手。原主的生母雖然看起來柔弱，卻是真心疼女兒的。

為人妾室，縱使夫家再顯赫，也不過是任人隨意發賣的玩物。按本朝律法，育有子女的妾室還好，若膝下空虛，等到年老色衰又該何去何從？

第四章

幾日後，豔陽高照，董氏讓人看過日子，這日是黃道吉日，宜出行。鞏姨娘想讓雉娘穿上新做的衣裙，新衣裙的料子好上許多，摸起來也頗滑順，且顏色終於不再只是綠色和黃色，還多了一身湖藍的。

雉娘搖了下頭，拿著衣裙到屏風後面，出來一看，仍舊是略褪色的綠衣裙。她皮膚白，綠色的衣裙襯得肌膚越發白嫩。坐在梳妝檯前，讓鞏姨娘給她綰個簡單的髮髻，垂下的青絲再繞個捲，將將用條細髮帶綁著，髻上僅一根簪子。

鞏姨娘眼眶又紅，摟著她。「雉娘是不想搶二姑娘的風頭……都是姨娘低微，連累妳，妳萬不可再意氣用事。凡事都不脫一個忍字，待日後妳平安出嫁，自己當家作主，再來計較也不遲。」

「姨娘，我知道的。」

鞏姨娘淚水湧出，雉娘正想安慰幾句，就聽到曲婆子在外面催促的聲音。

跟著曲婆子到後門外，就見馬車等候在那兒。好半天，趙燕娘才走出來，妝扮得分外隆重，粉裙外罩桃色薄紗，裙襬層層疊疊，臉上照舊是濃妝，粉都抹了不下三層；滿頭的金光，怕是將所有金飾都簪在頭上了，看得人眼花。

她昂著頭，頭上的金飾「叮叮」作響，似是有些不屑地看雉娘一眼。

雉娘低著頭，不想理會她。

趙燕娘卻不打算就此放過。這死丫頭平時裝得嬌弱，實則也是個黑心肝的，男人們都被她的外表欺騙，包括鴻表哥。

「知府家的小姐邀請我入秋去賞菊花，妳怕是從未見過府城有多大，知府的宅子又是何等精緻，我真該引妳去見見，唉……妳是個庶出的，知府家的大小姐最不喜庶女，倒是有些可惜。」

雉娘不理她，趙燕娘看見她頭上的簪子，笑了起來。「好大一根簪。」她捂著嘴，笑得嘲弄。雉娘抬起頭，看著她滿頭的金飾，也露出一抹笑來。「比不得二姊，二姊頭上戴的、身上穿的，走出去，比世家貴女還要有氣派。」

趙燕娘露出「算妳識貨」的眼神。雉娘又低下頭去。

護送她們去寺中的是一位青年，看起來比段家表哥還年長一些，相貌有幾分似她那便宜父親。聽趙燕娘叫大哥，她也乖巧地行禮喚大哥。

這位想來就是姨娘說過的大少爺，在閬山書院讀書的趙守和。

趙守和長得肖似趙縣令，卻要白淨許多，見到雉娘，神色緩和。他雖住在前院，平日又待在書院不回來，家裡的這些事卻也是有所耳聞，對於嬌美的庶妹不像董氏母女那麼嫌棄，甚至還有幾分喜愛。

雉娘衝他一笑，趙守和見庶妹身子還未大好，臉色蒼白，身子瘦弱，綠裙細腰，彷彿風一吹便會飄出去，略有些埋怨地看趙燕娘一眼。「雉娘身子不適，妳身為姊姊，怎麼不讓人扶她坐上馬車？」

趙燕娘不滿地回道：「娘還未出來，哪有讓她先坐進去的道理？」

「一家人講這些虛禮做什麼？雉娘體弱，先坐上去，母親也會贊同的。」說著，他示意曲婆子扶雉娘上車，曲婆子左右為難，站著不動。

趙守和大怒。「怎麼，我這個主子還使喚不動一個奴才？」

曲婆子連道不敢，僵著臉上前來拉雉娘。雉娘閃過，對趙守和道：「大哥，雉娘不累，還是等母親來，再坐吧。」

趙守和蹙眉，面色不善地看向曲婆子，半晌道：「就依雉娘，若妳不適，告訴大哥。」

「謝謝大哥。」雉娘說得真心，姨娘說大哥人好，看來不虛。

好半天，妝扮一新的董氏才姍姍來遲，臉上的粉比平日抹得還厚，頭上插的金飾與趙燕娘有得比，身穿黑紫齊腰襦裙，外面罩朱色褙子。

她挑剔的眼睛睨了下雉娘，又打量趙燕娘，神色滿意幾分。算這庶女識趣，沒有搶女兒的風頭。

待見到兒子，表情完全變了一個樣，滿臉慈愛地拉著趙守和的手，上下打量著。「怎麼瘦了？守哥兒，可是書院的飯菜不合口味？」

趙守和不自然地躲開她的手。「娘，兒子去書院是讀書的，又不是去吃喝享樂，讀書之人，清苦些又何妨。」

董氏猶在那裡擔心。「讀書也不能虧著身子，銀錢還稱手嗎？」

「稱手，娘不用擔心。」

趙守和一邊說，一邊扶母親上馬車，再讓兩個妹妹上去。車內並不寬敞，董氏坐在中間，雉娘和燕娘分別坐在兩側。

前面的趙守和翻身上馬，對車夫一聲吩咐，馬車便緩緩動起來。

天音寺就建在閬山上，閬山以北的山腳下便是赫赫有名的閬山書院。

趙守和將母女三人扶下馬車後，便對董氏告辭。董氏萬分不捨，目送兒子策馬離去，神色中帶著驕傲和慈愛。

轉過身來，又是另外一副模樣。

雉娘默不作聲地跟在她和趙燕娘的後面，不動聲色地觀察寺中的地形，小沙彌將她們引到後面的客房。

董氏母女住的自然是上好的客房，分給她的是旁邊的小偏房。

她打量著小偏房，左摸摸右摸摸，將窗戶來回地開合幾下，再研究木床門閂，差不多心中有數，便聽到曲婆子來喚她的聲音。

此次上山，董氏母女二人只帶上曲婆子，而她也不可能會帶任何人。董氏摳門，人是越少越好。

客房內，趙燕娘挑剔地數落著。「娘，妳看那梁上還有蜘蛛網，也不知寺中到底有沒有派人打掃過？還有這水，渾得有股腥味，哪裡能飲？」

董氏抬頭仰望屋梁，梁柱之間果真有一片蜘蛛網，中間還蟄伏著一隻黑色的蛛兒，不由笑道：「阿彌陀佛，寺中的和尚不能殺生，那網中還有一隻蛛兒呢。」
趙燕娘細瞧，露出更加鄙夷的神色。
雉娘一腳踏進去，董氏一見她就笑起來。「妳來得正好，妳二姊剛才不小心崴了腳，走不得路，曲婆子去監寺那裡取東西，眼下母親要麻煩妳一件事。」
「請母親吩咐。」
「好，」董氏指一下盛水的陶罐。「這水聞著有股土腥味，想來是寺中的和尚圖省事，隨意在山澗中取的水。母親知道後山處有一眼清泉，泉水入口回甘，相傳是仙人的眼淚，旱年不涸，澇年不渾，用來烹茶別有一番清香，雉娘就替母親去取些來用。」
「是。」雉娘接過陶罐，退出屋子。
剛才她可是看得分明，趙燕娘根本沒有崴腳。董氏此次不帶丫頭，怕就是將她當丫頭使。她拿著陶罐慢慢走著，細心地打量周圍，往前走不遠就能看見方便香客們出入的小門，她轉個方向，朝另一邊走去。
走沒多遠，便見到一位小沙彌。她雙手合十。「小師父，家人吩咐小女去取些泉水，小女不識路，請問師父可否帶小女去後山？」
小沙彌唇紅齒白，長得頗清秀。他撓下頭，不好意思地一笑，許是剛剃度沒多久，還有些未適應。他臉色略紅，點點頭，走在她前面。
她大喜。「謝謝小師父，敢問小師父法號？」
「小僧忘塵。」

「忘卻凡塵，心靜致遠。」

小沙彌耳根一紅，加快腳步。雉娘趕緊跟上，出了小門，轉個彎就見一條被踩出來的小路，兩邊灌木蓊鬱，若一人行走，必會膽怯。

「忘塵師父，平日來這裡取水的人多嗎？」

「回女施主的話，寺中有規定，卯時會安排師兄弟們輪著來取水，夠一日之用，其餘時辰無人會來後山。」

雉娘點頭。越往前走，灌木越密，慢慢連上高大的樹木，越發蔭涼，山風一吹，通體舒暢，倒是個好地方。

她不時環顧四周，樹林茂密，間或有不知名的鳥鳴聲，撲騰著飛來飛去，空寂清遠。走了約半個時辰左右，就聽小沙彌道：「女施主，清泉就在前方。」

雉娘望過去，就見一叢長得十分茂盛的蕨草，青翠繁密，比其他地方的都要水靈，走到近前，被蕨草遮掩住的就是清澈的山泉水。

泉水泛著涼意，飄著霧氣，一股清潤的氣息撲面而來。

泉潭邊鋪著一大塊磨平的石頭，她踏在上面，蹲下身子，將陶罐浸入泉水中，很快就灌滿水。

她將陶罐提起，放在邊上，正想用手捧著喝兩口，突然聽到響動，往後一看，不知何時身後多了一位黝黑體壯的男子，手中舉著木棍，而小沙彌倒在地上。

男子的眼神直勾勾的，緊緊地盯著她，慢慢地走近。

第五章

雉娘的心臟漏跳一拍。此人來者不善，深山老林，她一介孤身女子，怕是凶多吉少。前世中，經歷過太多驚險的事，最後都化險為夷，讓她慢慢冷靜下來，放下陶罐，腦子裡思索著對策。

從面相上看，男子應該已過而立，高大壯實，袖子捲起，露出粗壯的手臂；目光淫邪又凶殘，看著她的眼神像是看一隻待宰的獵物。

這人不知潛伏在此地多久，從他將小沙彌打量的行為來看，必是衝著自己來的，顯然不是三言兩語就能打發的善類。

後面就是泉水，不深，估計跳下去也淹不死，再說她還沒有活夠，哪會輕易求死。

男人慢慢走近，靴子所踩之處，草被壓得深陷泥土中，放肆的目光緊緊地盯著她的臉，露出一個邪笑。「雉表妹，見到慶山哥哥歡喜得話都不會講？怎麼一副不認識的樣子，來，叫聲表哥來聽聽。」

表哥？她腦子轉得飛快，董氏曾提過的那位娘家姪子，是不是就是眼前的人？姨娘曾說他極凶殘，若真是他，今日難以脫身。

董氏母女讓自己來後山取水，原來早就謀劃好，要讓她名節盡毀，任由他們宰割。

「原來是表哥。表哥怎麼會出現在這裡？」

雉娘說著，不動聲色地挪移步子。董慶山嘿嘿一笑。「不是表妹約我在此等候？表哥可是高興得昨夜一宿沒睡，一大早就在這裡候著。表妹，山中無人，不用害羞，到表哥這裡來。」

他說著，朝她撲過來，她一側身，對方撲個空，差點栽倒。趁此機會，她提起裙襬快速跑起來。可是原身體弱，跑沒幾步就被爬起的男子給追上。

董慶山粗壯的手臂拖著她，將她往林子深處拖。

他將她按在草叢中，笑得咧出大黃牙，摸一把她的臉。「嘖嘖，雉表妹，不枉慶山哥哥朝思暮想，長得可真勾人，皮可真滑啊。」

「表哥，既然我們是表兄妹，你如此行事是不是太過不妥？若你真的對我有意思，為何不向我爹提親？」

董慶山的目光凶狠起來。雉表妹長得讓人心癢，他早就垂涎三尺，恨不得搶回家中，可姑父不待見他，姑姑幾次提起親事，都被姑父狠狠訓斥。

「表妹，此事以後再議。我可是等得太久，今日妳就依了我，我再向姑父提親，然後迎娶妳進門。」

「這於禮不合，無媒苟合，以後你讓我怎麼做人？」

她嚶嚶地哭起來，董慶山越發興起色念，一隻手按住她，另一隻手就要去解她的腰帶，她怒喝。「住手，你再這樣，我要喊人了！」

董慶山得意地大笑。「表妹發怒的樣子也別有一番風情。妳放心，沒有人，這個時辰誰會來這後山，妳叫吧，叫破嗓子也沒人會來救妳！」
「我叫破嗓子幹什麼，我又不認識破嗓子。」
董慶山一愣，雉娘似乎聽見一聲極細的輕笑。
附近有人。
趁董慶山愣神之際，她掙出一隻手拔下頭上的銅簪，對著他的眼睛扎下去。對方吃痛，鬆開她，她翻身起來，不給董慶山喘氣的時間，又朝他身上猛扎，痛得他捂著眼睛直嚎叫，竟然不顧痛地又將她按住。
她身子本就弱，又才恢復沒多久，體力漸感不支，眼見身上的衣裙就要被人解開，心急之下大喊。「看戲的，你要看多久？還不快來幫忙！」
樹林中走出一位公子，修長清瘦，董慶山未受傷的眼睛看他書生般的模樣，鬆一口氣。「這位公子，閒事莫管，我見你不過一文弱書生，若是因此丟掉小命，可划不來。」
書生恍若未聞，董慶山有些急了，惡狠狠地瞪著書生。「還有不怕死的，我看你這書生平日也沒見過如此好的貨色，不如讓你分一杯羹，等大爺過了癮，再讓你好好嘗嘗這尤物的滋味。」
書生停住腳步，幽深的眼暗若寒潭，似是在考量。趁此空隙，雉娘拚盡全力，用銅簪朝董慶山的另一隻眼睛扎去。
董慶山吃痛地放開她，她往旁邊一滾，脫身出來。書生眼如深海，莫測地看著她，她這才算是看清楚他的相貌。

他身穿青藍交領襦袍，寬袖窄腰，修長清俊；眉若刀裁，眸深如墨，髮髻上的髮帶飄在後面，眼眸微垂，神色漠然地俯視著她。

她手握簪子，警戒地看著書生。

這位書生若是個表裡不一的衣冠禽獸，肯定會同意董慶山剛才的提議；若是兩個男人，她不敢保證能全身而退。

書生定定地看著她，薄唇如刀。「依在下看，姑娘根本就不需要別人相救。」

「要的。」

雉娘大口地喘氣，同時心裡一鬆。看來這書生還算是正人君子，沒有乘人之危。

董慶山一聽不妙，顧不上痛，捂著雙眼爬起來，跌跌撞撞地想逃跑。雉娘頭暈目眩地喘氣，實在沒有力氣再追。

「請公子相救，這歹人欲毀我清白，可眼下無論有無得逞，若讓他逃過，傳揚出去，我失貞之名坐實，名節盡毀；女子失貞，不死也是活死人，小女子不願枉死，求公子相助。」

書生看著她手中的簪子，簪子的尖頭被磨得極鋒利，顯然是有人用磨石故意為之。這姑娘居然隨身帶著這樣的簪子，倒是稀奇。

他慢慢伸出修長的手指，寬袖往上撩起，快速上前幾步按住董慶山，對方胡亂地揮著手，大叫救命。她薅了一把青草，爬上前將董慶山的嘴塞住。

她撥了下散亂的髮。「他再叫，會引來人的。」

書生不說話，用手刀砍向董慶山的後頸，壯碩的男子瞬間倒地。

雉娘似虛脫般坐在地上，喘著氣。

書生立在那裡，清瘦的身子如青竹一般，寒潭似的眸子看著她，帶著探究。

出來的時辰不能太長，要不會讓人生疑，董氏那裡不好矇混過關。她一咬牙，從地上慢慢站起來。

沒有簪子的固定，鬆開的頭髮散下來，如黑幕一般順滑。額間的髮絲被汗水浸濕，貼在臉上，她臉色蒼白，幾近透明，眸子霧氣氤氳，粉唇微張，不停喘氣，衣裙的腰帶在剛才糾纏之間被解開，綠裙鬆散，衣衫凌亂。

書生瞇著眼。剛才那歹人倒是沒說錯，這是個難得一見的尤物，虛弱的樣子更加嫵媚，讓人招架不住。

她全身發軟，差點癱倒，連手指都在發抖，靠在一棵樹上邊喘氣邊理順鬢髮，將沾上的樹葉取下來。

肩頭處有些血跡，應是剛才糾纏之間，男子傷處留下的。她毫不猶豫地除去撕爛的外裙。書生眼露訝然，別開眼睛。

脫下髒污的衣裙，露出裡面同色的衣裙，款式相同。幸好她的衣服都是綠色和黃色的，找到兩身差不多的並不難。

這也是前世多年躲藏累積的經驗，多備一身衣服總會派上用場。

她用脫下的衣服慢慢擦拭簪子，將銅簪子擦得亮潔如新，這才抖著手去綰髮。可是她不會綰髮，頭髮又太長，試了幾次，都沒有成功。

「請問恩公會綰髮嗎？」

書生眼神越發幽深。這女子究竟是何人，怎麼如此驚世駭俗？

鬼使神差般，他接過她手中的簪子，修長的手指將她散落的青絲攏起，按照剛剛見過的樣子，簡單地綰個髮髻，用簪子固定住。

男人的手指如玉般，偶爾劃過她的頭皮，沁涼一片，卻又如火灼般。

綰好髮，男子退後，她略彎腰。「多謝恩公出手相救，恩公高義，大恩大德無以為報，小女子銘感五內，感激不盡，願來生做牛做馬，結草銜環，來報恩公再生之恩。」

書生目光幽黑，神色複雜，看著山林深處。「來生？今生事未了，何必許來生，我要來生有何用？姑娘若真要報答，不如今生可好？」

「今生小女子身無長物，無以為報。」

男人修長高瘦的身子往前走一步，居高臨下地看著她，漆黑的眼眸中看不出任何情緒。「身無長物？姑娘此言差矣，身即是長物，依在下看，姑娘這身皮囊不錯，不如姑娘以身相許，如何？」

她一愣，用衣袖擦拭額間的汗珠，看著地上暈過去的董慶山，喘息道：「恩公，皮囊終會舊，容顏會遲暮。小女子除了皮囊，還有獨一無二的靈魂，頭腦也尚可，以後若恩公有需要用得到的地方，小女子定當赴湯蹈火，義不容辭。」

靈魂？這說法倒是新鮮。

「好，欠恩還報，我必上門索之。」

他修長的手指朝她伸過來，她呆呆地望著，就見他的兩指之間夾著一片樹葉，原是她頭上還有未清理掉的東西。

她略有些尷尬，剛才還以為他要做什麼。

他不語，將樹葉隨手丟棄。斑駁的樹影投在他身上，髮髻上的飄帶在身後擺動。

董家表哥高大壯實，這書生一記手刀下去，便將人砍暈，看著卻不費勁，如此說來，他雖然看著清瘦，倒不像個書生，再說他行蹤詭異，有哪個書生會獨自出現在深山老林？

樹林中枝葉的影子如梭子般，隨風起而左右晃動，鳥鳴聲由近到遠，在山林中叫聲不絕，倒在地上的歹人不知何時就會醒過來。

她從懷中摸出一個火摺子，將衣裙點著。火焰很快便將綠色的布料吞噬乾淨，她再拾起一根樹枝在地上扒拉幾下，用泥土將灰燼掩住，又重新鋪上枯葉。

看著地上的董慶山，她遲疑道：「恩公，此人該如何處置？」

書生看著她手中的火摺子，她乾笑道：「還有一小包鹽，其他的再也沒有。出門在外，此等物品是必備。」

火摺子，鹽巴。這是行走在外、長年風餐露宿的男人才知道的常識，她一介閨閣女子從何得知？

他的眼神越發幽暗。她暗自思量，在恩公面前已經暴露太多，越解釋只會越亂，不如索性閉嘴。

「此事我自會處理，妳先行離去。」

得到他的答覆，她略放心，抬頭看日頭，時辰不早，想起那小沙彌還倒在地上，也管不了許多，提裙跑出樹林。但見小沙彌還在原地，先用手試了下小沙彌的鼻息，放下心來。

她深吐一口氣，到泉水邊照了照，理理頭髮衣裙，見無甚不妥，才起身拍醒小沙彌。小沙彌茫然地睜開眼。

她滿臉的氣憤和憂心，手裡拿著一塊石子。「忘塵師父，你可醒了。也不知是哪個缺德的，朝你丟了這麼一大塊石子。我左右都看過，並無一人。」

粉白的雪肌被日頭照得些許紅暈，粉唇微嘟著，綠色的衣裙將她的膚色襯得更白嫩，小沙彌臉紅了一下，嘴裡唸著阿彌陀佛。

頭有些疼，他揉著後腦杓，憶起似乎是被什麼砸了一下，然後就暈倒在地。林中有許多猴子，有時候會鬧些惡作劇。

「女施主不必擔心，忘塵無事，山中有猴子，想來又是牠們搗的鬼。」

雉娘心道萬幸，感謝山中的猴子們，略帶歉意道：「耽擱小師父這麼長的時辰，還累得小師父被猴子戲弄，小女子實在過意不去。」

她低著頭，本就長得嬌柔，雙目盈盈，越發如清晨露水中的花兒一般，又嬌又豔。

小沙彌連說無事，便自己爬起來。

雉娘抱著裝滿泉水的陶罐，跟在他的後面，眼神不自覺地往林中瞄。

林中寂靜，不知那書生要如何處理董慶山？她自己身體太弱，不可能拖動一個男人，也只能選擇相信他。

他口口聲聲要她報恩，卻未問她的姓名住處，她也忘記詢問恩公的名字，也不知道能不能再遇見……

進入寺中，她與忘塵互相道別，抱著盛滿水的陶罐走進董氏的房間。董氏見到她，眼神中閃著驚訝，旁邊的趙燕娘眼睛如刀子般在她身上掃來掃去。

她彷彿無所覺，將陶罐放在桌上。「母親、二姊，泉水已經取來，可否要雉娘將水燒上？」

「不用，此事曲婆子會做。」

董氏的眼神中閃過疑惑。明明千叮萬囑地交代過姪子，姪子妄想這丫頭也不是一天兩天，得知能成就好事，歡天喜地應承。以姪子的氣力，為何雉娘還會完好無損地出現在面前？

她不死心地將雉娘從頭到腳細看，衣服潔淨、髮髻未亂，除了人有些氣弱體虛外，並無任何受辱跡象，難道姪子未曾前往？

雉娘似羞赧般地道：「母親，您為何這樣看著雉娘，可是雉娘有何不妥？」

「母親只是擔心，見妳去了許久，怕是路上被什麼事給耽擱。」

「雉娘體弱，走得慢些，尋了寺中一位小師父與他同去。山路難走，路上並無任何不妥。」

「原來如此。」

董氏盯著她的頭頂，雙目淬毒，暗自咬牙。看不出這丫頭還是個奸猾的，居然讓她給躲過去！等回去後要好好問慶山，如此大好機會，不就是多一個小和尚，憑他的力氣對付起來易如反掌，怎能輕易放過？

她不耐煩地揮了下手，讓雉娘下去。

「等一下。」趙燕娘不想就此放過她，將她叫住。「三妹，我崴了腳。曲婆子要煮水泡茶，還要侍候母親，剛才崴倒時弄髒了衣服，有勞三妹。」

雉娘一看，架上放著趙燕娘換下的衣服。

她將衣服收起，放在木盆中端出去，拐個彎就到了水池。池水倒是清澈，應是山中流出的溪水。

池子旁邊有個杏色衣裙的丫鬟正在洗筆硯，那硯臺墨黑潤澤，雉娘雖不太懂，卻也看出並非凡品。

丫鬟瞧清她的長相，再打量她的衣著、妝扮，眼睛閃了閃。

雉娘露出一個微笑，學著丫鬟的樣子在池邊石板上蹲下來，取出盆中的衣物。她的手細白滑嫩，可洗衣服的動作卻不生疏。

丫鬟也對她笑一下，道：「這位妹妹，我叫執墨，不知妹妹如何稱呼？」

雉娘略有些不好意思道：「我是渡古趙縣令的女兒，行三，此次陪我母親上山來進香，為我在京中的大姊還願。」

趙家有個女兒被封為縣主，最近都傳遍了，執墨自然聽說過。

「妳是縣令家的小姐？」

她點點頭。執墨有些不敢置信地道：「剛才奴婢逾越，冒犯小姐。只是堂堂縣令家的小姐怎麼會自己洗衣裳，隨行沒有帶下人嗎？」

「有帶的，不過婆子要侍候母親，我二姊崴了腳，換下的衣服沒人洗，索性我閒來無事，倒是不算勞累。」

執墨閉嘴，看向她的穿著打扮，猜出她定是庶出，若不然，縣令夫人哪捨得讓親生女兒做丫頭們的活計？

接到丫頭同情的目光，雉娘低下頭去，然後又抬起頭。「我在府中也做過這樣的活計，並不算太難，還能打發日子。」

執墨對她頓時心生好感，輕聲道：「小姐通達，若是我家老夫人見了，必要誇讚小姐心性好。」

雉娘見她雖是丫頭，卻有種說不出的氣韻，在說到老夫人三字時，帶著極自傲的神色，不由問道：「不知妳家老夫人貴姓？」

「我家老夫人姓胥。」

胥？雉娘露出吃驚的神色，其實根本不知道這胥姓有何特別之處。

執墨很滿意她的神色，將筆硯裝入籃中，指一下不遠處那花團錦簇的院子。「那就是我們老夫人歇息的地方。」

順著她的手指，正對著一間院子，那院子有別於寺中所有的客房，倒像一個獨門的小院，如此看來，執墨口中的胥老夫人身分不一般。

雉娘含笑目送執墨離開。

她的手漫不經心地搓著手中的衣服，慢慢地瞇起眼眸，兩手一使勁，將衣裙撕扯出一道大口子，這才擰乾放進盆中。

客房內的母女倆嘀咕著，埋怨董慶山不成事，又怪雉娘太狡猾。趙燕娘氣得躺在床上。天時地利人和，大好的機會，居然讓那死丫頭逃脫，燕娘盯著屋梁的蜘蛛網，越發心浮氣躁，氣鼓鼓地穿鞋出去，任由董氏叫喊都不停，逮住一個小沙彌就指責他們做事不經心，客房都沒有打掃乾淨。

小沙彌聽到她說屋頂的蜘蛛，口中直呼阿彌陀佛。「女施主，上天有好生之德，出家人慈悲為懷，不能殺生；蜘蛛雖小，卻是生靈，不能妄動殺心，女施主戾氣太重，罪過罪過。」

董氏趕過來，擠著笑。「小師父，小女失禮，望師父見諒。」

此時，正好雉娘洗好衣物回來，將衣服搭在屋側的橫欄上，撕裂的口子瞬間激起趙燕娘的怒火。

「妳是怎麼洗衣服的，怎會扯得如此大的口子？我看妳分明不懷好心，憎恨我，才故意毀壞我的衣服！」

雉娘雙手絞在一起，低著頭。「二姊，是雉娘的錯。雉娘不小心，才將衣服弄破。」

小沙彌正是忘塵。他錯愕地看著這一幕，貌美的女施主好可憐，沒想到在家如此受欺負。

董氏恨女兒不知事，急急地喝住趙燕娘，對雉娘道：「妳二姊今日脾氣不好，往日對妳最關心，妳可不能與她心生嫌隙。」

雉娘淚眼汪汪，不語流淚。忘塵胸有不忿，飛快地走遠。

見無外人，董氏的臉立刻沈下來，面色不善地看著雉娘，厲聲道：「跟我進屋！」

雉娘噗咚跪下，大聲哭喊。「母親，請您責罰雉娘！雉娘沒用，連衣服都洗不好，將二姊的裙子弄壞，您莫要生氣，要打要罰雉娘受著就是，求您消消氣。」

趙燕娘一聽更氣，不管不顧，怒罵道：「妳個小賤人，是不是存心將我的衣裳撕爛？那是新做的，可得費十兩銀子！」

十兩銀子不是小數目，夠平頭百姓全家兩年的嚼用。董氏本就是農女出身，對銀錢看得頗重，聽到浪費銀子，心都要滴血，臉色更是陰沈。

不遠處的小院，有人在探頭探腦。雉娘看得分明，是執墨。

董氏怒火中燒，就要上前拉她，她不起身，撕扯間，她倒在地上，伏地大哭。「母親，雉娘願跪在這裡，求二姊消氣！」

小院的門打開，執墨扶著一位老夫人走出來，雉娘勾了下嘴角，哭得越發傷心。

第六章

此時正值當午，日頭毒辣，雉娘本就體虛，上山之後一直沒有歇息，不是取水就是洗衣，這般跪在地上哪受得住？她身形晃動，綠裙細腰，如楊柳無依，讓人見之生憐。

趾高氣昂的嫡姊、狠心的嫡母、備受欺凌的庶女，任誰見了，都會在心中指責董氏是個苛待庶女的惡嫡母。

胥老夫人朝這邊走來。她穿得樸素，梳著包頭髻，髻中一根木簪，別無他物，卻保養得極好，髮未白，臉上也只有細微的皺紋，雙眼透著睿智的光。看到這一幕，輕描淡寫道：「不知這位夫人緣何動怒？想要懲戒庶女，在自己府上即可，何必攪得佛門不得安生，平添污濁之氣。」

趙燕娘見她的穿著，看起來不像是富貴人家出身，頓時不高興。「這位老夫人，不知內情就不要瞎說。我這庶妹奸猾，慣會偷懶，我母親訓誡她，也是為她好，佛祖哪會怪罪？」

胥老夫人淡淡一笑。「這位姑娘口齒不錯，妳這奸猾的庶妹為妳洗衣，妳半點不感激，還說她偷懶，不知她是如何偷的懶？與什麼都未做的姑娘相比又如何？佛門淨地，若是信口雌黃、顛倒黑白，小心佛祖降罪。」

董氏也不高興了，這老婦人從哪兒冒出的？怎麼摻和別人的家事，她教訓庶女，與旁人何干？整個渡古縣，誰的身分還能有她高，竟敢當面訓斥她的女兒？

「老夫人，我二女兒不太會說話，卻是實情。庶女犯錯，我在此教導庶女，也是希望她能改過自新，以後出了門也不惹夫家厭棄。打擾老夫人休息，實在罪過，非禮勿視，請老夫人迴避。」

「她確實不會說話，至少沒有夫人這麼會說話。妳們既然已經打擾到我午後小憩，總不能攔著我老婆子看熱鬧。」

董氏氣結，有心想痛罵，見她氣定神閒，又拿不準她的身分，便不停對雉娘使眼色，雉娘確實頭暈，也就裝作根本沒有看到的樣子。

這時，忘塵領著天音寺的監寺到來。監寺對胥老夫人行禮，畢恭畢敬，聽到監寺口中的胥老夫人四字，董氏大驚失色。姓胥的老夫人又能讓監寺禮敬的，只有那名聞天下的胥家。

閬山書院是胥家所創，歷代院長都是胥家嫡系。

董氏暗自後悔，兒子在書院讀書，她想巴結胥老夫人都求見無門，卻在寺中相遇，偏偏還是這樣的情況之下。

她乾笑一下。「胥老夫人，我家老爺是渡古的縣令，也是我眼拙，有眼不識金鑲玉，多有得罪，望老夫人見諒。」

胥老夫人可不吃這一套，以貌取人，前倨而後恭，這樣的人不值得相交。

監寺的眼睛一掃，就明白眼下的狀況。別看出家人四大皆空，不沾俗事，可監寺本就掌管寺中的財物，常與各家夫人打交道，對於俗世中的是是非非可是清清楚楚。

他口中說著阿彌陀佛，滿目慈悲，其實心中卻在衡量趙家所捐的香油錢，值不值得就此得罪。忘塵也雙手合十，唸著罪過罪過，指向趙燕娘。「師叔，就是這位女施主要在寺中殺生。」

「女施主，佛門清淨之地，不能喧譁；一蟲一鳥，都是生靈，不可犯殺戒。貧僧見施主近日印堂晦暗，與寺中佛氣相沖，不如請施主先行下山，以後心平氣和時，再來與佛祖討經。」

董氏氣得發暈。監寺這是在趕她們走！她自從當上縣令夫人後，還從未受過如此大辱！雉娘垂首含淚，讓人見了心疼，看在董氏的眼中卻如毒刺一般，不拔不快。燕娘說得對，這死丫頭不能再留。

雉娘仍舊跪在地上，胥老夫人那雙飽含世故的眼認真地打量她半晌。「至剛易折，女子就該軟韌些，可人的氣節不能斷，膝下金貴，不能軟了骨頭。」

「老夫人教誨，雉娘銘記。藤蔓攀高枝，野草蔭下藏，人生在世，或卑躬屈膝，或忍辱負重，或曲意相迎，皆為生存之念。人活著，萬般有可能，人不在，百事都消弭。氣節存於心，別人辱我罵我，我雖身不由己，可風骨在心間，永不彎折。」

她的眼神堅定，慢慢從地上起來，拍了下身上的泥土，對胥老夫人恭敬地彎腰行禮。「今日多謝老夫人仗義執言，雉娘感激不盡。人生在世，或許有諸多不易，雉娘所求不過安穩自在。」

胥老夫人的眼神滿是讚賞。「我本不欲多管閒事，是我的丫頭執墨說小姐心性好，我必喜歡，這才起意。如此一見，趙三姑娘果然沒有讓人失望。小小年紀，倒是將世事看得透澈，多少人糊塗到死，也沒有趙三姑娘此等覺悟。」

「多謝老夫人。」

執墨捂著嘴笑，雉娘對她報以感謝的笑容。

目送主僕二人離開，她才慢慢回屋收拾東西。其實沒有可收拾的，她自上山後便如陀螺般地轉著，沒有停歇，包袱根本沒有打開，直接提起就走。

得到消息來接母女三人的趙守和也略有些納悶。早晨才上山，不是說好要住夠三日，為何當日便下山？

見董氏陰著臉，二妹滿臉憤恨，而三妹蒼白虛弱，他心知事出必有因，沒有多問。正欲扶母親上車，正前方忽有駿馬奔馳，一人一馬至，青衣公子翻身下馬，姿態風雅。

他漠然地看著他們，清瘦孤高，面如蒼山冷月，眼如寂夜寒星。

雉娘一眼就將他認出，這位公子正是恩公。

趙守和連忙放下母親，拱手彎腰行禮，口中稱道：「見過大公子。」

大公子？雉娘心下疑惑，不知恩公是哪家的大公子。

讓大哥如此恭敬，身分應該不低吧，也不知他將董慶山如何處置，會不會有後繼的麻煩？

她胡亂地想著，青衣男子對趙守和略一點頭，連多餘的眼神都沒有給雉娘，便飛踏上石階，往寺中而去，眾人視線中只餘他拾階而上的黑色短靴。

雉娘卻眼尖地看到他修長的手指比出刀的樣子，她瞬間明白，這是與她交代董慶山的事。

趙燕娘雙眼發癡，這位大公子的風姿氣度，哪是表哥段鴻漸可比的？想她枉生十七載，竟從未見過如此出色的公子。

她的眼神似黏在遠去的人身上，喃喃道：「哥哥，這位公子是誰，我怎麼從未見過，他是哪家的大公子？」

趙守和不悅地瞪一下妹妹，神色恭敬無比。「這哪是妳一個閨中女子該問的。莫說是妳，就是我，也只是與大公子有過一面之緣。能讓所有讀書人尊稱一聲大公子的，當然是胥家大公子。」

雉娘低著頭，卻豎著耳聽他們兄妹說話。他姓胥，不知與胥老夫人是何關係？

趙燕娘卻是面露喜色。胥家大公子，是胥閣老的嫡長子，胥家極有威望，整個天下除了國子監，最大的就是閬山書院；閬山書院是胥家所創，院長是胥家二房老爺，胥家百年來桃李滿天下，胥家長房在京城，大房老爺官至閣老，乃朝廷中流砥柱。

而今國子監中，上自國子監祭酒，下至掌教博士，大多出自閬山書院，朝中文官，曾就讀於閬山書院者過半。胥家在清流和朝野都有極高聲望，天下讀書人景仰胥家，胥家大公子是長房嫡長子，任何人見了都要尊稱一聲大公子。

胥良川腳步未停，胸中卻波瀾不平，略微轉頭，現出清俊的側顏，眼角淡掃絕塵而去的馬車，手在寬大的袖子裡握緊。

趙燕娘……

很好，前世最厭憎的人，居然這麼快就又遇見。她的目光還是如記憶中的一樣，讓人噁心作嘔，恨不得挖其雙目。

今生的他絕不會重蹈覆轍，以前一直未有機會做的事情，都要做個了斷——

想不到無意中出手相救的綠衣姑娘，居然也是趙家人，這倒是有些出乎意料。

他清楚地記得，前世，趙家根本沒有這樣一位三小姐。趙書才從縣令一路升入京中，官至員外郎，府中只有髮妻，一子二女皆是髮妻所生，從未聽說過還有三女。

也有傳聞說他早年間曾有一妾，不幸病逝，而他愛重髮妻，髮妻雖出身農家，可趙夫人頗有賢名，趙書才對其敬重有加，後院再無其他妾室，京中的夫人們無不羨慕趙夫人，後院一人獨占，所生子女皆有出息。

至於大兒子金榜題名，進士及第，入朝為官，長女封縣主，深得皇后娘娘的寵愛，小女兒則嫁給青梅竹馬的段家公子。段家也是皇后親信，京中世家都要給趙家幾分薄面，算得上事事圓滿。

今生所有的事情都和前世一模一樣，唯獨趙家這憑空多出的三小姐。

一位官家小姐陪嫡母出行，居然會隨身備著火摺子和鹽巴，還有防身的利器，甚至連衣服都會多穿一套。

從形跡上，這位三小姐必然見多識廣且謀略過人，應是時刻防著被人陷害。閨閣中的女子如此草木皆兵，想來常常遇險，前世有賢名的趙夫人怕是最可疑之人。

能教出趙燕娘那等恬不知恥的女兒，他對這趙夫人無一絲好感。

智多近妖，趙三小姐並不像尋常的閨閣小姐，前世也沒有這麼一個人，那麼，她究竟是誰？

她曾說過，她有獨一無二的靈魂。

靈魂？他的腳步一緩，瞳孔一縮。是了，這世間離奇之事何其多，像他能夠重活一世，保不齊她也有不一樣的奇遇。

他疾步跨進天音寺，與過往的僧人雙手合十見禮，熟門熟路地走到寺後的客房處，拐進獨立的小院子。執墨正巧出來，見到他，臉上一驚，然後高興地行禮。「奴婢見過大公子。」

「免禮。」

胥老夫人正盤坐在蒲團上誦經，手指撥動著佛珠，聽到聲音睜開眼，眼中喜悅盡現。老嬤嬤將她扶起，出門一瞧，果然是大孫子。

他站在花籬的邊上，青衣墨髮，身姿如竹，長身玉立，清瘦的面容越發器宇軒昂，有著書生的儒雅，也有智者般的淡然。胥老夫人大喜，甩開老嬤嬤的手，快步走出。

胥良川彎腰行大禮。「孫兒見過祖母。」

胥老夫人上下將孫兒一打量，嘴裡喃喃道：「川哥兒，讓祖母好好瞧瞧。」

他依言上前，胥老夫人左看右看，看不夠。「怎麼又清瘦不少？川哥兒，學業雖重要，可身子更金貴。」

「孫兒知道。」

「你此次前來，你父親可有什麼交代？」

「父親讓孫兒好好孝敬祖母，安心讀書。」

「好、好。」胥老夫人連說兩個好字，拉著長孫的手，怎麼也看不夠。

長孫年已二十有四，尋常人家的公子在他這個年紀，早就成家立業，兒女滿地跑，可胥家有祖訓，嫡系長房入朝，二房守業，子孫學業為重；為免分心，二十五歲方能娶妻，娶妻後才能入仕，四十無子才許納妾。

娶親之前要多多磨礪，務必人事通達，入朝後能禁得起瞬息萬變的風雲，屹立不倒。百年來，胥家人一直嚴苛地遵循祖訓，才有名滿天下的聲望。

離二十五還有一年之期，川哥兒的婚事也該準備起來。胥家清貴，結姻緣不看重家世，品貌才是關鍵。

胥老夫人看著長孫，越看越驕傲。川哥兒人品出眾，又是胥家長房長子，再加上胥家的祖訓，多少世家貴女想嫁進來，她可是聽說京中好幾位貴女都在等著胥家鬆口。

胥良川不知祖母所想，坐在胥老夫人的下首，不一會兒，進來另一位公子，白袍綸巾，儒雅溫和，正是胥家二房的公子，胥良岳。

「見過祖母。我一下學，就聽父親說兄長從京城來，書院遍尋不見，兄長孝順，我就猜是來祖母這裡，果不其然。」

胥老夫人笑得臉上都起了皺紋。這兩個孫子，長孫清冷，次孫溫潤，都是極出色的男兒，胥家將來的擔子都要落在他倆的身上。

胥良岳身量略矮些，謙和如玉，也是位極佳的翩翩公子。

重生後，胥良川是頭一回見到這位堂弟。

前世，皇后娘娘看中趙家，先是封趙家長女為縣主，後來一路提拔趙家入京。趙家風光一時無人能及，京中貴夫人們都猜測，皇后娘娘看中趙鳳娘，想將她許給太子為正妃。趙鳳娘與太子出雙入對，不避外人，人人樂見好事，誰知皇后娘娘下旨將趙鳳娘許給堂弟；堂弟彼時高中探花，前途無量，因為此事遲遲未能授官，賦閒在家，成親後也與趙鳳娘並不親近。

胥家二少夫人癡戀太子，京中人人皆知，堂弟淪為世家子弟口中的笑柄。胥家百年教書育人，學生遍天下，雖無人敢挑明，卻有那壞心人在言語之間頗多輕視，他曾狠狠教訓過出言不遜之人，誰知堂弟滿不在乎，一副任憑人說，雲淡風輕。

胥家清貴，歷代只擁護正統，太子為儲君，胥家自然將他視為下一任帝王，可皇后突然來這一手，讓人意外，措手不及。太子與他自小相識，少年時，他曾是太子的伴讀，兩人有幾分情誼，經此一事，雖不至於有嫌隙，卻總覺得有些尷尬。

太子對鳳來縣主有情，是有眼睛的都能看得出來。

後來，太子意圖謀逆，東宮藏有龍袍，皇后娘娘大義滅親，親自向陛下揭發。天子震怒，太子於雙闕門前揮劍自盡，趙鳳娘聽聞，懸上一尺白綾，也追隨而去。

如此結局，讓人無比唏噓。

半年後，趙書才被外放出京，長子送其赴任，路途中遭遇山匪，全家遇難，無一活口，死狀慘不忍睹，收屍的官兵都嚇得半月吃不下肉菜。唯嫁入段家的趙燕娘獨活，皇后娘娘惋惜，憐其孤苦，念及已逝的鳳來縣主，將趙燕娘也認作義女，封為安山郡主，享公主俸祿。

不久，段家被查出當年曾參與太子謀逆一事，滿門抄斬，安山郡主在刑場當眾與段鴻漸和離，夫妻恩斷義絕。

眾人都以為安山郡主會失寵，沒想到皇后並不計較，依舊恩寵有加，甚至在二皇子繼位成新帝後，安山郡主更加尊榮。太后常召她入宮相陪，甚至放言天下男兒，任其挑選為婿。

想到這裡，胥良川的眉眼冷下來。

安山郡主挑中的人正是自己。

在此之前，每每相遇，安山郡主的目光都讓他不喜，得知此消息便斷然拒絕。太后當場冷臉，新帝也頗不悅，自新帝登基後，父親秉承祖訓，一朝天子一朝臣，上摺請辭，扶自己上位，然後毫不留戀地還鄉，回到閬山。

他入朝後，新帝不滿他，處處壓制，最後他在朝中舉步維艱，連帶著閬山一派的官員也受到冷遇，幾番思量之下，被迫辭官。

同年，太后下旨，安山郡主下嫁給堂弟，堂弟入京，卻也終生只領閒職，做著他的郡馬爺。

多年後，他才知道，當初皇后娘娘看中的就是自己，想讓趙鳳娘嫁的人也是自己，是堂弟替他代之；後來趙燕娘擇婿，他斷然拒絕，傷及皇室臉面，還是堂弟以身折罪，才保胥家無事。

他終生未娶，後半生一直待在閬山，承繼先祖的基業，胥家在天下學子中依舊一呼百應，卻在朝中銷聲匿跡；陛下有意為難，但胥家百年聲望，牽一髮動全身，無從下手。

在閬山，他閒雲野鶴，與三兩好友對弈論策，至死未再踏入京中。生平種種，倒是在晚年讓他悟出些許端倪。

死後，本以為一切成空，誰知前幾日突然從家中醒來，回到幾十年前，他立即請求父親讓他回閬山讀書。

趙家是整件事情的關鍵所在，若不是那趙家二小姐，他何至於被迫退出朝堂，在這閬山終老？只可惜了堂弟，聽說安山郡主為人放蕩，府中面首不少，堂弟與她分房而居，鬱鬱終生，竟是死在自己的前頭。

也就是那時，他才知曉真相，得知他後半生多年的安逸生活，都是堂弟換來的……

眼下，再見到清風明月般的堂弟，溫和的面容上全是見到自己的喜悅，他神色緩下來，朝他頷首。

胥良岳溫和的目光帶著仰慕。「兄長，去年一別，算起來，你我兄弟二人已近一年未見，弟甚是掛念。」

他略有些動容，慢慢地站起來，遲疑地伸出手，拍拍堂弟的肩。「為兄也甚想念岳弟。」

「真的嗎？」胥良岳眼光大亮。「聽父親說，兄長暫時不回京中，要留在閬山。」

他點了下頭，胥良岳笑得靦覥，歡喜之情溢於言表。

第七章

胥老夫人坐在上首，滿目慈愛，含笑地看著出色的孫子們，一青一白，風儀不同，卻同樣出色，都是好男兒。長孫、次孫感情好，相處和睦，兄友弟恭，是胥家幸事。

她欣慰道：「你們兄弟二人許久未見，此次川哥兒要在閬山待一段時日，倒是可以好好討論文章。」

「正是這個理。」胥良川撩袍坐下，胥良岳也在他下首落坐。

執墨有眼色地去取齋飯，祖孫三人就著餘暉用飯。飯後，兄弟二人挑燈對弈，胥良岳執白子，他執黑子，黑子如烏雲壓城，大殺四方，漸將白子吞噬包圍。

「兄長棋藝大進，弟佩服。」

前世避於閬山，大部分時光都消磨在棋盤之間，棋藝自然精進許多。他已故意放幾次水，可幾十年的磨練，對付胥良岳是不費吹灰之力。

胥良川毫不猶豫地落下最後一子，白子全軍覆沒，大局已定。

「閒來無事，琢磨得多，也就會有進步。」

胥良岳信服，將棋子重新裝入墨玉棋盒中。「兄長，聽聞太子已經開始參朝，可有此事？」

胥良川凝眉，沈思半晌。「確有此事，太子上月初旬就開始隨陛下議事。」

太子乃皇后嫡子，又是皇長子，無可爭議地被立為太子，後宮中除了皇后育有一女二子，就只有賢妃膝下有一位公主，其餘的妃嬪皆無所出。

所幸如此也好，對朝廷和百姓都是福氣，皇子少，暗鬥也少，朝中並無黨派，二皇子也同為皇后嫡出，自然全力支持太子。

他與太子幼年相識，太子驚才風逸，沈穩有度，且有仁愛之心，若登基為帝，必是明君。

前世裡，他也一直想不通太子為何謀逆。這天下遲早是他的，他為何迫不及待地起篡位之心，冒著天下人的指責，自毀前程？偏偏還是皇后親自揭發，帶人在東宮搜出嶄新的龍袍，物證在目，讓人辯無可辯。

事情一經曝出，陛下雷霆大怒，要將其在皇室除名，貶為庶人，幽禁終生。太子直呼冤枉，在金殿前叩頭痛哭，卻是證據確鑿，無法抵賴。太子心灰意冷，揮劍自刎於宮門前。

那一天，黑雲壓城，悶雷轟鳴，太子跪在雙闕門前，仰天長呼三聲冤枉，伴著雷聲，震耳欲聾，一劍斷喉，死不瞑目。

皇后娘娘抱著他的屍體，哭得暈倒在地。

太子一死，陛下也深受打擊，龍體欠佳，三年後終於駕崩，傳位於二皇子。二皇子登基，尊皇后為太后，嫡姊永安公主為長公主。

後來的歲月中，他一直琢磨太子的那三聲冤枉字字泣血，分明是冤屈而死。他曾是太子伴讀，對於太子心性自認十分瞭解，太子絕不是急功近利之人，更不可能謀逆。

經過多番暗查，他無意中得知趙家慘案分明是有人蓄意為之，趙書才赴任途經之地根本沒有山匪，而段家罪名更是莫須有，若真要說太子派系，滿朝都是太子派系，為何只有段家獲罪？

為什麼？所有人都死了，只剩趙燕娘活著，且一生尊貴。

段家的繼夫人是皇后娘娘以前的女官，皇后娘娘當初不過是祝王府的一位側妃，因育有長子，祝王登基後才冊封為皇后。

而陳年往事之中，有一件事引起他的注意——當年，祝王府中的兩位側妃同時有孕，平側妃是常遠侯府的庶女，已育有長女，另一位高側妃則出身淮寧高家，高家是百年世家，底蘊深厚。

之後平側妃先一天產下長子，高側妃隨後產女，祝王大喜。

除了兩位側妃外，王府中還有一位有孕的通房與平側妃同日生產，只不過通房難產而死，只產下一名死嬰。

當時，趙家夫人正好來京看望小姑子，也在一間民宅中產下雙生女，即趙鳳娘和趙燕娘。

祝王當時在一眾皇子中最平庸，誰知皇權相爭，反倒是他得益，登基為帝。祝王妃早逝，府中側妃為大，平側妃育有長子，被冊立為皇后，高側妃被封為賢妃。

世間之事，看似尋常，卻有許多巧合。

後宅爭鬥常常你死我活，皇后娘娘身為母親，怎麼會指認太子謀逆？太子若是她的親子，她捂著都來不及，哪會親自揭發？

除非太子並非皇后親子，皇后想讓自己的親子繼位，必然會處心積慮地除掉太子，二皇子才能名正言順地繼承大統。

可太子有賢名，在朝中頗有威望，若無大錯，便是下任帝王。

身為太子，又是皇后嫡出，根本就找不出謀反的理由。可是皇后親自揭發，由不得他人不信。太子死後，皇后雖然表現得悲慟，卻鮮少在人前提到太子。

皇后寵愛趙家女，趙鳳娘不過是縣令之女，有個曾當女官的姑姑，便可以隨意出入皇宮，深受皇后喜愛，封為縣主。至於鳳來縣主與太子情投意合，人人都傳她是將來的太子妃，皇后卻出其不意地將她賜婚給他人，於理不合。

他慢慢抽絲剝繭，暗暗揣測，皇后不顧縣主的意願強行給她賜婚，此事必有內情。

鳳來縣主身亡後，皇后娘娘悲痛萬分，據宮人說，娘娘躺在榻上難以起身，徹夜哭泣，湯食不進……一個義女而已，何至於如此，竟比太子的分量還重。

後來趙、段兩家滅門，趙燕娘受封郡主，尊榮一生，連新帝都對她另眼相看，此中蹊蹺如管中窺豹，可見一斑。

他大膽地猜測，當初皇后產下的是女嬰，那位通房生的恰巧是男嬰，兩相對換；女嬰未死，為免長成後相貌似生母，被人猜出內情，才被送出去。可趙家起了歪心，夥同趙氏以自己親女代之，被皇后識破，才有趙、段兩家的滅門之禍。而趙燕娘，也就是真正的公主，當然會一世榮寵。

他重生後，第一件事就想查出當年的真相。若趙燕娘真是皇后親女，他要如何做才能將前世的結局扭轉過來？

沒想到此次閬山之行，倒有意外收穫……想到趙三小姐，他的唇抿得更緊。

趙家一行幾人各懷心事，回到縣衙，趙縣令大吃一驚。出去的時候還興高采烈的，怎麼回來得如此突然？且董氏神色有異，不是說要在寺中待三天，是不是途中有變？

董氏氣急敗壞地回房，趙縣令叫住雉娘，雉娘先說自己在寺中忙得不停腳，又將監寺的話一字不差地傳達，氣得趙縣令當下黑臉。堂堂的縣令夫人被監寺趕下山，傳出去如何做人？

雉娘累了一天，神色疲倦，趙縣令心疼不已，讓她快回屋休息。

鞏姨娘正在收拾屋子，見她回來，也非常吃驚。她簡略一說，隱去董慶山的事，鞏姨娘拉著她左看右看，眼眶泛紅。

「夫人肯定要將這筆帳算在妳頭上，這幾日，妳莫輕易出去，她若是有意為難，妳受著就是，切莫與她硬頂。」

雉娘無奈地點頭。其實這已經不是她聽不聽話的問題，董氏能安排董慶山毀她名節，就沒有想過讓她嫁入清白人家，甚至欲將她置於死地。無論她表現得如何乖巧，都是董氏的眼中釘、肉中刺，想除之而後快。

也許明天，董慶山的事情就會曝出來，董氏定然不會放過她，或者會有更狠毒的陰謀等著她。董氏是嫡母，想要毀掉她其實是不難的；而她，也不想再和董氏虛與委蛇。

翚姨娘雖知董氏不善，卻礙於奴身，什麼也做不了；便宜父親是個好糊弄的，董氏與他多年夫妻，知道如何應付他。算起來，她一個可以依靠的人都沒有，想要拚出一條活路，舉步維艱。

她不經意地想到胥家的大公子。此人出身高，看著是書生的模樣，手段不同於常人，可惜是個男子，不能相互走動結交。她處在內宅中，外人鞭長莫及，怕是也幫不上她。

翚姨娘在一旁小聲地勸說，要她如何伏低做小，聽董氏的話。雉娘心不在焉地點頭，看到丟棄在簍中的舊衣物，不經意地問道：「姨娘在做什麼？」

翚姨娘擦了下眼淚，道：「夫人給妳添置幾身新衣，我將妳穿小的舊衣收拾出來，等下讓烏朵拿去燒掉。」

燒掉？為何不是送人？

她再一細看，舊衣大多是內衫及小衣，確實不宜送人，丟棄都不行，萬一被有心之人拾去，會惹來禍事，唯燒掉最穩妥。

烏朵抱著簍子就要出門，她心念一動，叫住烏朵細語吩咐一番。烏朵儘管不解，卻鄭重地點頭。

整日奔波，雉娘也很睏累，便早早睡去。

東屋那邊不太平。趙縣令訓責趙燕娘，董氏不甘，與他辯駁，將所有過錯都推到雉娘身上。趙縣令已經從雉娘口中知道事情經過，聽到董氏說的完全相反，有些懷疑，背著手踱到書房，索性歇下。

翌日一早，雉娘正起身，便聽到院子裡鬧哄哄的。烏朵機靈地進來，小聲地說：「三小姐，董老夫人來了。」

雉娘面色無波。董慶山失蹤，董家自然會來人。幸好她多留一個心眼，去後山取水時叫上忘塵師父，董氏想將髒水往她身上潑，可得要好好思量。

董老夫人不管不顧地鬧，嘴裡沒個乾淨。「把那個小賤人叫出來！讓她說說，慶山去了哪裡？」

趙縣令頭痛欲裂地從書房出來，本來還要對她行禮，聽到這不乾不淨的話，心中來氣。「不知岳母口中的小賤人是誰？」

董老夫人見他出來，扠著腰。「書才，你來得正好，我正要和你好好說道說道。慶山昨日出門，說是與雉娘有約，可一去不回，到現在都不見蹤影，我在家中等得心急，才上門來問。」

「岳母，是不是有什麼誤會？雉娘昨日與大梅去天音寺進香，幾時與內姪有約？」

「慶山說得真真的，哪會有假？你將雉娘叫出來，一問便知真假。」

「胡鬧，雉娘一個未出閣的姑娘，怎麼會私下與慶山內姪相約？怕是岳母弄錯了吧？」

董老夫人斜眼看了下女兒。「哼，書才，我們家大梅嫁進趙家，生兒育女，替你操持後院，你不知感激，反而招惹來歷不明的女子，納妾生女。怎麼？你那三女兒本就隨母，是個不知檢點的，也就我家慶山被迷得暈頭轉向，她想進我董家門，我還得好好思量呢！」

上門。

趙縣令氣得面色黑沈。他向來不喜董家人，董氏深知這一點，平常也不會隨意讓董家人

董老夫人的嗓門很大，西屋裡的人聽得一清二楚，犟姨娘自然又是淚漣漣。雉娘冷著臉，平靜地聽著傳過來的聲音。

昨日她半點破綻也沒有讓董氏抓著，董家人想毀她的名聲，她要讓他們吃不到肉還惹一身騷。

趙縣令不滿地看著董氏，就這麼乾看著自己的娘在院子裡嚷嚷，萬一傳出去，雉娘還要如何做人？

可董氏心中驚疑，昨日姪兒並未去後山，也沒回家，那人去了哪裡？

她不顧趙縣令的臉色。「老爺，此時不是追究的時候，趕緊派人出去找慶山要緊，我們董家可就這一根獨苗。」

董老夫人見女兒也是一副不知情的樣子，這才慌了神。她還以為女兒知道孫子下落，這才先發制人，先坐實那賤丫頭和慶山的事，再問孫子在何處也不遲。

搞半天女兒也不知道，她暗罵，孫子必是又躲在哪個花街柳巷裡尋歡作樂，這一來，銀子又要費不少。

趙縣令再有不滿，也無法衝董老夫人發火，拂袖去了前衙，招來幾個衙役吩咐，衙役領命離去。

院子裡，董氏對自己的娘使眼色，看一下西屋，搖了下頭。

董老夫人小聲問道：「事情沒成？」

董氏又搖頭。

「那慶山去了哪裡，妳可知道？我不管，是妳出的主意，若妳姪子有什麼三長兩短，我要那小賤人償命！」

董老夫人的目光陰狠，董氏扶她進屋，她邊走邊大聲喊：「快讓妳那庶女出來，外祖母上門，也不來拜見，這禮數都學到狗肚子裡去了！」

西屋的翬姨娘聽到，慌了神，不想三姑娘出去，又怕被人藉此壞了名聲。雉娘白著臉，往榻上一躺。「姨娘，昨日太過勞累，眼下渾身發痛，我病了。」

翬姨娘立即抹著眼淚，讓蘭婆子去請大夫。

蘭婆子剛一出門，與氣勢逼人的曲婆子碰個正著，蘭婆子愁容滿面。「曲嬤嬤，三小姐病了，我正要去請大夫。」

曲婆子橫眉豎目，道：「病了？三小姐這病得也太是時候，不會是心虛躲著不出門吧？」

她一把推開蘭婆子往屋裡闖，一掀簾子，皮笑肉不笑地道：「三小姐，董家老夫人上門，夫人讓奴婢來請妳過去相見。」

雉娘掙扎著坐起，又無力地倒下，氣若游絲道：「曲嬤嬤，麻煩回去幫我向母親告個罪，我這實在是無法，起不了身。」

說完，她臉白如紙，似要暈過去。翟姨娘急得大哭，也不顧有外人在場就撲到榻邊，哀傷地哭起來。

雉娘面色寒沈，蒼白得嚇人，大大的眼睛似無神般地看著曲婆子，看得曲婆子發毛，慌忙出去向董氏稟報。

董氏聽聞，若有所思。昨日那死丫頭確實忙個不停，本就身子才剛好，這病倒也不足為奇。

「大梅，妳可是正室，哪能由著一個小小的庶女如此拿大？依我看，妳還是太心善，一個庶女，有口飯吃就行，還真當自己是千金小姐。」

她話音未落，就見趙縣令的官靴邁過門檻，臉色尤其難看。董老夫人的話，他可是聽得一字不差。庶女又如何，也是他的親生骨肉，怎就不是千金小姐？

董氏朝她使眼色，可董老夫人壓根兒不看，見趙縣令進來，越發說得起勁。「正好書才也在，可得好好說道說道。大梅替你管後院，你就由著一個庶女如此不敬嫡母？」

「不如岳母跟小婿說說，雉娘如何不敬嫡母。」

趙縣令的語氣很硬，董老夫人似無所覺。「我這個嫡外祖母上門，叫她過來見禮，她卻躲在屋裡裝病，這不是不敬是什麼？」

「雉娘病了？」趙縣令面色鐵青地看著董氏。「可有請大夫？她身子剛好，昨日在寺中勞累一天，又是去後山取泉水，又是替燕娘洗衣服，我怎麼不知道家中如此窮困，連下人的活計都要小姐親自動手。」

「老爺這是責怪妾身？」董氏跳起來。「早些年間，咱們家窮，裡裡外外可是我一人操持，上山割草，地裡收糧，我哪樣沒做過？也是窮慣的人，想著節省些總是好的，在寺中也是不湊巧，燕娘崴了腳，若不然，妾身哪會讓雉娘做這些活兒？」

一說到早些年，趙縣令的氣勢就矮一截。以前，董氏確實是受了苦。

雉娘忽然自外面衝進來，一下子跪倒在地。

「父親，你莫責怪母親，是雉娘無用。這身子不爭氣，不過是昨日走一段山路，今日就渾身發痛。」

說完，她的身體軟下去，又強行撐起來。

趙縣令心疼不已，伸手將她扶起。「雉娘，妳身子不舒服，為何不待在屋中好好歇息？」

雉娘低著頭，淚水啪嗒啪嗒地掉在地上。

她也想好好休息，可是若不來這一趟，董氏還不知要如何的編排她。再說便宜父親也是個靠不住的，董氏不過是提一下當年，他就消了氣，以董氏的手段，再說下去，黑的也變成白的。

董老夫人一看她這嬌滴滴的樣子就來氣，跟她那娼婦姨娘一個德行，就會勾男人的魂，孫子一直對她念念不忘，都不肯再娶妻。

「還算妳知道些禮數，過來請安。我且問妳，妳昨日與妳慶山表哥見面後，妳表哥去了哪裡？」

此話一出，驚得雉娘張著嘴，抖了半天。

「老夫人，雉娘不明白您在說什麼？」

「岳母！」

趙縣令怒喊，董老夫人被嚇一跳，捂著心口道：「你嚇我一跳。雉娘，妳告訴外祖母，外祖母不會怪妳，還要成全妳和慶山的好事。妳說說，妳慶山表哥如今在何處？」

「雉娘實在不知道外祖母在說些什麼。昨日隨母親上山進香，剛一落腳，母親便讓雉娘去後山取泉水；雉娘不識路，請寺中一位小師父同去。取水回來後，二姊說她衣服髒，雉娘連停都未停，又去洗衣服。洗完衣服回來，不知所出何事，監寺說母親與寺中佛氣相沖，讓我們下山。」

雉娘臉色煞白，淚如雨下，卻將昨日行程條理清晰地道出。

董老夫人臉色不善。這賤丫頭，取個水都要勾著和尚去，倒是沒法將她和孫子扯在一起。

「外祖母錯怪妳，也是妳慶山表哥出門時說得真真的，要去和妳相會，外祖母這才急得上門要人。」

「外祖母，雉娘從未與慶山表哥有約，不知此話又從何說起。外祖母言之鑿鑿，雉娘無從辯駁，唯有一死，以證清白。」

雉娘說著，就要爬起來往柱子上撞。趙縣令早就氣得雙拳緊握，內姪妄想三女兒，董氏也提過幾次，他都未應允，沒想到岳母竟然編出這樣的話，來壞雉娘的名節！

他自問發達以來，不忘髮妻，董家卻越發得寸進尺。

他伸手一把拉住女兒，雉娘就勢一倒，暈了過去。

第八章

趙縣令一把將她抱住。女兒比想像的還要輕、還要瘦，抱在手中，輕得嚇人，他一陣心疼。

董老夫人見不得他對庶女好，在後面涼涼地說：「動不動就暈倒，也不知從哪裡學來的把戲。果然是小婦養的，就是上不了檯面，就這身子也不是個長壽的，看起來也不好生養，哪個正經人家敢聘為主母？」

趙縣令回過頭，冷冷地看著她，壓下怒火。

「岳母，今日府中事多，怕招呼不周，小婿就不多留岳母，讓大梅給岳母派輛馬車，送您回去。」

董老夫人刻薄的臉僵住，董氏扯了下她的衣服，母女倆眼神交會，董老夫人不甘地閉嘴。

趙縣令看也不看董氏一眼，就抱著雉娘回了西屋。鞏姨娘自是哭得上氣不接下氣，搖搖欲墜。

蘭婆子將大夫請來，王大夫診完後，低聲回道：「大人，三小姐本來身子剛好，元氣未恢復，近日怕是勞累過度，虛弱不堪，要好好將養一段日子，切不可再受氣受累。」

趙縣令連連稱是，送走大夫，臉色沈了下來。

近傍晚時，外出找人的衙役才回來，整個縣城都翻了一遍，煙花巷都沒有放過，往常與董慶山相好的粉頭們說自昨日起，就沒有見過他。

趙縣令平日看不上董慶山，董家因為他的緣故，早早便搬到縣城居住，在東集那邊有個鋪子，經營一些雜貨，靠著他的關係，日子過得不錯。

董慶山遊手好閒，自髮妻死後一直未娶，整日出入花街柳巷，初始時還愛調戲良家婦女，被他狠狠訓斥過才有所收斂，改為與煙花女子廝混。

此次也不知又混到哪裡，他擺手，對衙役們道聲辛苦，便讓他們回去。

他慢慢地踱回後院，董氏陪笑站在門口相迎。「老爺，我娘自來說話如此，你可別往心裡去，她也是找不到慶山，慌了神，才口不擇言。」

趙縣令不理睬她。他雖未能從小飽讀詩書，可也為官幾年，一些門道還是能看出來的。這事有蹊蹺，雉娘不可能與董慶山相約，那岳母又肯定孫子是去見雉娘，按推測就知此事是董氏從中搗鬼，目的就是讓雉娘嫁給她的姪子。

雉娘雖是庶出，可自小乖巧惹人疼，他再如何昏頭，也不可能讓她嫁給董慶山那個敗類。

趙縣令背著手在院子裡來回轉了幾圈。董氏是他早年還在鄉間務農時所娶，那時候家貧如洗，上有癱母老父，為了替母治病，年幼的妹妹賣身為奴；可人賤糧貴，妹妹賣身的銀子很快花完，他又要幹活，還要照顧家中的父母，力不從心，所以一心想娶個能幹的媳婦來操持家務。

恰巧鄰村有一位董大姊，聽說壯比男子，因其生得醜，都年過二十還嫁不出去，他派了媒婆去打聽，得知那董家不要彩禮，牙一咬便將她娶進門。

董氏果然是幹活的好手，自她嫁進來後，除了容貌不太讓人滿意外，其他的倒也挑不出錯，家裡地裡的活兒都能上手，父親在世時對她很滿意，過沒兩年就生下長子。

慢慢地家中境況漸有好轉，至少能勉強溫飽。幾年後，妹妹託人帶信回來，還捎來一些銀子，日子終於好過起來。

原來妹妹輾轉被賣入高門後，她的主子入了祝王府成為側妃，全家人都很歡喜，用妹妹捎回來的銀子置辦田地，漸漸富起來，鞏氏就是那時候遇上的。

後來祝王登基，祝王妃早逝，側妃因育有皇長子，冊封為皇后。妹妹也成為皇后身邊的第一女官，特意寫信回來讓他讀書。他大字不識一個，哪裡是讀書的料？可妹妹言之鑿鑿，道只要他肯進考場，必能中舉。果不其然，他請了夫子，認真識字，竟然一路從府試、院試到鄉試，考中舉人。

接下來便是作夢都沒有想過的，他被人舉薦成為縣丞，然後升為縣令。

趙家之所以發家，全都是妹妹的功勞。他深知自己的底子，若不是妹妹派人從中使計，自己哪裡可能中舉？

妹妹被皇后娘娘許給寒門進士段士傑為妻，段士傑髮妻亡故，留有一子。妹妹嫁過去後並未生養，見他有三女，提出想將鳳娘帶到京中，他欣然同意。

至此，鳳娘一直養在京中。這些年，段士傑從一位寒門進士升到太常寺少卿，妹妹曾說過，鳳娘天生貴氣，自帶旺相。

他心下贊同，自從鳳娘出生，他才慢慢從鄉間走出來，讀書識字，從目不識丁的農夫成為一縣的父母官，都是鳳娘帶旺的。段家也是自鳳娘被妹妹接去後，段士傑一路高升，小小的寒門進士，一無門路，二無靠山，卻一步步地當上太常寺少卿。

鳳娘深受皇后娘娘喜愛，如今又被封為縣主。

自古以來，一榮俱榮，一損俱損。看在鳳娘的分上，他不可能真將董氏怎麼樣，不過今日岳母實在太過分，為表不滿，也不能對董氏有好臉色。

他抬頭一看，見董氏還站在東屋門口，他冷著臉拂袖往西屋走去。

走進西屋，雉娘已經醒來，氣弱面白地靠在榻上。鞏姨娘坐在榻邊，雙眼盈淚，手中端著一碗米粥，米粥稀能見底，米粒都能數清。

他臉一黑，將粥碗搶過來。「這粥是哪裡來的？」

「老爺，廚下分給西屋的分例。」

眼下酉時已過，這個時候才能取到飯，還是稀稀疏疏的粥。鞏姨娘眼眶紅紅的，心疼地看著榻上的女兒。

「父親，雉娘體弱，虛不受補，這稀米湯倒也合適。」

就是因為體弱才更要補身子，這麼稀的粥，別說是病人，常人也受不了。趙縣令端碗的手捏得死緊。

烏朵噗咚跪下來。「老爺，也就這兩天還有米湯。前些日子，姨娘和三小姐都是在後街買吃食，灶下的婆子說府中太忙，沒人替西屋備飯食。」

「妳個多嘴的丫頭，還不快點出去。」輩姨娘急得站起來，又對趙縣令說：「老爺，你莫聽這丫頭的話，前幾日，大姑娘受封縣主，府中確實太忙，妾與三姑娘在外面買著吃，也挺好的。」

啪！趙縣令將手中的米湯碗往地上一摔，掀簾而去。

趙縣令身影消失在屋內，雉娘與輩姨娘交換一個眼色。輩姨娘用絹帕擦乾臉上的淚水，神色哀傷，喚烏朵進來收拾地上。

烏朵進來，見到屋內的狼藉，卻露出微笑。雉娘遞給她一個讚許的眼神。

收拾好，烏朵關門出去，輩姨娘似喜似悲地看著雉娘。最近經歷了許多事，女兒也終於長了心眼，以前她每回說一些後宅陰私，雉娘都不耐煩地打斷她。

雉娘性子本來就悶，對於自己庶出的身分耿耿於懷，最不愛聽她說這些事，好在現在醒悟過來，也為時不晚。

今日的事情還是雉娘安排的，讓蘭婆子守在外面，遠遠瞧見老爺過來，才讓她端起粥碗；烏朵也是個機靈的，乘機告狀，現在就看老爺要如何做。

東屋裡的董氏被今日的事弄得也是心頭火起，轉頭一看，女兒燕娘雙頰通紅地托著腮，眼神迷離地不知看向何處，桌上的點心一動未動。

她一驚。燕娘是不是中邪了？「燕娘，怎麼了？」

趙燕娘清醒過來，紅著臉，低下頭。「娘，沒什麼。」

董氏也是從少女過來的，看到女兒的樣子，哪還有不明白的。「算起來，也有幾日沒有見到鴻哥兒，不知是不是書院的學業太繁重。」

她邊說著，邊觀察女兒的臉色。趙燕娘不屑地撇了下嘴，從前覺得鴻表哥風度翩翩，其父又是太常寺少卿，家住京城，自然傾心。

可天音寺門口那驚鴻一瞥的相逢，胥家大公子的身影就在她心中扎根。胥家已經出了三代閣老，天下人都知道若無意外，大公子就是下一任閣老，豈是鴻表哥一個少卿家的公子可比？

「娘，表哥一個外男，妳提他做什麼？」

董氏一愣。不是鴻哥兒，那還有誰？

趙燕娘用帕子捂著嘴。「娘，姑父不過是少卿，哪能和胥閣老相提並論？」

「妳是說胥大公子？」董氏錯愕地張大嘴。燕娘可真敢想，胥家大公子，那可是公主郡主都想嫁的人，老爺不過是個縣令，胥家哪瞧得上？

「娘，近水樓臺先得月，大公子眼下在渡古，又和大哥同在書院，女兒想要接近並非難事。」

趙燕娘說得志得意滿。董氏看著她刷得粉白的臉，還有春意泛光的小眼睛，艱難地將口中的話嚥下去。

二女兒這長相，連她當娘的都覺得不好看，何況是胥家大公子。不過試試總是無妨，萬一成了，皆大歡喜；若不成，燕娘不過是愛戴兄長，常去書院看望，別人也說不出閒話來。

「娘，等我當上閣老家的媳婦，何愁爹不升官？」

「還是燕娘懂事，一心想著家裡。」董氏說著，眼中閃過算計。「燕娘，那胥家是正派人家，必然容不得半點瑕疵，妳得想辦法讓大公子失禮於妳，再傳出去。妳是縣令家的嫡小姐，又有當縣主的姊姊，礙於流言，大公子定會娶妳過門。」

趙燕娘點點頭。娘和她想到一塊兒，她長得不像西屋那小賤人一樣，光會勾引男人，是個男人都巴不得將眼珠子黏上去；她可是真正的嫡出小姐，端莊大氣才是一個主母該有的樣子，西屋的小賤人只配做妾。

娘兒倆還想好好籌劃一番，突然門被一腳踢開，沈著臉的趙縣令大步跨進來。董氏以為他在西屋鬧得不愉快，心中一喜。「老爺，你——」

猝不及防，一個大耳刮子打在左臉上，她捂著臉，不敢置信地看著他。趙燕娘也被這一變故驚得跳起來。

「我問妳，府中窮得吃不飽飯嗎？我每月的俸祿養不活一家人嗎？」

董氏心中一突。「老爺，你在說什麼，妾身聽不明白。」

「好，本官就讓妳聽個明白。」趙縣令撩袍坐下。「雉娘雖是庶出，可卻是我的親女。堂堂縣令家的小姐，吃得還不如一個下人，甚至府中連飯都不備她的，讓她到外面去買吃食。我問妳，妳就是這樣管後院，這樣當家，這樣為人主母？」

「爹，這事可不能怪娘，前些日子，因為府中確實人手不足，不光是西屋，娘也常常忙得顧不上吃飯。」

「是嗎？」

趙縣令瞄見桌上那盤點心，白玉雲糕上撒著絲絲的果脯，聞起來帶著花香，讓人垂涎。這是香記的點心，最是精緻，一盒少說也要半兩銀子。

董氏連忙解釋。「老爺，這可不是我們買的，都是別人送的賀禮。」

她才捨不得買這麼金貴的點心，本想著什麼時候回趟娘家，送些東西過去，哪知娘今日上門，還被老爺趕出去，她再顧娘家，也不敢這時候讓娘拿東西走。

燕娘嘴饞，早就盯上賀禮中的點心，她也是打開一盒讓女兒嚐鮮，卻沒想到被老爺看個正著。

「為何不送一些去西屋？我記得此次收了不少布料、點心。」

「老爺，我早就派人給雉娘做了幾身衣裳。也是我心實，想著雉娘體虛，不宜碰這些點心，也就沒有送。」

趙縣令沈著臉，不說話。

董氏捂著臉，委屈不已。他輕咳一聲。「妳身為主母，後院都由妳操持，雉娘那裡，要仔細看顧。」

「是，老爺。」

趙燕娘憤憤道：「爹，娘對她們好，她們半點好也不念，一有什麼事就鬧到爹面前，也太沒有規矩了。」

趙縣令一瞪眼，她立刻閉嘴，洩憤似地拿起一塊糕點，往嘴裡塞，卻噎得太急，噎得直翻白眼，董氏忙灌她一杯水，這才吞下去。

這一打岔，趙縣令的氣也消了幾分，冷著臉出門，也沒有回西屋，徑直去自己的書房。

雉娘派烏朵去打探，得知趙縣令不過是在董氏的屋中停留一會兒，屋內沒有傳來什麼動靜，他已自行回到前書房。

她漠然地看著房頂，自嘲一笑。這個便宜父親根本就靠不住，或許他是有一點疼愛原主，卻也是董氏的丈夫、趙燕娘的父親，更何況董氏還育有趙守和及趙鳳娘。

鞏姨娘只有她一女，妻妾相比，孰輕孰重，一目了然。

趙縣令這條路走不通，若想活著平安嫁人，就得另外殺出一條血路。

屋內靜得嚇人，烏朵似乎明白小姐之前的用意，從懷中拿出一樣東西。杏色繡花肚兜，邊上似被火燒過。雉娘眼睛一亮，從烏朵手中將東西接過。

見她歡喜，烏朵又拿出一件朱色的婦人小衣，想是董氏的。雉娘對她讚許一笑。這丫頭，有眼力。

「妳拿東西時，沒有被人發現吧？」

「回小姐，婆子將舊衣服直接放入燒爐中就走了。奴婢用木棍將最上面的兩件挑出來，可惜火較猛，其餘的都燒得不成樣子。」

這兩件就已經很好，且非常有用。

「妳做得很好，這兩件就行。」雉娘將東西收好。上回烏朵去燒舊衣時，她腦中靈光一現，讓烏朵盯緊東屋，若也要燒舊衣，乘機弄到手。

烏朵覺得三小姐變了許多，雖然也同樣不愛說話，卻跟以前很不一樣，可到底哪裡不一樣，她又說不上來，只怪夫人，將三小姐逼成這副樣子。

雉娘見烏朵低著頭，猜到自己與原身肯定是有區別的，再如何假裝都不可能變成同一個人。

「烏朵，妳是不是覺得我現在變壞了？」

「沒有的，三小姐，都是夫人……」烏朵抬起頭，就見自家小姐雙眼含淚，一臉悲涼，看起來孤苦又無助。她暗罵，都是夫人害的，把她家小姐欺負成什麼樣子，好好的官家小姐被人逼得走投無路。

她挺直胸膛，滿眼都是忠心護主的決心。

烏朵出去後，雉娘神色恢復如常，面無表情地抹乾淚水，盯著粗紗的帷帳。這憋屈的日子也不知什麼時候是個頭，一味示弱雖能保暫時平安，長久來看，於事無補。

董氏之於自己，照舊是掌控者般的存在，困於這方寸內宅之中，都是董氏的地盤，董氏想害她，易如反掌。

慶幸的是，她與鞏姨娘身邊雖只有蘭婆子和烏朵兩個下人，卻都是忠心的。蘭婆子是姨娘帶進府的，烏朵也是姨娘親自選的，鞏姨娘看著柔弱，其實心機城府不少，可惜是個妾室。

她將兩件肚兜拿出來，厭惡地用手指捏著，眸中寒意盡現。這些東西……關鍵時候希望能派上用場。

第九章

第一日，沒有尋見董慶山，董老夫人和董氏都不以為意，想著董慶山不知又是在哪個粉頭寡婦那裡流連忘返，樂不思蜀，等他銀子花完，必會回去。

第四日，依舊沒有消息。董老夫人在家裡坐不住，心裡也不痛快，就想找別人的晦氣。她嚎天喊地上門，攙扶她的是兒子董大壯和兒媳李氏，趙縣令一見到她就頭疼。

「書才，慶山究竟去了哪裡，你到底有沒有派人用心找？」

趙縣令咳一聲。「岳母莫急，許是慶山貪玩忘記回來，過兩天說不定就自己回家。」

董老夫人心裡也是這樣想的。慶山自小就橫，無人敢惹，向來只有他欺負別人，別人在他手中絕對討不了好。不過是上回女婿將她趕出門，她心中怨恨，發洩不滿罷了，故意拉了兒子兒媳來撐場面，讓女婿低頭。

董大壯和李氏對找不到兒子的事根本不在意，以往慶山也常常幾日不回家，等銀子用完就會出現，他們倒是不太擔心。

這時，外面的登聞鼓忽然被人敲得震天響，衙役將擊鼓之人帶上堂。董老夫人等人接到趙縣令的眼色，退到後堂。

擊鼓之人是渡古縣城最偏遠的七峰山下的一位里正，他來報說村裡的獵戶在山中發現一具被野獸啃食得七零八落的屍體。

趙縣令急忙派出衙役和仵作前去，董老夫人見要派出去的衙役不少，有些不願意，向趙縣令抱怨。「書才，那山中的屍體肯定是村民，這些賤民死了就死了，何必派那麼多人去？多留些人手找你慶山姪子。你姪子可是咱們董家的命，董家就他一根獨苗，祖宗還等著他傳代呢！」

衙內餘下的差役們收到縣令的眼色，全部起身，一半跟隨報案的里正去七峰山，一半人散開去找董慶山。董老夫人以為全都是去找孫子的，這才滿意地哼一聲。

董氏在後院早就聽到聲音，派曲婆子來接董老夫人進去。董老夫人撇了下嘴，鬆開兒媳的手，大搖大擺地進了後院。

趙縣令的眉頭皺得老高，朝文師爺搖頭，嘆口氣。文師爺垂眸不語。

為表上回的歉意，董氏可是給董老夫人做足面子，不僅擺了一桌八涼八熱的席面，走時還讓他們帶上四盒點心及兩疋上好的布料，喜得董老夫人眉開眼笑，趾高氣揚地坐上董氏安排的馬車。

日落時分，衙役及仵作一行回衙。收殮回來的屍骨殘缺不全，裝在布袋中，抖開散在地上，趙縣令轉過頭去。

衙役們上報說，他們在周邊問過，並沒有誰家有人失蹤，只好將屍骨帶回縣衙。

屍骨七零八落，皮肉被野獸啃食掉，天氣炎熱，散發出一股腐爛的味道，讓人作嘔。

衙役們將散落在屍骨附近的布片收集回來。從布片上看是絹布的，絹布雖不名貴，卻也不是普通百姓能穿得起，至少也是富裕些的人家才能穿的，死者不像是普通山民。

仵作將驗屍單呈上，上面記著死者為男子，年約二十六、七，體型高大，至於死因，屍骨不全、皮肉全無，看樣子是誤入深山遇猛獸襲擊而亡，附近發現不少野獸留下的腳印。

文師爺在一邊寫案宗，一邊安排明日派人去各處張貼布告，誰家有人口失蹤，若是青壯男子，可來縣衙辨認。

一位衙役小聲道：「董家公子不是失蹤幾日嗎？」

文師爺寫字的筆頓一下，看他一眼，又看一下趙縣令。趙縣令心下一突。二十六、七的男子，身形高大，穿得不差，死者的特徵與慶山姪子頗吻合。

衙內是死一般的靜寂，趙縣令艱難道：「派人去將董家人請來，辨認死者。」

衙役們到董家時，董家婆媳正為兩疋布料爭得面紅耳赤。

李氏想放到鋪子裡賣，得些銀錢，董老夫人想留下一疋裁新衣，她想在街坊四鄰面前顯擺顯擺。正爭論不休時，外面有人敲門，董大壯將門打開，見到衙役有些怔住。「不知縣令大人又是何事，怎麼這麼晚還上門？」

董老夫人丟下手中的布料，跑出來歡喜地問道：「可是找到我孫兒了？」

衙役們不敢搖頭也不敢點頭，只說公務，縣令有請。

董老夫人不高興地嘟嘴。「剛才在縣衙不說，現在人都要歇著，他就來請，也不知道是什麼事？」

不滿歸不滿，董家有今天也是仗著趙書才這個縣令，董家三口又跟著衙役們來到縣衙。

前衙燈火通明，一進去，董老夫人就覺得有些不對勁，不僅氣氛不對，味道也怪怪的。

趙縣令臉色青黑，衙役們也低著頭，她隨意一看，就看到地上慘不忍睹的屍骨，哇地吐出來。

趙縣令硬著頭皮開口。「七峰山中發現一無名男屍，年二十六、七，身形高大，你們辨認一下。」

董老夫人吐得眼淚都流出來，驚聞此話，立即反問：「書才，你這是什麼意思？」

趙縣令捂著鼻子不說話，用手指著地上的屍骨。

董老夫人嚇一大跳，反應過來大罵道：「好你個趙書才！慶山不過是玩得忘記回家，你就咒他死，有你這麼當姑父的嗎？」

突然，李氏尖叫一聲，指著那碎布片，不敢置信地捂著嘴。董老夫人順著她的手指望過去，也發出一聲尖叫，暈過去。

董大壯慢慢地走近前，大著膽子辨認。死者頭髮仍在，髮間似有蟲子在爬。董慶山自小頭髮就粗密，知子莫若父，哪會認不出自己的孩子？他痛苦地閉上眼睛。

看到這一幕，趙縣令和衙役們心中有數，死者正是董慶山。

文師爺低著頭。明日可以不用去張貼認屍布告了。

衙門尖利的聲音，內院聽得一清二楚。董氏聽出是自己的娘，驚得手中的點心都掉在地上，看著外面暗黑的天。這麼晚了，娘怎麼還會來縣衙？

剛才老爺才派人過來說，有案子，發現無名屍體，讓她們不要去前衙，難道……

哥。

她急忙起身往前衙跑去，一到衙內，就見暈倒的娘和傷心欲絕的嫂子，還有呆掉的大

地上散開的屍骨讓人不寒而慄，在燈火的映照下格外恐怖，頭骨上的髮仍在，還有一些皮肉，她壓住翻湧而上的嘔吐感，上前去扶著自己的娘。

李氏恢復一些清明。「妹夫，你可得為你姪兒作主啊！是哪個黑心肝的害了他，可是絕了我董家的根哪！」

趙縣令清了下嗓子。「大嫂，人是在七峰山的老林裡發現的，附近有猛獸留下的足跡。」

李氏壯著膽子看一眼屍骨，確實像被野獸啃咬過的樣子，只是慶山怎麼會去七峰山，他去那裡做什麼？

董慶山去七峰山做什麼，李氏不知道，趙縣令更不知道，不過案子卻是可以了結。董慶山被野獸咬死，死因無疑點，唯一的疑點是他為何去七峰山，但這不妨礙案子了結。

一個成年男子要去哪裡，是他自己的事；被野獸咬死，只能自認倒楣，文師爺寫好卷宗，交給趙縣令，趙縣令在上面蓋章結案。

李氏嚎啕大哭，卻又不敢上前去看那慘不忍睹的屍骨，離得有兩步之遠，捂著臉哭得傷心。董大壯蹲在屍骨旁，老實的面容上淚水縱橫交錯，董老夫人則暈倒在董氏的懷中。

衙內的差役們大氣都不敢出，齊齊地看著趙縣令。死者是他的內姪，下一步要如何辦，還得大人吩咐。

董氏扶著自己的娘，雙手止不住顫抖，一顆心驚了又驚，暗思是不是姪兒將話聽岔，以為她說的是去七峰山，這才走錯地方。因為七峰山中恰好也有一座寺廟，雖名氣不如天音寺，但聽說十分靈驗，去那裡添香火的人也很多。

董慶山死於老林，被野獸咬死，董老夫人有心想訛人都找不到禍首，只能將所有的恨都算在雉娘身上。孫兒若不是惦記小賤人，又怎麼會誤入深山，白白丟了性命。

趙縣令安排幾個衙役送董家人回去，衙役們將董慶山的遺骨帶上。他們一走，衙內的人將草木灰撒在剛才的停屍處。

一切忙完，趙縣令頭疼難當，徑直歇在書房。董氏哭到半夜，本以為老爺會來勸慰兩句，可等到子夜也沒見著人影，又氣又傷心。慶山是董家的獨苗，就這樣不明不白地死去，都怪那個小賤人，若不是她勾著姪子，姪子怎麼會年紀輕輕就命喪獸口？

趙燕娘打著呵欠，有些不耐煩。董氏不滿地瞪她一眼，她低頭撇嘴，暗道枉慶山表哥長那麼大的個子，居然如此無用，地方都能聽錯，還賠上性命，活該。

董家要辦喪事，趙縣令身為女婿，肯定要上門，可是董老夫人卻在隔天一大早登門，沈著臉怨毒地盯著西屋。

烏朵正端水給雉娘洗漱，看了一眼，嚇得水都快灑出去。

她快步走進屋，如見鬼一般。「三小姐，董老夫人又上門來，奴婢怎麼瞧著神色不太對，讓人發慌。」

雉娘將手浸入盆中，浸濕布巾，手頓住，輕聲吩咐烏朵。「妳能不能靠近東屋，去聽她找夫人說什麼。」

烏朵點了下頭，在外間拿上一個小籃子，裝作採花的樣子，慢慢往院子裡走，故意在靠近東屋的地方磨蹭。

董老夫人並沒有壓低聲音，但烏朵不敢靠太近，隱約聽到「小賤人陪葬」、「冥婚」的字眼，驚得心都要跳出來，悄悄地跑回西屋。

雉娘聽到冥婚陪葬，有種不好的預感，心往下沈。以董老夫人和董氏的心毒，肯定將董慶山的死算在自己頭上。董慶山生前妄想她，死後，董老夫人必會讓自己的孫子如願，她們商議的冥婚對象，十有九成是自己。

鞏姨娘已經徹底嚇傻，連哭都忘記了，半晌才哭起來，拉著雉娘。「怎麼辦，雉娘，要怎麼辦？夫人不會想讓妳嫁過去吧，那可是守活寡！」

「不許哭。」

雉娘有些心亂和煩躁。哭能解決什麼，遇到什麼事都哭，能哭得讓董氏回心轉意嗎？守活寡都是輕的，怕的就是董氏想要她陪葬。

鞏姨娘捂著嘴，不敢置信地看著雉娘。雉娘吐出一口氣。「姨娘，哭沒有用的，還不如好好想個法子，怎樣才能讓夫人打消主意。」

董氏不敢擅自作主，趙縣令必不會同意讓自己嫁過去，但是在內宅中，董氏想要對付自己，栽贓陷害，防不勝防。以目前的形勢來看，董氏可能會使計讓自己走投無路，只能嫁進董家，要麼就是抬自己的屍體進董家。

翟姨娘有些驚疑。女兒向來性子軟，何曾有過這麼硬氣的時候。雉娘低頭，心道剛才情急之下的怒喝，必然引起懷疑，因此她抬起頭，淚流滿面。「姨娘，我不想死……」

翟姨娘一把將她抱住，母女倆抱頭痛哭。

「雉娘，我去求老爺，妳怎麼說也是官家小姐，老爺肯定不會同意讓妳嫁過去。」

雉娘搖了下頭，制止她。「姨娘，夫人不會同父親提此事，她會用其他法子促成此事。」

翟姨娘臉一白，顯然也想到關鍵處。「雉娘，那妳說怎麼辦？」

雉娘埋首在她懷中，眼神堅定。事已至此，死命相拚，真過不去，就魚死網破。董慶山馬上就要下葬，民間一般停屍三日，是人嫁過去還是抬屍體過去，就看這幾日，董氏必有行動。

雉娘打起精神，仔細地叮囑翟姨娘還有蘭婆子及烏朵，吃食要注意，不要小灶的飯菜，要大鍋裡的。另外西屋的門戶要嚴，不可離人，夜間要警醒，最後決定由蘭婆子和烏朵輪著守夜。

翟姨娘看著神情嚴肅的女兒，心裡又喜又悲。喜的是，女兒比以前堅強，經過幾番變故，已知曉世事；悲的是，她明明是官家小姐，過得卻比平頭百姓還要膽戰心驚。

西屋主僕四人打起精神，雉娘又將銅簪子翻出來，戴在頭上，挑雙厚底的鞋子穿在腳上，看著與平日無異，實則與前世一樣，時刻繃緊神經。

入夜後，她和衣而躺，輾轉不能入眠，忽然聞到一股幽香，她立刻捂住口鼻，慢慢地下榻，躲到房門後。

約一息過後，聽到腳步聲，有人輕輕地走進來。

屋內半點動靜也沒有，來人將房門推開。她的眼睛已經適應黑暗，從身影上看，是個瘦小的男人，男人直奔床榻。

趁此機會，她躡手躡腳地閃出來，快速朝屋外奔去。男人聽到聲響，也跟了出來。

她狂奔到前衙處，見三堂書房處的燈火還亮著，便朝那裡飛奔而去，身後的男人遲疑一下，轉身翻過後牆。

正在此時，書房的門打開，裡面有人走出來。儒雅的面容，透著歲月沈澱的穩重，正是文師爺。

月光下，她微喘著氣，皎如明月的臉龐白得發亮，霧氣氤氳的水眸，微張的粉唇，綠色的腰帶將腰肢勒得細細的，如欲飛天的仙子一般。

文師爺眸色黯下來，開口問道：「三小姐，這麼晚了，是來找大人嗎？」

雉娘平復自己的氣息，朝他點頭。「是的，雉娘夜裡發噩夢，驚懼不能再入睡，不忍驚動姨娘，所以來尋父親。」

文師爺做了個請的姿勢。雉娘雙手交疊在胸前，挺著背走進書房，似是想起什麼，回頭朝他一笑。

「文師爺，雉娘冒昧來，可有打擾你和父親議事？」

他還禮。「無妨的，三小姐，下官與大人正巧議完事。」

那就好。雉娘轉身，踏進書房。

文師爺若有所思地盯著那扇門。三小姐看著與以前不一樣了，到底哪裡不一樣，他卻說不上來，但想到剛才月光中的美人，他的心激盪一下。

母親又來信，催他解決終身大事。或許，是時候考慮這個問題了。

雉娘走進書房，趙縣令正準備到後面的隔間就寢，見到女兒，很是吃驚。「這麼晚了，雉娘有事尋爹嗎？」

「是的，爹。」雉娘緩緩地坐下。

那歹人應該已經離開，若她將實情告知父親，父親會相信，可追究到董氏頭上，人沒有抓到，董氏會倒打一耙，誣陷她設局陷害。對付董氏若不能一擊即中，只會惹來更瘋狂的反撲，如此一來，得不償失。

說還是不說，雉娘幾番思量，索性不說。

「爹，雉娘剛才作了噩夢，嚇得不敢再睡，又不想驚動姨娘擔心，想著來尋父親，壯個膽。」

趙縣令的神色緩和下來。女兒已大，與他獨處略有不妥，遂站起來。「來，雉娘，為父送妳回屋。」

「好。」雉娘從善如流。

一出門，就見院內燈火通明，董氏帶著丫鬟婆子似是在找什麼，丫鬟婆子手中舉著火把，急匆匆地往西屋的方向去。

趙縣令見狀，大聲詢問：「這是做什麼？可是出了何事？」

第十章

眾人被趙縣令喝住，喧鬧聲戛然而止。丫頭婆子們齊齊望過來，雉娘在父親的身後，看著穿戴整齊、明顯有備而來的董氏，目光越發冰冷。

董氏正要說些什麼，待看清他身後毫髮無損的雉娘，愣了一下。「老爺，剛才有人喊捉賊，聲音從西屋傳來，妾身正要帶人去看一下。」

一聽到有賊，趙縣令也謹慎起來，疾步走在前面。一行人到達西屋，西屋靜悄悄的，半點聲音也無。

門大敞著，趙縣令走進去，輕手推開房門一瞧，鞏姨娘還睡得香甜，他不滿地看董氏一眼，示意丫頭婆子散去。

董氏憂心道：「老爺，妾身真的聽到人喊捉賊，不知雉娘怎麼會和老爺在一起？」

「回母親的話，雉娘睡中發噩夢，不想驚動姨娘，才會去找父親。」

「原來如此，那是母親聽岔了。」

趙縣令鬆口氣。「既是如此，雉娘也早些安歇吧。」

雉娘乖巧地點頭，對夫妻倆行個禮便轉身回屋，關好門。姨娘和蘭婆子、烏朵都未醒，董氏心機不容小覷，為免暴露，連鞏姨娘她們被藥所迷的事都不捅破。

她拍醒烏朵，所幸中迷香的時辰短，她又將門打開，香氣散開不少，烏朵被猛拍幾下，睜開眼睛，一臉茫然。「三小姐……」

「妳們中了迷藥。」

烏朵跳起來。「那三小姐您有沒有事？」

「無事。」雉娘淡淡說著，去另一間屋內將鞏姨娘弄醒。此時，烏朵也叫醒了蘭婆子，主僕四人聚在一起，她臉色凝重，其餘三人面面相覷。

鞏姨娘一陣後怕。「三姑娘，幸好妳機警，若不然……」

幸好她提著心，要不然真讓董氏派人逮個正著。留給她的只有兩條路，被董氏以此事威脅，迫她嫁入董家；或是她不堪被人擺布，再次自盡，她的屍體與董慶山配冥婚。進可攻，退可守，無論怎樣，董氏都能達成所願。

她與董氏之間，已經不是示弱就能相安無事，而是不死不休。

董慶山最多停屍三日，便要下葬。今天才第一天，還有兩天，等熬過去，不知又還有什麼樣的事等著她？

她千叮萬囑地告誡其他幾人要更警醒，然後重新回屋，躺在榻上，睜眼看著頂帳，慢慢理著思緒。一計不成，董氏還會有後招，明日又要如何應對？

彷彿又回到前世，那些個提心弔膽的夜，她就是這樣，盯著屋頂，不敢入睡。

同樣的伎倆，不知董氏會不會用兩次？她在心中猜測董氏可能會用的招數，想了想，將烏朵交給她的兩件肚兜翻出來。被火燒過的部分已經剪掉，再將剪邊扯出線來，做出撕破的樣子。

她將處理好的肚兜分別藏在身上，以備不時之需。

弄好後，她索性連鞋都未脫，懸在榻邊上，和衣養神。

翌日，醒來後，頭件事情就是吩咐烏朵去逮隻老鼠。鞏姨娘不解，雉娘也不多解釋，等烏朵逮回老鼠，將牠綁住。

鞏姨娘躲得遠遠的。「雉娘，此意何為？」

雉娘看她一眼，取一些早飯放到老鼠面前，老鼠試探幾下，見無人阻止，大口地吃起來。

鞏姨娘臉一白。「雉娘，夫人她不會……」

「防人之心不可無。」

烏朵和蘭婆子的臉色都很沈重。昨日的事明顯是夫人安排的，一計不成，肯定還有什麼新手段。夫人想毀掉小姐的名節，目的再明顯不過，她們暗自下定決心，晚上無論如何也不能睡著。

幸好小姐心思縝密，否則，她們丟了性命都不知道要向誰索命。

老鼠吃過後，又開始上跳下躥想逃走。雉娘將牠綁好，讓烏朵找個不起眼的地方放著。

「吃吧。」

淨手後，她拿起筷子吃一口，鞏姨娘也小口地喝起粥。

西屋氣氛沈悶，主僕四人都沒再開口說話，除了提高警覺，防患未然，她們似乎別無他法，內宅是董氏的天下，她們無力還擊。

董家出事，趙縣令派人送信到閬山書院，身為外孫的趙守和接到消息，向夫子告假回家。董氏見到風塵僕僕的兒子，不由埋怨起趙縣令。

眼看明年就是三年一次的大比，守哥兒學業為重，早早讓兒子回來做什麼？等到下葬之日也不遲，再說守哥兒在家，很多事反倒不好辦。

趙守和先去前衙見過父親，然後才來後院，見過母親後，照例派人送些小玩意兒給兩個妹妹，都是在路途中隨手買的。

雉娘看著手中的絹花，紅紗做的花瓣，做工不算太精緻，紗質也不細密，值不了幾個錢，卻是一片心意。

她翻來覆去地看著，目光複雜。董氏欲害她，便宜大哥卻對她還有幾分兄妹情誼，這都是什麼事。

鞏姨娘欣慰地道：「還是大少爺有心，常常送來一些小東西。」

烏朵就將櫃底下的一個小匣子抱出來。「小姐，這絹花是戴還是收著？」

匣子裡，都是一些不起眼的小玩意兒，有麵人、木雕，還有扇子。這些東西恐怕都是這便宜大哥往年送的，雖不值錢，原主卻精心地收著，想來和這個大哥感情不錯。

她朝鞏姨娘一笑，將絹花比在髮上。「娘，我就戴著吧，莫辜負大哥的一片心意。」

也許，大哥回來，對她來說是一件好事，說不定還是個倚靠，董氏想下手，也要多顧忌一二。

趙守和回到前院，趙燕娘得到消息，將收到的絹花隨手一丟，便急急地尋他。他略有些詫異，燕娘平日最看不慣他對雉娘好，每次都擺臉色。

他也很無奈，雉娘雖是庶出，卻也是他的妹妹，他自小飽讀聖賢書，怎能厚此薄彼？偏燕娘不聽，常與他鬧脾氣。

趙燕娘一進書房，雙頰飛紅，扭捏一下。「大哥，你最近在書院可好，書院都有哪些新鮮事？」

「大哥一向都好，勞燕娘掛心。」趙守和有些欣慰。燕娘到底懂事不少，都知曉關心他。

趙燕娘絞帕子。誰管他過得好不好，這位大哥向來沒有眼色，聽不懂人說話，明明娘都說過，西屋的不用太過親近，偏他不聽，將死丫頭當成嫡親妹妹看待。

「大哥，書院就沒有什麼特別的事？上次那位胥大公子……」

趙守和眉頭一皺。「妳一個未出閣的姑娘，打聽外男做什麼？胥大公子豈是婦人可以隨意談論的，還不趕緊回房待著。」

趙燕娘氣結，心裡將他罵了好幾句，跺了下腳，跑回自己的房間。

前衙內，趙縣令處理好事情便叫上兒子，董氏隨行，一同前往董家。

董家在屋外搭了靈棚，靈棚上掛著喪幡。像董慶山這樣年輕橫死的人，按理來說都是偷偷下葬，不會設靈堂，可董家就這根獨苗，勢必要大辦。

來弔唁的人不多，董家平日為人刻薄，與四鄰街坊都不睦，不過是衝著趙縣令的面子，大多數人來走個過場也就散去。

董老夫人趴在杉木桐油棺材上呼天搶地，李氏也同是如此，婆媳倆一個在頭，一個在尾。

趙家人一到，董老夫人就拉著董氏的手。「大梅，妳姪兒死得慘哪！妳看這靈堂，都讓人發酸，別說是孝子，就連個未亡人都沒有。生前無人服侍，到了地下，妳姪兒也沒個貼心人侍候。」

董氏也抹起眼淚，只恨昨夜失手，若不然，姪兒靈前也有個守孝的。再過兩日，姪兒就要下葬，等她回府，希望一切如願。

縣衙後院內，烏朵領回午間飯食，蘭婆子將門關好，雉娘捉住老鼠，分別餵一些。不一會兒，老鼠就停止掙扎，沒有動靜，主僕四人大驚失色。

她用手一摸，老鼠未死，不過是睡過去，飯食中應是迷藥。

鞏姨娘抖著唇。「雉娘，這可如何是好？」

董氏看來是等不及，選在白天動手，一來是白天她們會放鬆警戒，二來，時間緊迫，眼看董慶山就要下葬。

「倒了吧。」雉娘吩咐烏朵。

鞏姨娘咬著牙。「雉娘，夫人定有後招，妳與烏朵出去吃點，找間茶樓待著。」

「那姨娘呢？」

「我去老夫人的屋子裡。夫人和老爺不在，妾雖然低微，也想在老夫人的榻前侍疾。」

雉娘還是頭回聽說府中還有老夫人，從未見她出來走動過，莫非身子不太好？

此時卻不是細究的時候，她換上不起眼的舊衣，想了想，摸出那杏色的肚兜，隨意丟在榻角，然後和烏朵從後門出去。鞏姨娘送走她，就和蘭婆子急急地去東側屋。

主僕二人從後門出去。守門的李伯不在，門閂也未插上，雉娘眼神閃了閃，疾步出門。

第十一章

雉娘主僕才剛走不遠，就有一位身量不高的乾瘦男子閃進後衙，一路直奔西屋，顯然對後院的地形頗熟悉。

他先是一面觀察四周，一面將耳貼在門上，輕敲幾下，見裡面沒有動靜，咧嘴露出大黃牙一笑，推開門，反手關上。裡面空無一人，他愣一下，打開房門後，待瞧見榻上的杏色肚兜，眼珠子骨碌碌轉幾下，拿到鼻端一聞，陶醉地眯眼，然後揣進懷中，悄聲出去。

縣衙後面拐個彎，緊鄰的就是街市，鋪子小攤都有，來往的行人也不少，吆喝聲不絕於耳，婦人隨處可見，這朝代或許對女子並不是十分苛刻。

雉娘無心看這古代的熱鬧，故意慢慢走著。

賣湯麵的老婦注意到她們，看了下她，又看著烏朵，一副不敢高聲說話的樣子。烏朵衝她笑一下。「我們三小姐嫌屋裡悶，讓奴婢帶她出來透口氣。」

老婦人討好地衝雉娘行個禮。「老婦人見過三小姐。」

雉娘朝她點頭，主僕二人又往前走，碰到賣糖人的、賣包子的，烏朵都有意打個招呼。見差不多了，雉娘悄聲讓烏朵趕緊帶去一間大茶樓，要了一壺眉山銀毫，再點兩碟點心，讓小二開個雅間。雉娘落坐，心才算是定了一半。

小二上好茶水點心，關門離去，雉娘喘勻氣，正想喝口茶水，就聽見叩門聲。她花容失色，莫非賊人尾隨而來？

她將杯子輕放在桌上，緊緊握著髮上的簪子。烏朵左看右看，抄起凳子，舉過頭頂，做出隨時攻擊的準備。

門被推開，白色長袍的男子立在外面，清俊的眉眼，瘦長的身姿，雉娘身子一軟。原來是恩公。

胥良川看著全身戒備的主僕二人，看她握著簪子的動作，眼神微動。

他後面閃出一位隨從，將烏朵請出去。烏朵看著雉娘，雉娘點點頭，她才狐疑地放下手中的凳子，跟隨從到茶樓另一個雅間候著。

門被他輕輕關上，雉娘看著他慢慢走近，莫名有種心安。

「恩公可是索恩而來？」

「是也不是。趙三小姐何故時刻如此防備，是防著何人？連外出喝茶都草木皆兵。」

雉娘垂眸苦笑，將手鬆開。「說出來不怕恩公笑話，實在是活著太過不易，稍不注意，就會萬劫不復，連打個盹的工夫都不敢有半分鬆懈。」

胥良川緊緊盯著她。一個庶女居然活得這般艱難，在京中都鮮少聽聞，他打聽到趙家這位三小姐前段日子上吊自盡未死，眼前的女子纖細如柳，卻韌如鮫絲，心志堅定，絕不是輕易尋死之人。

那麼，她又是誰？

他的眸光似涼水又像深潭，她直視著，深吸一口氣。「上次多謝恩公出手，小女子才得以逃生。前日小女子嫡母娘家姪子的屍骨已經找到，眼見最近幾日就要下葬，嫡母一心想為她的姪子結冥親。」

他眸色微冷。民間有結冥親的習俗，有活結和死葬兩種，活結是人死之後與活人成親，為的是過繼後代，有人守孝；死葬則是安排死者與另一位死者結成夫婦，期望他們在陰間能相互照應。無論哪種都令人髮指，讓清正人士不齒。

怪不得她如驚慌小獸一般，時刻戒備。

「可要我出手相助？」

雉娘一喜，就要跪下，他伸手托住。「自然不會白白相幫。恩情，是要償還的。」

「恩公高義，小女子感激不盡，以後但有所需求，必赴湯蹈火，在所不辭。」

錦上添花易，雪中送炭難，恩公無論出於何種心思幫她，都比被董氏陷害要好太多。

「記住妳今天說的話，來日我自會索取。對於此事，妳有何打算，想要如何對付妳那嫡母？」

他直截了當問出口，雉娘微愣，隨即冷聲道：「恩公，小女子只想活著，不受人擺布，若她在，小女子就活不成，不是她死就是我亡。人不為己天誅地滅，小女子想要她死。」

柔弱貌美的姑娘，如扶柳一般嬌軟的身子，眼中的堅毅卻不輸男子，說到死字，雙眸迸出恨意。

若趙燕娘真是皇后親女，日後東窗事發，罪魁禍首的董氏已死，難保皇后娘娘不會遷怒，將怒火噴到他們頭上。董氏既是關鍵人物，暫時還不能死，若真要死，也不能死在他們手上。

「董氏我還有用，暫時不能死，至少不能死在妳我的手中。」

她沒有聽出他的言之下意。不管恩公與董氏有什麼恩怨，他能出手助她，就是她的恩人。她點點頭。「聽恩公的，那讓她生不如死。」

「好。」

他答應得輕描淡寫，雉娘覺得骨頭都輕起來。有人相助，就能活著，真好。

雅間內安靜下來，外面街道上來往行人的談笑聲不停地傳入耳，胥良川站在桌前，她坐在凳子上，男子修長俊逸，女子嬌美可人，四目相望，眼眸中卻都是看不懂的深沈。

胥良川暗思，她是個什麼樣的女子，看著弱如浮萍，卻堅如頑石。

雉娘也在揣測這位大公子的動機，在山林中是路見不平，出手相救，可眼下又為何會同意插手她的家事，助她一臂之力？

無論他有何目的，到現在為止，她並未有任何損失。

她想了想，從懷中取出朱色肚兜。「恩公，這是我那嫡母的，你看能不能派得上用場？」

胥良川眯著眼看她。她略微蒼白的小臉上，水洗過般的黑瞳看著他，有著不符相貌的果敢和堅定，他又嫌棄地看著桌上的東西，別過臉去。

雉娘尷尬一笑。恩公的心裡必然將她想成手段狠辣、心機深沈之人。她默默將東西收好，正欲揣回懷中，就聽見極冷的聲音。「放著吧。」

她又默默將肚兜放在桌上。「那一切，就拜託恩公了。」

胥良川看她一眼，起身出門，她輕喊道：「恩公，東西未拿。」

他腳步未停，不一會兒，烏朵回來，那位隨從將桌上的東西收起，告辭離去。

雉娘嘴角一抽。這胥家大公子還真清高，就不知董氏知道她的貼身小衣被奴才拿著，有何感想。

她與烏朵在茶樓待了約一個時辰，算了時間應該可以回去，於是結帳後回家。

烏朵敲後門，李伯開門，見到她們愣一下。「怪不得老奴說門怎麼沒有門上，原來是三小姐出去了。」

守門的李伯是趙縣令安排的人，她們出去那會兒，灶房的王婆子叫他過去做些廚房的雜事。

「嗯，有勞李伯。」

雉娘對烏朵使個眼色，烏朵便將在茶樓打包的兩份點心勻出一份給李伯，李伯不敢收，幾番推拒終是收下。

回到西屋，雉娘一眼就看到榻上的肚兜不見了。她的眸光黯下來。

鞏姨娘還未回來，她對烏朵說：「將點心帶上，我們也去看老夫人。」

東側屋外，蘭婆子和一位面生的婆子說話，遠遠地聽到刺耳的聲音。「姨娘與老夫人待得太久，於禮不合，夫人要是知道，會怪我們壞了規矩。」

蘭婆子的臉色不好看，瞧見雉娘主僕，卻露出笑意。姨娘是奴婢之身，三小姐總是老爺的親女，真正的主子，這兩個勢利眼的婆子總不能再推三阻四的。

雉娘進屋，屋內除了鞏姨娘，還有另一位面生的婆子，虎視眈眈地盯著鞏姨娘，如防賊一般。

這兩位婆子，不用說，必然是董氏的人。

榻上躺著一位很瘦的老婦人，想來就是原身的祖母、府裡的老夫人。從面色上看，她癱了應該有些年頭，臉色蠟黃乾瘦，精神也很麻木。

她輕輕走過去，老夫人渾濁的眼一亮，嘴裡啊啊地出聲。

鞏姨娘本是側坐在小凳上的，女兒毫髮無損地出現，她滿心歡喜。「三姑娘，走近些，老夫人肯定想見妳。」

「祖母，雉娘來看您了。」

老夫人深陷進去的眼眶湧出淚水，眼巴巴地望著她。旁邊的婆子出聲。「姨娘，三小姐，老夫人出恭的時辰已到，請二位迴避。」

雉娘明知她在趕人，只能無奈地轉身，感覺衣服似被人抓住，她回頭見老夫人祈求的眼神，不由得心軟。

「既是老夫人要出恭，妳去取恭桶吧！我作為孫女，本應侍疾，不過是出恭，哪裡需要迴避？」

那婆子陰著臉，往屏風後面去。

雉娘溫柔地對老夫人笑一下，反握住她的手。手很瘦，瘦得讓人心疼。她不自覺地將老夫人的袖子往上捋，想看一下究竟瘦到什麼程度。

乾瘦的手臂上布滿密密麻麻的黑點，不像是長出來，倒像是人為。她湊近一瞧……這是針孔？

第十二章

黑點密密麻麻地往手臂上部延伸，如痣一般布在皮膚上，絕非一朝一夕形成。究竟是誰這麼狠心，用如此惡毒的行徑對待一個癱瘓老人？

雉娘抬眼看著滿臉是淚的老夫人，老夫人渾濁的眼中有恨意、有痛苦，還有對生活絕望的麻木。她朝屏風後面輕聲問：「是她們做的嗎？」

老夫人搖頭，流著淚看向門外。雉娘瞬間明白，不是婆子們做的，那就是董氏親手幹的。

她的手握成拳，指甲陷進肉裡。成為趙雉娘後，沒有一天安穩的日子過，看著同病相憐的老夫人，她胸中燃起熊熊怒火。董氏為人之毒，簡直喪心病狂。

屏風後面的婆子提著恭桶出來，她不動聲色地將老夫人的袖子放下來，用眼神安慰老夫人。

婆子喚外面的同伴進來，兩人掀開被子，將老夫人抬起。蓋著被子還看不出來，沒有被子擋著，老夫人瘦得縮成一團，身子佝僂著，看起來很小。

她心中悲憤。究竟是長成怎樣的黑心肝，才做得出如此畜生不如的事？董氏瞞得好，把持內宅，除了西屋，都是她的人，便宜父親一個大男人，再孝順也不可能親自替母親沐浴更衣，以至於多年來竟無人發覺董氏虐待老夫人。

婆子們侍候好老夫人，將她重新放回榻上。雉娘對她們道：「妳們先出去吧，我對祖母還有些體己話要說說。」

兩個婆子神色有些不屑，站著不動。雉娘冷笑。「怎麼？母親不在家，妳們連自己的身分都忘記了，我是府裡正經的小姐，還吩咐不動妳們？」

她們相互交換眼色，其中一個道：「三小姐恕罪，老夫人跟前離不得人，夫人讓奴婢們照顧老夫人，奴婢們不敢擅自離開，請三小姐諒解。」

雉娘不怒反笑。董氏倒是好手段，連下人都管束得如此忠心，怪不得鞏姨娘只知一味示弱，不敢反抗，原主也被逼得上吊自盡，香消玉殞。

「母親治家有方，妳們如此忠心，老夫人有妳們侍候，想必母親是極放心的。」

兩位婆子沒有聽出她的言外之意，臉上隱有得色，帶著倨傲。

雉娘將帶來的點心取出來，點心算不得什麼上品，卻別有一番誘人的香甜，老夫人的目光有了一些神采。

她倒上一杯茶水，扶老夫人靠起來，先喝點茶水潤喉嚨，然後用手把點心掰得細碎，一點一點地餵給老夫人。

老夫人許久沒有吃過這麼好吃的東西，吃著吃著，眼眶濕濕的。董氏為人計較，又摳門，怕她吃得多，老要換褥子，一天只給她送兩次飯，都只有一小碗米粥。

雉娘見祖母吃得又急又香，一顆心如泡在酸水中，發酸脹痛。可餵了兩塊，她就不敢多餵。老夫人這麼瘦，不知道胃有沒有萎縮，點心和茶水一起吃會有飽脹感，怕撐壞胃，不能多吃。

她將剩下的點心重新包起來，放在桌上，老夫人指著點心發出嘶啞的聲音，她會意，把點心放在枕邊，老夫人才不叫了。

其實她心知肚明，剩下的點心，老夫人肯定是吃不到嘴的，十有八成會落入婆子們的腹中。

婆子們的臉色越來越難看，恨不得趕人。雉娘摸著老夫人的手，背著身子，暗暗以口形示意。「祖母，我還會來看您的。」

老夫人拉著她不肯鬆手，她和鞏姨娘又略陪一會兒才起身離開。老夫人不捨的目光一直跟隨她們。

若她此時揭穿此事，董氏將過錯推到婆子們的頭上，不過最多一個失察之過，發賣兩個婆子，治標不治本，還會讓她懷恨在心，用更隱蔽的法子折磨老夫人。

雉娘強壓著悲憤，思量對策。目前以她和鞏姨娘的能力，最好的法子就是常來看望老夫人。

走出東側屋，東屋另一邊側屋的門開著，門口站著一位綠裙丫頭，她隱約記得是趙燕娘的丫頭，名叫雲香。

好像每回見著，趙燕娘的丫頭不是著綠裙就是著黃裙，倒是與她的衣服撞了色，顯然是故意為之，將她與奴才們並列為伍。

其實趙燕娘也只會耍這樣的把戲，比起董氏容易對付多了。

那丫頭見她們現身，轉身便進屋。

不一會兒，滿頭珠光寶氣的趙燕娘出來，白面紅唇，眉毛畫得像兩條黑蟲子。她站在臺階上，蔑視地看著雉娘她們。「妳們想討好人，也不看身分，注定白忙活一場，是個空算計。祖母癱在榻上多年，身不能行口不能言，怕是幫不了妳們，我勸妳們還是乖乖聽母親的話，母親心善，說不定還能給三妹許個好人家。」

「多謝二姊提點，母親確實心善。老天都看著的，善惡到頭終有報，三妹我可一直盼著老天開眼的那天，讓母親得到該有的報。」

趙燕娘橫眉，怒形於色。「三妹，口齒還是這麼利，就不知等到嫁人那天，還笑不笑得出來。」

雉娘雙眼冰冷地看著趙燕娘，似譏似笑地望著她頭上的金飾。趙燕娘臉一白，舅家有喪事，她不愛穿素服，也就在家裡這樣打扮，一旦出去肯定不會的，剛才一心想找死丫頭的不痛快，將這事給忘記。

這死丫頭的眼光真讓人討厭，幸好娘透露過，死丫頭好日子快到頭了，得意不了幾天。

她轉頭看著一直低頭沒有說話的鞏姨娘，慢慢走近。「鞏姨娘，我爹不在家，妳就不裝了。也是，妳就會在男人面前裝柔弱，博取同情。」

雉娘不動聲色地將鞏姨娘護在後面，直視著趙燕娘。

「二姊，妳若沒什麼事，我和姨娘就先回去。」

趙燕娘冷哼一聲。死丫頭，就讓她再張狂兩天，兩天後她是死是活，可就由不了她！

回到西屋，鞏姨娘見屋內並無任何不妥，想著是不是太過多心。雉娘冷著臉，指指自己的房門。「有人來過。」

鞏姨娘臉色立即煞白，上下打量著她。

她搖了下頭。「我無事，賊人早就離開。祖母一直這樣癱著，人都瘦得脫了形，看得讓人難過。」

「可不是嗎？」鞏姨娘嘆口氣。「我初遇老爺時，老夫人就已這樣癱著。雖說老爺日漸發達，老夫人卻半天福都沒有享過，也是可憐。雉娘，妳也累了，趁著天未黑，趕緊歇一會兒。」

雉娘明白鞏姨娘所指，也不推拖，徑直回屋休息。晚上還有硬仗要打，先養好精神吧。

烏朵一直沒有開口。雉娘經過幾天觀察，看得出這丫頭腦子活、人也機靈，可堪大用，而且還很有眼力，從茶樓回來後都沒有問過恩公的身分。

屋內只有主僕二人，她輕聲叮囑。「今日茶樓中的事，切莫告訴任何人。那位公子是我的恩公，前幾日在天音寺中，有幸得他出手相救，否則……」

「三小姐，烏朵不會告訴任何人的。」烏朵明白，夫人那時讓三小姐隨行，並未帶她，肯定是藉機為難三小姐，小姐才會結識今天那位公子。

雉娘點頭，和衣躺下，讓烏朵也去瞇一會兒，要不然晚上捱不住。

且說那賊人七拐八彎地溜到董家所在的東集，大搖大擺地進了董家。董氏見他現身，一喜，用眼神示意他去後門。

賊人不滿地撇了下嘴，拐去後門，董氏四處看了下，見無人注意，疾步走過去，背著人輕聲詢問：「事成了嗎？」

連人都沒有，成什麼事？害他白歡喜一場，還以為能抱得到香軟的美人。

瘦小的男人不回答，將懷中的肚兜拿出來。肚兜被捲成一團，他將東西塞到董氏手中，乘機揩油，董氏心花怒放，由著他摸手，嗔笑著將東西接過，藏在袖中。有這樣的貼身私密物品，事情肯定成了，那死丫頭別想抵賴，乖乖任自己擺布。

她三言兩語將男子打發走，難掩興奮地叫來李氏，神秘地拿出肚兜。「嫂子，妳拿著這個去找老爺提親，老爺必會同意。」

李氏將東西一把揣進懷中，心道兒子死後總算有戴孝的人，等那庶女進門，她就可以擺婆婆的款。

越想越按捺不住，她衝進靈堂，趙縣令正在招呼來弔唁的人。

趙守和與父親一起，有他們父子二人在，來董家弔唁的人明顯多起來。李氏噗咚跪在趙縣令的面前。

「妹夫，你姪兒死得慘，你可要替他作主！這靈堂冷冷清清，他生前身邊沒個噓寒問暖的人，死後連個戴孝的人都沒有，更別說是摔盆的孝子。也是我們做父母的不好，明知他有情投意合的女子，卻礙於情面，一直不敢開口。如今，他人已死，我們不能再讓他墳前冷清，他生前的心願，怎麼也要替他完成！」

前來弔唁的人都豎起耳朵。董家兒子在世時，相好的可多了，粉巷的花娘、西街的寡婦，這董家小夫人不會是想讓那些粉頭們進門吧？

趙縣令有些為難。「大嫂，按理說，妳這要求也合情合理。可慶山姪子在世時中意的女子，只怕身分上不太妥當，若真讓賤籍女子進門，會被別人恥笑。」

「妹夫，你慶山姪兒雖然平日荒唐些，可還是知道分寸的，與那些煙花女子不過是逢場作戲，真正交好的女子是正經人家的姑娘，出身清白，家風清正。只要妹夫同意讓他們結親，此事就能成，妹夫，我替你姪兒磕頭！」

李氏這話說得有些蹊蹺，趙縣令冷著臉。這董家人不會還在想著雉娘吧，也真夠可以的。

「正經人家的姑娘，如何會嫁進來守寡？大嫂可要慎言，切莫污了人家姑娘的名節。」

「妹夫，那姑娘和你姪子情投意合，不嫁給慶山，天下男人誰還會要她？」

李氏說得斬釘截鐵，直直地盯著趙縣令。他心一突，莫非雉娘真與慶山有瓜葛？

旁邊的趙守和見勢不對，把來弔唁的人送出去。

靈堂內只剩他們自己人，李氏慢悠悠地從懷中將肚兜拿出來。「妹夫，並非嫂子不近人情，而是你姪子實在可憐，死得慘。你放心，你家姑娘嫁進來，我會當成親女兒一般對待，不讓她受半點委屈，將來過繼一個子嗣，那就是堂堂正正的董家少夫人。」

趙縣令不敢置信地盯著她手中的東西，沒有伸手去接，沈著聲讓董氏進來。

董氏一臉不知情的樣子，不解地詢問發生何事，李氏又將剛才的話重說一遍，並將自己手中的肚兜舉得高高的。

趙守和憤怒地道：「舅母，這樣的事不能亂說，雉娘向來本分，不會做出這樣的事。外甥想問，這東西到底從哪裡來的？」

他說著就要伸手去奪，李氏哪裡肯依，爭搶中，捲成一團的肚兜掉在地上，一下子散開來。杏色的錦緞上繡著纏枝花兒，一隻燕子停在花朵上，燕子的尾羽長長的，色彩豔麗，向上捲翹，堪比鳳尾。

第十三章

董氏不可置信地盯著那鮮活的燕子。怎麼會是燕娘的？燕娘的貼身小衣上都會繡一隻燕子，偏生燕子和別人的不一樣，尾巴要長上許多，她一眼就能認出來。

她撲上去撿，李氏從她的表情中明白過來，哪會讓她如願？管她是燕娘雉娘，慶山能有個縣令家的小姐當媳婦就成，嫡女比庶女更好。

李氏將東西搶到手，緊緊地捏著不撒手，又放聲大哭起來，哭兒子死得慘，哭自己白髮人送黑髮人。

董氏臉色青白相交，試著用手去拽，幾下都沒有將東西搶過來，不由得勃然大怒。「大嫂，這東西妳從哪裡得來的？燕娘的東西，怎麼會在妳手中，還睜著眼睛說瞎話，說什麼她和慶山情投意合？我們家燕娘別的不說，身為縣令家的嫡出小姐，眼光可是很高的，哪裡是什麼人都能入眼，編瞎話也要編得別人相信！」

李氏不理會她，拉著趙縣令。「妹夫，你可要為我們作主啊！」

趙縣令鐵青著臉，將她的手扯開。

董氏也氣得不行，又道：「我們家燕娘連少卿家的公子都看不上。不是我貶低自己的姪子，就慶山那渾性子，燕娘根本看不上，妳拿著這東西也沒用，說出去也不會有人相信，還是交還給我，我既往不咎，此事一筆揭過。」

李氏聽得又氣又恨。好哇，她兒子屍骨未寒，當親姑姑的就如此貶低，這口氣她吞不下。東西不是妳給的嗎？現在想抵賴，晚了，她還就非要巴著燕娘不放，娶不進門，也要噁心噁心小姑子。

「這東西是妳姪子的遺物，妳姪子說過，他與燕娘早就私定終身，礙於身分，從不敢輕提此事。如今他人都去了，妳做姑姑的難道不應該替他完成心願？讓他在九泉之下瞑目。」

趙縣令臉色黑如鍋底，額上青筋暴出，恨不得立即走人。

董老夫人聽到吵鬧聲，一聽就明白事情弄錯，女兒將燕娘的貼身之物當成是雉娘的，這才鬧出事端。她眼珠子一轉，哭道：「書才，你姪子可憐哪！死得好慘，燕娘是嫡女，既然你捨不得，不如換成雉娘。她一個庶女，奴才所出，身分不高，你總該捨得吧？」

一番話說得董氏和李氏都安靜下來。薑還是老的辣，娘一出馬，事情就扭轉過來，這提議好，就看老爺如何回答。

趙縣令氣得渾身發抖，若他現在還看不出其中的門道，那他這幾年的縣令就是白當的。分明是董氏夥同娘家人，設局逼迫他答應雉娘嫁過來，誰知拿錯東西變成燕娘的，才有這場鬧劇。

董家人可真敢想，居然想讓他將女兒嫁過來守寡，將他當成什麼人，又將他的女兒當成什麼？

「本官的女兒，無論是嫡女還是庶女，都不會嫁過來。縣衙還有事，本官公務繁忙，先行一步。」

他狠狠地瞪董氏一眼，不悅地拂袖離去。

趙守和憤怒地看一眼舅家人，又不滿地望著自己的母親，也緊緊地跟著趙縣令一起出了董家門。

董氏母女交換眼色，同時盯著李氏手中的肚兜。董氏黑著臉，面色不善，李氏拍拍麻衣，站起來，將肚兜揣進懷中，淡定地回了屋。

她與婆婆多年兒媳，自然知道婆婆的脾氣。以前她接連生下三女時，那時候家裡窮，婆婆就整天指桑罵槐說她是光會拉屎、不會下蛋的母雞；現在兒子去世，全家人都在悲痛中，婆婆暫時沒緩過來，等她緩過來，自己哪有好果子吃。

無論燕娘進不進董家門，這把柄她是捏住不會放的，以後董家人想動她，也要好好思量思量。婆婆敢作妖，她就將事情抖出去，看看誰沒臉？想必小姑子會有所顧忌，勸說婆婆善待自己。

恨恨地盯著她的背影，董氏陰著臉，對董老夫人道：「娘，妳看大嫂，居然算計到親外甥女的頭上，真讓人寒心！」

董老夫人撇了下嘴，不以為意道：「不過是個賠錢貨，就妳當個寶，哪家的女兒長大不要嫁人，嫁進別人家哪有嫁進舅家好？妳將她嫁過來，我這個做外祖母的還能虧待她？」

在董老夫人的心中，孫子是心頭肉，其他的孫女也好、外甥女也好，不都是賠錢貨，有什麼捨不得的。

董氏被自己的親娘噎得說不出話來。東西還在李氏的手中，如何才能拿回來？她又反覆思量，此事可疑，東西是羅老大拿來的，以羅老大和她的關係，不可能陰她，那麼就是西屋的兩個賤人搗鬼。

好，那兩個賤人還敢陰她，看自己怎麼收拾她們！

董氏憋著一股氣趕回縣衙，趙縣令正將兒子女兒召集在一起訓話，其間意有所指地看著燕娘，趙守和也看著嫡親的妹子，欲言又止。

雉娘低著頭，無比認真地聽著他講女德女誡，暗自琢磨便宜父親的用意，見他頻頻看向趙燕娘的眼神，恍然大悟，可能和肚兜有關。

董氏推門進來，趙縣令冷哼一聲，她擠出笑容，裝作關切地問雉娘。「老爺，妾身回來了。怎麼兒女們都在？雉娘，今日我與妳父親兄長都去外祖家，府中只餘妳們姊妹二人，妳都做了些什麼，說來讓母親聽聽。」

雉娘依舊低著頭。「回母親的話，董家表哥去世，女兒知道母親必然悲痛，恨不能身受之。女兒心中苦悶，索性出去走走，路上遇到後街的鄉鄰，頗有感慨，在茶樓中，叫上一壺茶，想著世間諸多不易，猛然醒悟，人生在世如茶一般，先苦後甘。母親妳看，雉娘說得對不對？」

趙守和先拍掌。「難得雉娘小小年紀能參透這些道理，為兄甚慰。」

雉娘對他報以感激一笑，又道：「從外面回來後，下人說姨娘去陪祖母，雉娘想著，也有些時日未見祖母，於是前往祖母處，陪祖母坐了一會兒。才剛回房間，父親便回了府。」

董氏的牙都快要磨爛。這死丫頭，何時變得如此滑手？幾次三番都讓她躲過去。

她示意讓兒女們出去，趙縣令也不看她。燕娘帶頭出去，趙守和朝雉娘遞個眼色，也跟著出去，書房內只餘夫婦二人。

雉娘和趙燕娘兄妹二人走出書房，雉娘對趙守和行禮道：「謝謝大哥的禮物，雉娘很歡喜。」

可惜考慮到董家有喪事，她沒有再戴那朵絹花，否則被董氏瞧見，又要拿出來作文章，趙守和有心，她道個謝也是應該的。

「三妹喜歡就好。」

趙守和勉強露出笑意，走在前頭的趙燕娘回過頭，不忿地看著他們。「大哥，你下次不要再隨便在攤子上買些不值錢的玩意兒。那絹花做工粗，我可不喜歡，也就三妹沒見過什麼好東西，還當個寶。」

趙燕娘頭昂得有些高，看向雉娘的眼神都是鄙視。趙守和臉黑下來。「既然燕娘不喜歡，那大哥以後就不帶給妳。」

本來在董家發生的事就讓他憋著火，礙於他是男子，不好說未出閣的妹妹，這才忍下來。

燕娘的言行哪有一個官家女子該有的樣子，不知尊兄長，絹花雖不值錢，也是他的心意，就這樣被人踐踏，讓人失望。

趙燕娘猶不知惹怒兄長，還堵氣說：「不帶就不帶，那些個破東西，我還不稀罕！」說完，就快步往前走。

正午的陽光透過雲層照下來，她頭上的金飾閃閃發光，趙守和臉色越發難看。明知外祖家裡辦喪事，她還穿金戴銀，不知禮數；反觀雉娘，髻子只用素色髮帶綁著，她一個庶出都知道忌諱。

趙守和的神色變化，雉娘略一想就明白過來。她出門時是戴著銅簪的，進門時才收起。她不比趙燕娘可以肆意妄為，本就活得如履薄冰，萬一被董氏逮著把柄，肯定會借題發揮，所以她的一言一行再謹慎都不為過。

她乖巧地與趙守和道別，然後回到西屋。

鞏姨娘不知老爺喚雉娘去有何事，不敢往壞的地方猜測，只能提著心在屋裡走來走去，派烏朵在門口張望。

見雉娘神色如常，她的心略放下一些。「雉娘，老爺所尋何事？」

「父親將我們兄妹喚過去，沒什麼大事，不過是教導我們一些為人處事的道理，舉止要端莊，言行要謹慎。」

鞏姨娘有些不解。好端端的，老爺說這些做什麼？

雉娘也不說破。看董氏小心翼翼的樣子，肯定是肚兜的事情曝出，她以為是自己的，誰知竟是趙燕娘的，惹得便宜老爹不滿，這才有書房說教一事。

董氏這是搬起石頭砸自己的腳，她現在真期待恩公的行動，不知他會如何對付董氏。

書房內，趙縣令心生不滿，手裡隨意拿出一本書，裝作看書的樣子，故意不看董氏。

他本就是年紀很大才開始讀書，除了敢說自己識字外，不敢說有什麼才華，稍微晦澀些的詞都不解其意。幸好他本就是個勤奮的，肯動腦子，幾年為官穩紮穩打，還有文師爺坐鎮，倒也從未鬧過笑話。

對於眼前的日子，他分外珍惜，兒子與他一樣好學，以後考科舉走仕途，至少比自己強幾倍。幾個女兒中，鳳娘自不用說，貴為縣主，將來必嫁入高門；燕娘是嫡出，嫁得也不會差，而雉娘雖是庶出，卻長相出眾，應該不會比兩個姊姊差太多。

他從未想過要與董家結親，以前沒想過，現在董慶山都死了，更加不可能，偏妻子被豬油蒙住心肝，向著娘家。

他不說話，書房內靜得嚇人。

董氏往前一步，放低姿態，語氣討好又婉轉。「老爺，你還記不記得，昨夜家裡遭賊的事？東西許是那殺千刀的賊順走的。燕娘一直謹守閨訓，怎麼可能和慶山有私情，必是我那嫂子……小姑子難做，大嫂平日就常眼紅我，可能是這樣才遭來禍事。」

她掩面哭起來。今日因去奔喪，臉上沒有塗那些厚粉，也沒有抹那胭脂，雖然皮糙又黑，卻比以前看得順眼。

趙縣令放下手中的書，看著她，神色慢慢緩和下來。董家人貪得無厭，這些年他深有體會，難保他們不會起歪心。他的內心深處相信，無論是燕娘還是雉娘，他的女兒都不可能做出和別人私相授受的事。

董氏長吁了口氣。此事圓過去，大嫂那裡她也不怕。

好不容易安撫好趙縣令，雖然他臉色還是不太好看，但至少不再冷眼，董氏又開始噓寒問暖，被趙縣令以公務為由打發走。

董氏不甘地離開。娘家人此舉，有些寒她的心，聽娘的意思，只要慶山能有守孝的未亡人，就算燕娘嫁過去，她們也願意將錯就錯，絲毫都不曾考慮過燕娘的苦。

她恨得咬牙切齒，望著西屋的方向。

竟然在兩個賤人手中吃這麼個啞巴虧，看她要如何討回來！只不過羅老大怎麼會拿到燕娘的肚兜，此事還要查清楚。

左思右想，她乘機帶曲婆子出門，沿後街拐個彎，來到羅老大租住的民宅。讓曲婆子在外面守著，她推門進去。羅老大早就等候在那兒，神色頗得意。「大梅，此次我幫妳做成這事，妳的好處可不能少。我最近手中緊巴巴的，連這月的房租都未交。」

還想有好處，事情差點被他搞砸！董氏看著他伸過來的手，指甲中還有污垢，一陣噁心。「我問你，東西是在哪裡拿到的？」

「當然是在妳那庶女的房間裡。」

小賤人，真是小看了她！董氏暗恨。

「此事你辦得好。」她從懷中摸出一個素色荷包，遞給羅老大。羅老大歡喜地接過，順便摸一下她的手。

她眼神閃過厭惡。這個羅老大，真是死性不改，若不是還有用到他的地方，她定讓他好看。

「事情沒完，還得要麻煩你。」

羅老大將荷包往懷裡揣。「妳儘管說吧。」

董氏陰著臉對他安排一番，然後離去。

他待在原地，咧嘴笑得開懷。竟是讓他動真格的，去壞那庶女的清白，這樣的好事，他最是喜歡。

他摸了下懷中的銀子，少說也有五兩。有銀子拿，還能睡嬌滴滴的官家小姐，這樣的美差到哪裡去找？他忍不住吞下口水，縣令家那位庶出小姐，可不是董氏生的女兒，聽說長得極貌美。這小美人兒很快就是他的口中食，想想都讓他渾身顫抖。

突然，似乎有腳步聲傳來，他暗罵董氏離開時沒關門，罵罵咧咧地去關門，還未走到跟前，卻不想被人一腳踢飛。

他被踹得撞在牆上，正欲破口大罵，視線中卻出現一位身材修長的男人。

來人是一位年輕公子，約二十多歲的樣子。他的眼神冷冷清清，俯視著地上的羅老大，如看一隻螻蟻。

後面的門被人關上，胥良川身後的隨從走上前，名叫許敢，身材結實。羅老大拚命掙扎，怎奈許敢力氣甚大，兩三下將他五花大綁起來。

羅老大拚命掙扎，繩子卻越掙越緊。「這位公子，我與你往日無冤，近日無仇，你是不是找錯了人？」

「你可是羅老大，蘆花村人氏，以前與趙縣令曾經比鄰而居？」

羅老大心驚。這人怎麼知道的，看來是有備而來。他腦子飛快轉著，確信自己從未見過這位公子，也不可能會得罪他。

「正是，不知這位公子找小人有何事？小人平日也常幫別人跑腿，混口飯吃，若公子相問，必知無不言，求公子先給小人鬆綁吧。」

胥良川停在距他一步之遙處，眼神冰冷。「既然是，那就沒有找錯人。也沒什麼大事，就想聽羅老大說說以前在蘆花村的往事，比如和鄰里相處的事。」

羅老大有些懵。這位公子大張旗鼓地綁住自己，是想聽那些陳芝麻爛骨子的事？可是那有什麼好聽，沒什麼值得講的。

「這位公子，看你出身不差，想聽故事，為何不去茶樓聽書，可比小人講得好多了。」

許敢是個急性子，力氣是常人的兩倍，見羅老大沒聽明白自家公子的意思，當下就給了他一拳。

羅老大捂著腹，痛得打滾，恍然明白眼前公子的意思。鄰里的故事……又提到趙縣令，或許就是他和董氏的事。

「羅老大，現在想起什麼了嗎？是否可以說說你和董氏的故事。」

果然如此。羅老大反倒明白過來，這位公子必是想探趙家的事，不知和趙家有什麼過節。

趙家人的事情與他無關，只要不是找他麻煩的，他就放心了。

第十四章

許敢在旁邊死盯著他，見公子已經問話，這廝半天不答，有些來氣，一大掌拍在他的後腦上。他被打得眼冒金星，訕笑一聲。「原來公子是想聽趙家的事，這小的倒是想起一些事情。」

胥良川冷著聲，語氣不帶任何感情。「羅老大可是想起什麼了嗎？你與趙家多年鄰居，趙家都發生過何事情，你且一一說來聽聽。」

他拿不準胥良川的意思，試探著開口。「小的是想起些往事，不知公子想知道什麼故事，小的必定知無不言。」

「先說說你和趙夫人的關係吧。」

羅老大心裡一鬆。「公子這可是問對了人，別看那娘兒們現在是縣令夫人，可不是個安分的，以前住在一起時，她男人常不在家，她受不了寂寞，沒少對小人拋媚眼。小人見她生得醜，才沒有下手。現在當上縣令夫人，趾高氣揚的還瞧不起人，呸，也不想想自己是什麼貨色！」

他邊說邊吐唾沫，對面的公子冷冰冰的，直直地盯著他，他頭皮發麻。「公子，我說的可是真的。別看那娘兒們長得醜，可確實是個蕩貨，也虧她長得醜，要是長得稍微有幾分姿色，恐怕趙大人頭上的綠草都要成林了。小人敢對天發誓絕對沒有胡說，她曾經勾引過小人，還在小人面前寬衣解帶，她的大腿上還有一塊青色長圓形的胎記。」

說完，他停下來，小心翼翼地偷看胥良川的臉色。

胥良川垂下眼眸，許敢踢他一腳。「誰稀罕聽你的風流事，說出來污了我們公子的耳朵。趙夫人剛才找你幹什麼，有什麼話就快說，別東扯西扯的。」

羅老大被打得頭嗡嗡作響。「我說我說！趙夫人找小的辦事，她說她的庶女不聽話，讓小的去教訓教訓她，昨日還安排小的闖進那庶女的閨房，可惜撲個空。小人也不想做這些事，就想著隨便交差，拿了趙三小姐一件貼身小衣。誰知今日趙夫人又找我，說拿貼身衣物還不夠，要毀對方清白才算完事，約我今晚可以行事，她給我留門。」

胥良川的眼危險地瞇起，腦中浮現那嬌美卻倔強的小姑娘。分明是養在暖房中的花兒，卻不懼世間的任何風吹雨打，怪不得會防心那麼重，怕是已看破趙夫人的陰謀，不得已要步步小心謹慎。

貼身小衣？不會和他想的一樣，是趙夫人自己的吧？

「東西呢？」

羅老大被他問得一愣，什麼東西？隨即反應過來。「小人一拿到東西，就趕到東集的董家，親手交給趙夫人。」

胥良川了然。東西一定不是趙三小姐的，所以董氏才會用更狠毒的法子。

他轉過身，對許敢說：「帶走。」

許敢扯出布，將羅老大的嘴堵住，拖著走出去。外面停著一輛不起眼的青油布馬車，羅老大被丟進去，許敢坐上車駕，鞭繩一甩，馬蹄歡快地跑起來，消失在街角。

馬車飛馳出城，羅老大心慌不已，看著閉目沈思的俊美公子，猜不出對方的用意。難道他剛才說得太少，人家公子根本就不滿意？

他的雙手不停摩擦，那該死的隨從綁得可真緊。

「沒用的，少費些力氣。」

胥良川睜開眼，冰冷地看著他。他的心涼了半截，這公子來意不善，不會輕易放過他，對方到底想知道什麼？

胥良川冷冷地看著他。這個狡猾的羅老大，說的事情倒不假，不過看他的神色必還有所隱瞞，當年趙家或許有些事情，是外人不知的。

馬車停在閬山腳下的一間民宅中，許敢將羅老大提進去，將他關在黑屋子裡。他還沒有回過神來，很快就有一位凶神惡煞的中年男子來審問他，男子是許敢的大哥，名叫許靂。

看著男子手中的皮鞭子和燒起來的爐子，以及爐子裡通紅的烙鐵，羅老大嚇得差點失禁。

許靂粗聲道：「我們公子好性子，不與你計較，可你這個滑頭，居然隱瞞許多事。我這人耐性可不好，趕緊將關於趙家的所有事情一五一十說來，少受些皮肉之苦，否則……」

他將烙鐵拿在手中，將燒得通紅的一頭在羅老大眼前晃了幾下，灼熱的煙氣嚇得羅老大心驚肉跳。

「好，我說我說……」

羅老大斷斷續續地說起當年趙老爺之死，隱去自己的部分，只說是他偷看到的。趙家老爺子想偷看兒媳洗澡，被董氏發覺，失手打死公爹，裝成摔死的模樣；還有趙家老婆子啞得蹊蹺，可能也是董氏幹的。

村人都相信董氏說的話，他無憑無據，也就沒有戳破。

許靂瞪他一眼，他嚇得閉眼求饒。「大爺，饒了小的吧，真的沒有了，再也沒有了！趙家的姑娘發達後幫襯趙家，趙大人一家沒多久就搬到鎮上，後來又搬到縣城，小的也是不久前才和趙夫人遇上的，求大爺明查。」

看來都交代得差不多了，許靂哼了一聲，關門出去，來到另一邊的房間，輕叩三下。

「進來吧。」裡面傳來清冷的聲音。

他進去，將羅老大剛才交代的事情稟報。胥良川垂眸，倒是有意外的收穫。董氏害死趙縣令的爹，只此一件事，已足夠幫趙三小姐對付嫡母。

朝他遞個讚許的眼神，胥良川讓他先下去，眼神漸漸堆起寒霜，面無表情地望著空無一人的房間，沈默良久。

前世的悲劇，他不想重來一遍。

究竟要怎麼做，他其實並沒有實際的計劃，但最要緊的事，他牢牢記得，不能讓趙燕娘得勢，不能讓太子背負謀逆的罪名。

似乎有很多事等著自己去做，又似乎無事可做。趙家現在還只是普通的小門小戶，趙燕娘粗鄙如舊，皇宮中，太子和皇后依然母子情深。

一切看起來與上一世並無不同，唯有趙家的三小姐。

他不知不覺地提筆，等清醒過來，就見雪白的宣紙上寫著趙雉娘的名字。這三個字像一道符咒般，觸目驚心。

那女子弱不禁風的身姿彷彿就在眼前，雖然看起來如小獸般警覺，卻又透著三分從容淡定，矛盾又複雜。

為何自己修身養性多年，居然還會多管閒事？不僅是她與趙家有關，還有一種莫名的牽引。

他將面前的白紙揉成一團，丟進紙簍中，背著手走出去。

許敢進來收拾屋子時，見到紙簍中的紙團，好奇地展開，若有所思地看著上面的字。

或許，他們家公子情竇初開了。

他咧嘴一笑。這可是天大的好事啊！夫人可不止一次抱怨過，雖說胥家的祖訓有令，年過二十五方能娶妻，可公子的表現也太過讓人擔心，對於京中的貴女們從不假以辭色，傷透了多少芳心。

看公子對趙家的事情如此上心，不會真是看上那趙家三小姐吧？

許敢找到自己的哥哥，小聲地嘀咕幾句，許靂給了他一巴掌。「公子的事情，也是你敢亂說的，小心公子罰你抄書。」

他吐了下舌頭，趕緊閉嘴。公子的懲罰最喪心病狂，明知他最煩讀書識字，偏愛罰他抄書。

胥良川隱在樹後，聽到兄弟二人的談話，自己也愣住，看著遠方捫心自問。

他中意那小姑娘嗎？

董氏回到後院，正巧和雉娘碰個正著。她朝雉娘露出意味深長的一笑，雉娘也不躲避。幾次交手下來，想必董氏已經看破她，兩人勢如水火。她不在意，撕破臉是遲早的事，董氏不會因為她聽話而放過她。

「雉娘很好，居然還有幾分手段，往日母親看走眼了。」

雉娘不閃不避，甚至臉上還帶著被人誇獎後的羞赧。「謝母親誇獎，雉娘能有今天，都是母親平日教導有方；沒有母親的督促，雉娘還只知道自憐自怨，一點小事就尋死覓活，對不起母親和父親的教誨，也對不起自己來這世間一趟。」

「雉娘懂事，母親欣慰不已，到底是沒有白養妳一場，但願妳一直都能這樣聰明，那母親就放心了。」

「多謝母親教誨。」

趙守和正從前衙走過來。剛才父親先是關心他的學問，然後又語重心長地囑咐他，他是長子，以後趙家的擔子都在他身上，不僅要守住基業，還要照顧幾個妹妹。

他明白父親的意思，在他的心中，燕娘和雉娘一樣都是親妹妹，不會厚此薄彼。

「母親和三妹在說些什麼？這麼高興。」

「大哥，母親在教雉娘做人的道理。人生在世，要無愧於天地，否則便是做鬼也要下十八層地獄，受油煎火燒之刑。」

趙守和一愣。「母親怎麼會無緣無故說起這個，三妹還小，可別嚇著她。」

「大哥，雉娘不怕的。母親說得對，做惡事的人遲早會遭報應，天打雷劈、死後割舌斷頭都不為過。雉娘問心無愧，什麼都不怕，自然無所畏懼，母親是不是？」

董氏恨急，偏還要裝出笑來。「雉娘說得是，至於死後什麼的，只有死人才知道，死了不過一堆黃土，又怎麼再享人間富貴？活人照舊過得體面風光，總比死人強萬倍。」

「母親說得在理，但活人總有要死的一天，活著的時候，肯定從未想過自己會有何等的死法，或是剝皮抽筋，或是身首異處，作惡越多，死得就越慘。」

「雉娘比起以前如同換了一個人，說的話讓母親都覺得慌。」

雉娘如受到驚嚇般低下頭。「母親，女兒死過一回，迷糊之中似是看見那鬼差們往油鍋裡炸人。女兒大著膽子詢問，鬼差道那些人都是生前惡事做多，才會受這樣的懲罰。女兒害怕，幸好母親為人心善，想必死後不用受這些酷刑。」

董氏抖了一抖，復又鎮定下來。

她們的談話有些怪，趙守和皺著眉，除了話題嚇人，卻又說不出來哪裡怪。

董氏已經恢復慈母的樣子。「守哥兒，你忙了一天，還不趕緊歇歇。」

趙守和點點頭。「娘，我倒是不累。段表弟知道家裡有事，也從書院告假，人安排在前書房，明日去外祖家裡弔唁。」

「鴻哥兒有心了。」

母子倆說著，邊往東側屋走去。

雉娘看著他們母慈子孝的背影，神色複雜。

一轉頭，就見那段家表哥正站在前衙和後院的相連處，癡迷地看著自己。她一陣厭煩，不想搭理他。

誰知段鴻漸快步走過來，語氣急促。「雉表妹，近日可好？」

雉娘無奈地朝他行禮。「託你的福，死不了。」

段鴻漸似是不敢相信話是從她嘴裡說出來的，一臉受打擊的樣子。

「表哥有事嗎？沒事的話，雉娘就先告辭。」

他的嘴張了幾下，貪婪地看著她的臉。一段日子沒見，表妹怎麼像變了一個人，是不是對他有什麼誤會？

「鴻表哥，你來了。」

趙燕娘的聲音傳來，雉娘嘲弄地看著段鴻漸，看得他一陣尷尬。

「三妹也在啊？不是我這個做姊姊的多嘴，三妹很快就是要出門子的人，哪裡還能和外男見面。」

出門子？段鴻漸心下一驚。「燕表妹，雉表妹何時許人家的？」

趙燕娘不回答，用一種憐憫又不屑的目光睨著雉娘。雉娘被看得心頭火起。「二姊，雉娘要出門子？不知是何時的事，父親母親也未曾提起半句，二姊是從何得知的？」

「就這兩天的事。婚姻之事，父母之命，妳不需要知道太多，等嫁過去自然知道。」

雉娘呆住，突然掩面哭起來，朝趙縣令的書房跑去。趙縣令正心煩意亂，見三女兒哭得像個淚人兒一般，不由大驚。

「雉娘，妳這是怎麼了？」

雉娘抽抽噎噎，傷心又可憐，哽咽道：「爹，剛才二姊說我這兩天就要嫁人，雉娘一時接受不了……本來還想著多在家中陪伴父親母親，猛然聽到這個消息，不由得心中難過。雉娘不要嫁人，女兒捨不得父親。」

這是什麼時候的事，他怎麼不知道？趙縣令的臉色十分難看。

此時，趙燕娘和段鴻漸也趕過來。他看到有外人，按捺著怒火。「鴻哥兒，我們父女有私事要談，請迴避。」

段鴻漸沒有留下來的理由，只得告辭。

他一走，趙縣令氣得隨手抓起桌上的一本厚書，朝趙燕娘砸過去。「孽障！我看妳是得了失心瘋，有這麼跟妹妹說話的嗎？妳妹妹要嫁人，我這個做父親的怎麼不知道？」

書本正好砸在趙燕娘的臉上，鼻血頃刻間流下來。

趙縣令的手不停發抖，指著趙燕娘。「妳說，從哪裡得知妳妹妹這兩天要嫁人的？又是嫁給何人？」

趙燕娘捂著鼻子，血流得手上全是，臉上紅紅白白，煞是恐怖。「爹，女兒沒有說錯，雉娘和慶山表哥不清不楚的，不嫁給他還能嫁給誰？」

雉娘臉色雪白，咬著唇，淚如珠子般滾下來。「爹，二姊說的什麼話，雉娘聽不懂。雉娘和慶山表哥總共沒見過幾次，什麼時候不清不楚，二姊紅口白牙，這是要逼雉娘去死。」
她身子本就纖細，極度憤怒和傷心下，顯得更加搖搖欲墜。
趙縣令忍無可忍，又朝趙燕娘砸過去一本書。「混帳東西！妳瘋了，如此污自己妹妹的清白！」
趙燕娘被砸得腦子一懵，失去理智。「女兒沒有胡說！她和她那個小婦姨娘一樣，光會勾引男人，慶山表哥就是被她勾得五迷三道，這才丟了性命。她不嫁給慶山表哥，還能嫁給誰，天下哪還有男人敢要她?!」
雉娘強撐著身子，傷心欲絕。「二姊，雉娘雖是姨娘所出，卻也是爹的親生女兒。慶山表哥明明是死在七峰山，雉娘是長了翅膀不成，能飛去那裡害死他？二姊，妳恨姨娘，也恨雉娘，恨不得讓我們去死。雉娘不怕死，姨娘也不怕，就怕別人潑髒水，死後還要背負污名。」
說到最後，她泣不成聲，直直地怒視著趙燕娘。
趙縣令將她扶起，痛心地看著趙燕娘。「燕娘，妳如此處心積慮地誣衊自己的親妹妹，不過是想掩蓋自己的醜事。真正與慶山交往過密的人，恐怕是妳自己吧？為父本來不願意相信，想我趙書才的女兒，怎麼可能會做出傷風敗俗之事？事到如今，由不得為父不信，那董家還握著妳的私物，以此要挾，要將妳嫁過去。」
這下趙燕娘連臉上的痛都忘記了。「爹，女兒和慶山表哥沒有私情，你可不能信他們的話！」

趙縣令很痛心。女兒再不是，也是自己的親生女兒，可是二女兒與三女兒不和，他當父親的要如何做才好？

「爹，女兒就因為是姨娘所出，二姊就將雉娘視如草芥，連名節如此重要的東西，都可以張口就毀，女兒活著還有什麼意思？不如早死早超生，反正也不是第一次被逼上絕路。前次是閻王憐憫，沒有收女兒，這次女兒實在走投無路，唯有一死才能解脫。」

她臉上的淚仍然流個不停，神色卻堅定無比，淒然地站起身。趙縣令看得心涼，失聲叫道：「雉娘，妳可不能做傻事！爹答應妳，以後妳的親事，爹親自把關，妳母親不得插手。」

「爹，女兒不願讓您為難。」雉娘神色哀悽，雖然眼中閃過亮光，卻還是傷心地搖頭。「若因為女兒讓爹和母親心生嫌隙，那女兒就是個罪人，也沒有顏面存於世間。」

趙縣令已經心軟得快要化成水，又痛又澀。三女兒懂事得讓人難過，二女兒卻被慣得不知天高地厚。

「雉娘，爹和妳保證，妳母親是明理的，必然不會計較，將來妳的親事，爹會親自挑選。」

趙燕娘叫起來。「爹，這於禮不合，一個庶女，親事都由嫡母作主！」

趙縣令一瞪眼。「妳的事情，我正要找妳母親好好說說，若是董家人真讓妳嫁過去，為父也沒有辦法。」

「爹，你可不能太偏心，女兒才不要嫁過去守寡！就慶山表哥那德行，女兒怎麼可能看上，爹，必然是有小人陷害女兒！」

趙燕娘意有所指地看著雉娘，趙縣令難過地閉上眼，對她失望至極。

外面響起凌亂的腳步聲，雉娘低著頭，長長的睫毛蓋住眼裡的恨意。

第十五章

董氏與趙守和急匆匆地推開書房的門。

董氏聽雲香大概說了事情經過，暗罵燕娘沈不住氣，讓那死丫頭提前知道，還鬧到老爺這裡，真是成事不足、敗事有餘。

她一眼就瞧見趙燕娘滿臉是血，尖叫起來。「老爺，燕娘可是你的親女兒，又是姑娘家，臉面最重要，哪能下那麼重的手，還往臉上招呼！」

「妳怎麼不問問她都說了什麼混帳話，都逼得雉娘要尋死，再不好好管教，以後嫁人會攪得夫家不得安寧，我都要被人在背後戳脊梁骨，罵我教女無方，禍害他人！」

董氏用帕子擦拭趙燕娘的臉。趙燕娘本來抹著極厚的粉，帕子擦掉血跡的地方露出本來的膚色，與未掉粉的部位對比鮮明，黑一塊、白一塊，配著她的小眼塌鼻，分外滑稽，如同小丑一般。

這模樣莫說是外人，就是身為母親的董氏都不忍多看一眼。反觀旁邊的雉娘，雪白的膚色細滑如上好的綢緞，精緻的眉眼，水靈的雙眸，兩人站在一起，猶如夜叉和仙子。

只要是個長眼睛的男人，都會看到雉娘的美和燕娘的平庸。

董氏心頭的恨意更濃。她此生最不如人的地方便是長相，若不是長相，哪裡會不要半個銅子做嫁妝就匆忙嫁人？

那時候，來提親的人都沒什麼好貨色，聘禮也出得少，後來年紀拖大了，根本就沒有人再上門，好不容易趙書才來提親，她見老爺長得比一般的莊稼漢周正，便急急嫁進趙家。

要不是長得不如人，老爺就不會在家境稍微好轉時，立即帶回水蔥般的鞏氏，還說什麼憐其孤苦；要是鞏氏容色平常，老爺哪會憐惜，也不會讓來路不明的女子進門。

世間男子都膚淺，光重顏色，鞏氏肩不能挑、手不能提，若老爺還是以前的莊稼漢子，鞏氏就要下地做活，哪裡還能像現在這樣細皮嫩肉？多年來，鞏氏的皮子還是那麼嫩，連帶生的女兒也讓人討厭。

她狠狠瞪著雉娘，粗壯的胳膊一頂，往前一擠，雉娘差點被她揮倒。

「姊妹之間鬧口角，哪就那麼嚴重？不是我說雉娘，太過小家子氣，被鞏姨娘教得只會哭，一點小事就鬧到老爺這裡，不識大體。」

雉娘穩住身子，悄悄往一邊挪開。「母親，二姊說女兒和慶山表哥不清不楚，還說女兒過兩天就要嫁過去。女兒捨不得父親，所以才傷心哭泣，都是女兒不好。」

她的委曲求全讓趙縣令心疼不已。兩個女兒雖然生母不同，卻實在都是他的親骨肉，手心手背都是肉，偏袒誰都不好。此次的事情，分明是董家人心存不軌，董氏攪在其中，若一個處理不好，燕娘和雉娘的名聲都要搭進去。

趙燕娘此刻的樣子狼狽，他想再苛責幾句，又怕剛才真的砸傷她。董氏嚷著要請大夫，他默許，由著董氏將燕娘帶回東屋，然後起身安撫雉娘幾句。

趙守和剛才一句話也沒有說。母親和燕娘是有些過分，明明是燕娘的錯，還想賴在雉娘身上。可為人子不能道母親的錯，他有心想補償一二，對雉娘說：「父親，不如讓兒子送三妹回去吧。」

雉娘婉拒。「大哥，雉娘無事，你不必相送，雉娘自己回去即可。」

趙縣令點頭，他正好有話要叮囑兒子，索性依她。

雉娘行禮告退，一出門，就見段鴻漸還未走，關切的眼神看著她，似有千言萬語。

她心煩意亂。就算知道董氏沒安好心，趙縣令還是想息事寧人，可能在他看來，即使明知董氏不安好心，好在並未鑄成大錯，訓責幾句就作罷，他和董氏是夫妻，夫妻一體，自己和姨娘反倒是外人。

段鴻漸深情款款的樣子讓她作嘔，她不想理這害死原主的罪魁禍首，低著頭自顧自地走路。

段鴻漸急急地攔著她，目光沈痛又癡迷。「雉表妹，那董家嫁不得，若妳願意，我向舅父提親，接妳過門。」

雉娘冷冷地抬起頭看著他。「接我過門？做妾嗎？」

被戳中心思，段鴻漸有些不自在，艱難地點頭。「雉表妹，妳也知道，我們家風嚴，我是嫡長子又是獨子……」

「不用了，謝謝你的好意，雉娘不會為妾。不僅如此，你的正妻，我也不稀罕，依我看，你和趙燕娘才是天生一對。她醜人多作怪，你自以為情聖，真是天造地設的一對。」

她說得又急又快，面帶嘲諷。

段鴻漸瞪大眼，不敢相信自己的耳朵，露出似扭曲又似受傷的神情。雉娘懶得理他，抬腳就走，哪有工夫和這想讓她做妾的男人磨嘴皮子，晚上還有一場硬仗要打，得回去好好準備。

太陽漸漸西沈，餘暉灑進院中，眼看就到晚上，今夜注定又是不眠之夜。雉娘的眼中透著狠絕，董氏和趙燕娘不愧是母女，簡直是一丘之貉，董氏計謀沒有成功，不知又會起什麼毒辣的心思。

她有想過去找便宜父親來西屋留宿，這樣賊人就不會上門，但派烏朵去打探，卻得知他和文師爺一直在書房議事，不得已作罷。

肚兜的事情必定已經被董氏化解，聽便宜父親的話中之意，他已知此事，並且極力替趙燕娘掩蓋。事情到了這一步，她與董氏徹底站在對立面，可手中半點籌碼也沒有，寸步難行。

不知道恩公接下來會如何做？凶險迫在眉睫，在這後院中也只能靠自己，只得等熬過今夜再打算。

她將屋內能用上的東西都讓烏朵找出來，無非是剪子、木棍之類的。鞏姨娘被她的架勢嚇一大跳，也急吼吼地從自己房間裡翻出一把大剪刀，握在手上，柔弱的臉上是前所未有的勇敢，大有與敵人拚一場的氣勢。

暮色四合，廚房裡的飯食依然不能食用，那老鼠吃完後呼呼大睡。雉娘讓烏朵悄悄出去買了一些點心，幾人分食，勉強墊個肚子，然後靜坐在屋內，神色緊繃地等待著。

天色越來越黑，猶如一隻吃人的巨獸般，張著黑洞洞的大口，要將所有的弱小一併吞入口中。

燭火跳躍著，映襯著主僕四人嚴肅的臉和緊張的神情，屋外偶爾有幾聲蟲鳴，其餘再無其他動靜。

外面打更的梆子響起，二更、三更、四更……每刻都在煎熬。時辰漫長如年，四周靜寂無聲。

翚姨娘試探著小聲開口。「雉娘，那賊子今夜是不是不會來？」

雉娘搖頭。她也不知道，只要黑夜沒有過去，她就不敢掉以輕心。快近五更時，主僕四人實在有些熬不住，翚姨娘不停點頭，瞌睡不已，卻又不敢睡過去，掐著手心提神。

雉娘沒有絲毫的鬆懈，靜靜盯著桌上的燭火，心中有一絲疑惑。今夜很平靜，似乎並無情況，難道她猜錯董氏的心思？

很快，五更的梆子響起，大戶人家的下人都是這個時辰起身，梆子落下，一夜就算過去了。

翚姨娘實在有些受不住，雉娘讓她回房睡覺，自己靠坐在榻上，還是不太敢合眼，眼睜睜地看著窗戶從黑色慢慢變灰，又從灰色轉為微亮，才閉眼瞇了一會兒。

半睡半醒前，聽到前衙震耳欲聾的鼓聲，她驚得跳起來，欲奪門而出，烏朵進來。「三小姐，可是吵醒了？前面有人擊鼓喊冤。」

原來是有人擊鼓，她鬆口氣，精神繃得太緊，一有風吹草動就驚起。外面的鼓聲還未停，喊冤鼓與前次聽到的報案鼓不一樣，又急又快，聲音又大，似千軍萬馬，又似悲憤痛哭。

這夜無事，她有些想不透。按理說，董氏已經快要和她們撕破臉，必然不會放過機會，為何沒有行動？

鼓聲響過，驚起衙內當差的眾人，趙縣令穿好官服、戴好烏紗帽，急匆匆地趕到前衙，一拍驚堂木，高呼升堂。兩側衙役頓杖喊威武，文師爺和縣丞也已就位。

另有兩名衙役將擊鼓之人帶上來，趙縣令一看，有些眼熟，定睛一瞧，這位中年漢子不就是以前在鄉間的鄰居，羅家的羅柱子嗎？

羅家與趙家自小相鄰，也算是老相識。趙縣令滿腹疑問，羅家就羅柱子一個光棍，哪裡來的冤情要訴？

「堂下之人姓甚名誰，有何冤情，速速報來，本官為你作主。」

羅老大高舉狀子，痛哭流涕地伏在地上。「大人，小人姓羅名柱子，是石頭鎮蘆花村人氏，為著一樁陳年舊事，日日受良心譴責，寢食難安，思來想去，還是將此冤情大白於天下。」

趙縣令一驚。羅老大說多年的舊事，那就是蘆花村的事情；他生於蘆花村，長於蘆花村，村裡連丟隻雞都算大事，哪裡有什麼冤情他不知道的？他微皺眉，想不起蘆花村多年前發生過什麼冤案。

「你所為何事，狀告何人？」

「回大人，小的是為以前的舊鄰趙家老爺之死，狀告其媳董氏，殺死公爹，掩蓋事實，逍遙法外多年。」

趙縣令手中的驚堂木都差點掉下來，兩側的衙役也聽出事情不對。大人祖宅就在蘆花村，又恰好姓趙，這羅柱子狀告的事情不會和大人有關吧？

文師爺將羅老大手上的狀子呈上來，趙縣令呼吸急促地看完，眼珠子都要瞪出來，手捏著狀紙，抖得如樹葉。

他只覺眼前發黑，差點看不清上面的字。這狀紙上所述，無異於晴天霹靂在腦中炸開來，又宛如破空利箭直刺胸口，痛不欲生。

「你所說可是事實？可有憑據？」

羅老大叩頭。「千真萬確！董氏殺死公爹被小人無意間看到，趙老爺子在世時，常誇董氏賢慧，董氏又口口聲聲說他是摔死的，小人無憑無據又事不關己，所以一直沒有戳穿，以至於日日良心不安，夜不能寐，請大人恕罪。」

趙縣令恢復些神志，一拍驚堂木。「帶董氏。」

兩側衙役面面相覷。竟然真的是大人的家事？這羅老大口中的董氏，莫非是夫人？

他們站著不敢動，怕弄錯，文師爺朝他們遞個眼色，他們才遲疑地往後院去，又見大人沒有阻攔，才加快腳步。

董氏正在屋裡暗罵羅老大收錢不辦事。她都安排好了，門也留著，誰知羅老大竟然沒有行動，早起一看，那西屋的賤人還活蹦亂跳，跟沒事人似的，眼看再過一日姪子就要下葬，她怎麼和自己的娘交代？

守哥兒一早就領著鴻哥兒去娘家弔唁，她本想等老爺一起，可前衙似乎有人擊鼓喊冤，她心裡咒罵幾句。

想想還是自己先行一步，正欲出門，瞧見前衙的差役往後院走來，臉色便拉下來。這些男子，怎能隨意到後院來，還有沒有規矩？

衙役上前，做了個姿勢。「夫人，大人有請。」

叫她做什麼？董氏不滿地跟著衙役往前走，也不知道老爺叫自己是什麼事。可一進衙堂，見到跪在地上的羅老大，大驚失色，心中掠過一絲不好的預感。羅柱子為何會出現在縣衙？

趙縣令怒目相向。「羅柱子，本官問你，你所狀告的可是此人？」

羅老大略抬頭又低下。「回大人，正是此人。」

「你瘋了！羅柱子，平白無故的，你這條瘋狗亂咬人！」董氏大叫起來。「老爺，你可不要相信這小人說的話。」

「跪下！」趙縣令一拍驚堂木，手都是抖的，心裡被震驚得都感覺不到痛。

董氏不敢置信地抬頭，見他滿目恨意，心裡突突地跳著。老爺為什麼用這種眼神看她，好像她是仇人一般，這羅老大到底和老爺說了什麼？

見董氏還站著，趙縣令怒目相向，神色悲憤。文師爺對衙役使眼色，衙役硬著頭皮用杖擊打董氏的腿關節處，董氏不設防，一下子跪倒在地。

還未來得及出聲，就聽見自家老爺冰冷的聲音。「堂下跪的可是董氏？這位蘆花村的羅柱子狀告妳殺死公爹，謊稱其摔死，本官問妳，可有此事？」

董氏血液衝上腦，差點暈倒。這天殺的羅老大是吃錯什麼藥，莫不是得了失心瘋，怎麼會將這事抖出來？抖出來又有什麼好處，都陳年入土的往事，翻出來做什麼？

「老爺，冤枉啊！這羅柱子不知受何人指使，誣衊妾身，簡直血口噴人。當年你在鎮上做活，家中的事情裡裡外外都是妾身一人操持，也是妾身疏忽，爹說去院子裡劈柴，妾身沒有去看，聽到聲響出門一看，爹就倒在石頭上，已氣絕身亡。」

「妳胡說！」羅老大喊起來。「回大人，當年董氏面上孝順，卻老是不給婆婆吃飽，小人在自家的院子裡都常聽到趙老夫人喊餓的聲音；董氏還私下老抱怨趙老爺吃得多，還不幹活。那天她和趙老爺爭執起來，聲音很大，小人好奇，就躲在牆頭看熱鬧，就見推搡間，董氏將老爺子推倒在地，老爺子一下子磕到石頭上，小人駭得連忙回屋，不一會兒就聽到董氏在那邊喊叫，說老爺子自己摔死了。」

趙縣令都握不住手裡的驚堂木。羅柱子所說之事太過駭人聽聞，他從未想過，父親竟是被人害死的。

那時候，他還在石頭鎮的大戶人家裡做活，鮮少回家，突然間村子來人，說父親暴亡，他連工錢都忘記結算就急匆匆地回去。

一踏進家門，院子裡擠滿鄉鄰，父親滿頭是血地躺在地上，頭上的傷口猩紅一片，糊住臉。

董氏抱著不到一歲的守哥兒哭得像個淚人兒，一直自責說自己沒有看好父親，才讓父親摔倒，也就那麼巧地磕在石頭上，當場喪命。

他未懷疑過董氏所言，董氏自嫁給他後忙裡忙外的，父親也常有誇讚，事隔多年後，突然有人告訴他，父親是董氏害死的，讓他如何接受？若真如此，那他不就是將仇人當親人，讓父親在九泉之下無法瞑目？這是天大的不孝。

他的臉青黑交加，極大的憤怒讓他止不住渾身發抖。董氏伏地大哭。「老爺，你可莫聽他血口噴人！當年你常不在家，羅柱子常常找機會想輕薄妾身，妾身不從，於是他就懷恨在心，誣衊妾身！」

羅老大往前爬一步。「大人，董氏一派胡言！小人本是一個外人，說句難聽的話，趙家的事情與小人沒有半點關係，趙老爺子的死，更是與小人無任何瓜葛。小人揭發董氏，也沒有半點好處，若是想誣衊她，為何要等到今日？實在是小人一想起趙老爺的死就良心難安，多年來受盡折磨，才想著將真相大白於天下，以求解脫，望大人明察。」

沒錯，羅柱子只是個外人，若不是良心發現，誰會在事隔多年後重提此事？

趙縣令從案桌後站出來，朝他行了個大禮。若不是羅柱子揭發此事，自己到死都不可能知道父親死亡的真相，將來百年之後，又有何面目去見父親，他真是枉為人子！

他恨得雙眼含淚。「董氏，羅柱子所言可屬實，妳還有何要辯解的？」

董氏也朝前爬去，大聲哭喊。「老爺，你可不能聽他胡說，他一直覬覦妾身，才會將髒水潑在妾身的身上，求老爺明察！」

「大人，可不是小的潑髒水，董氏所言不實。說句不怕冒犯大人的話，就董氏的相貌，小人還真看不上；小人根本從沒有對她有過非分之想，反倒是她趁著大人不在家，耐不住寂寞，幾次三番引誘小人。小人沒有媳婦，沒禁得住誘惑，才會與她苟合。」

趙縣令閉著眼，不看董氏，若多看一眼，就恨不得當場將她碎屍萬段。「羅柱子，你說董氏與你有染，可有證據？」

「有的，大人，」羅老大從懷中抽出朱色的肚兜。「這是前幾日，董氏送給小人的。小人日日受良心譴責，多年不曾聯繫她，哪知前段時日偶然遇上，她就纏上小人，還將此物送給小人，約小人與她私會。小人不堪其擾，又憶想多年的冤情，不想大人再受這個毒婦蒙蔽，這才鼓起勇氣來報案。」

文師爺將肚兜呈到趙縣令的面前，只一眼，趙縣令就認出這是董氏之物。

「老爺，這東西不知他是從哪裡得來的，妾身根本沒有送給他，一定是他偷的，陷害妾身！」

羅老大伏在地上。「大人，小人有罪，多年前小人就沒受住誘惑，與董氏有肌膚之親，董氏大腿……有胎記。」

趙縣令只覺得五雷轟頂，沒想到董氏不僅長著蛇蠍心腸，還如此不守婦道。董氏大腿有胎記，若不是有染，羅柱子怎會知道？他恨毒地盯著董氏。「大膽惡婦！妳還有何話可說？」

董氏委頓在地。羅柱子以前偷看過她洗澡，自然知道她身上有胎記，她百口莫辯。

「老爺，妾身冤枉！這羅柱子一直垂涎妾身，早年曾偷看過妾身沐浴，必是那時讓他偷看到的……」

趙縣令已不再相信她，就憑她害死自己的爹，罪不可赦。

羅老大直起身。「大人，小人句句屬實，董氏心狠手辣，趙老爺子死去多時，小人確實無憑無據，難以服人，但趙老夫人仍然健在。小人記得，從前老夫人是能說話的，就在老爺子死後沒多久才變成啞巴，小人懷疑，肯定是董氏害的。」

什麼？趙縣令身子搖了幾下，連娘也……他一直以為娘是傷心過度才變啞的，沒想到也是董氏這毒婦害的。

他指著董氏，嘴唇哆嗦，說不出話來。

母親這些年究竟是過著什麼樣的日子，他身為兒子居然半點都不知情……他狠狠地打了自己一巴掌。

都怪他，想著家裡有董氏操持，每次歸家，都聽到父親誇獎董氏，而且家裡確實收拾得齊整，地裡的活兒也幹得妥當，他一直相信董氏，從未想過她包藏禍心。

「老爺，你可不要聽奸人胡說！公爹在世時，妾身自認沒有虧待過，說句不害臊的話，公爹也常誇妾身賢慧，妾身怎麼會做出大不孝之事?!」

趙縣令耳朵裡嗡嗡作響，已經聽不到她說話，看著她一張一合的唇，恨不得將她凌遲。

文師爺見勢，一把托住要滑倒的他，輕聲道：「大人，羅柱子和夫人各執一詞，不知真假，事情過去多年，真相早被掩埋。老爺子的死因一定要查清楚，老夫人還健在，雖不能言，但神志清醒，若大人相詢，只讓老夫人點頭或搖頭，應該可以一試。」

一語驚醒夢中人，趙縣令霍地坐直，文師爺一個眼神，衙役們便去往後院。

第十六章

前衙的動靜不小，趙燕娘沒有放在心上，依舊在屋裡生悶氣，只是外面有些吵，她讓兩個丫頭出去看情況。

丫頭來報說衙役們進了後院，趙燕娘咒罵一聲，讓丫頭們進來，關門不理。

雉娘早在董氏被帶到前衙時，就讓烏朵去探聽動靜，待聽到烏朵回報，驚得合不攏嘴。她敢肯定，狀告董氏的男子定是闖進她房間的賊人。

肯定是恩公，一定是的，這世上，除了他，誰會幫她？

她的心似魚兒遇水活過來一般，聽到衙役去了老夫人的屋子，她急忙趕過去，果然就見衙役們將老夫人連床板一同抬起來，那兩個婆子嚇得連半個字也不敢說，衙役們順便就將兩人綁了丟在地上。

雉娘跟上去，躲在衙堂的後面。

衙內寂靜無聲，趙縣令如死了一般，衙役們不敢亂動。

董氏呆若木雞，羅柱子伏在地上。

衙役們將老夫人抬進來，趙縣令從案桌後面走出來，還未走近，就淚如雨下。

老夫人看到跪在地上的董氏和羅老大，嘴裡發出嗚嗚的叫喚聲。

趙縣令強壓著悲痛，恢復聲調，蹲在地上。「娘，我問您一句，如果是就眨眼睛，如果不是，您就搖頭，好不好？」

老夫人眨下眼睛。

「這位羅柱子，以前是我們家的鄰居，娘可還認得？」

老夫人又眨了下眼睛。

「羅柱子今日擊鼓喊冤，狀告董氏當年殺害公爹，聲稱是摔死的。當時娘在屋子裡，應該聽到事情經過，羅柱子說的可是事實，父親是不是董氏害死的？」

老夫人渾濁的眼瞪得大大的，惡狠狠地盯著董氏，眨了下眼。

其實趙老爺子死的時候，老夫人是不清楚發生何事的，只是聽到外面的動靜，又聽董氏說老頭子摔死，究竟是如何死的，她當時不知道。後來她被毒啞，董氏無所顧忌，常常謾罵她，無意中透露出來的。

老夫人瘦得脫形的臉上全是恨，牙關抖得咯咯作響，啊啊大叫兩聲。

趙縣令痛心疾首，悔不當初。這些年，他究竟是娶了一個怎樣毒如蛇蠍的女子？不僅害死親爹，還讓母親受苦多年，要是他能多留在家中陪伴雙親，是不是就不會有這樣的慘事發生？

他忍著悲痛，又接著問：「爹去世前，兒子記得您還能說話，後來是不是被董氏毒啞的？」

老夫人的淚水流得更凶，痛苦地眨眼。

趙縣令噗咚跪下，再也沒能忍住，痛哭出聲。「娘，兒子不孝，對不起您，對不起爹，讓爹死不瞑目啊！」

世上最痛苦的事情莫過於將仇人當作親人，還讓她享受富貴多年。

衙門外已經聚集不少圍觀的百姓，大家七嘴八舌地議論起來，有人高喊：「趙大人真可憐，家門不幸，娶了這樣的毒婦，毒婦不配為人，就該浸豬籠！」

「對！對！」很多人附和。

然後，不知是何人扔出爛菜葉子。「處死這個毒婦！」

人群似是受到鼓舞般，陸續有人丟出爛菜葉子，全都朝董氏砸去，羅柱子悄悄地往旁邊挪，怕殃及自己。

眼見場面就要控制不住，而趙縣令抱著自己的母親，悲痛得不能自已，文師爺朝衙役們招手，讓他們將董氏帶下去，關進地牢。

董氏大聲喊冤，拚命掙扎。女子一入地牢，無論是否冤屈，名節都毀了。

羅老大其實是個與此案無關的人，不過是出於道義，才會站出來狀告董氏，文師爺交代他先回去，等候隨時傳召。

趙縣令哽咽地出聲。「退堂。」

衙役們又將老夫人往後院抬，經過雉娘時，她也管不了許多，跟上去。

被安置好的老夫人無聲地流著淚，雉娘見趙縣令也進來了，裝作不經意地握著老夫人的手，將袖子往上一推，立即被趙縣令按住，急急地抓住，枯瘦手臂上的黑點觸目驚心。

這是什麼？

等趙縣令認出是針扎的，嚎啕大哭起來。

老夫人淚流不止，枯瘦的手摸著兒子的頭。這些年過得生不如死，有苦難言，幸好老天開眼哪，她就算是死，也瞑目了。

趙燕娘聽到動靜，不滿地走出來。一大早家裡就鬧哄哄的，讓人不得安生！

哭聲從東側屋傳出來，她帶著雲香和木香往東側屋去。

一進門，就見父親哭得像個淚人兒，死丫頭也在旁邊抹眼淚，這是發生何事？

老夫人一看到她，就「啊啊」地大叫，雙手捶著榻。

雉娘按住她的手。「祖母怎麼了？告訴雉娘。」

老夫人指著趙燕娘，目光充滿恨意，趙縣令反應過來。「娘，您是不是不想見到燕娘？」

老夫人眨了下眼，側過頭去。

趙燕娘火冒三丈。死老太婆居然還不想見到她，以為她很想來嗎？這屋裡一股怪味，請她來，她還不來呢！

她跺了下腳，賭氣地跑出去，趙縣令眼神一冷。這個二女兒，進來連祖母都未叫，也不關心發生何事，都被董氏那個毒婦養壞了。

老夫人死死地拉著雉娘的手，雉娘也任由她拉著。沒了董氏，這可憐的老人終於不會再受那些罪，自己也可以常來探望她。

趙縣令將祖孫二人的互動看在眼中，從董氏那裡冷下的心再次暖和起來。雉娘和鞏氏一樣，都是善心之人，怪不得娘喜歡。

關在牢中的董氏拚命地大叫著要見趙縣令，獄卒們想著，好歹她現在還是夫人，大人的心思也猜不透，幾番思量，派個人去告知趙縣令。

趙縣令痛哭過一場，人也冷靜下來。董氏害死父親，年代久遠，無憑無據也難以定案，但她苛待母親卻是實實在在的。可僅憑這點，最多也是休棄……他不甘，若不能手刃董氏，他以後有何面目去見九泉之下的父親？

他理了下官袍，慢慢地往牢裡走，臉色冷峻得如山雨欲來；一踏入牢中，就讓獄卒們都出去，牢中只餘夫婦二人。董氏見到他現身，雙手抓在鐵柵上，哭得更大聲。「老爺，妾身真的是冤枉啊！那羅柱子不知受何人指使，分明就是含血噴人，他說的那些事情妾身都沒有做過！」

「妳是說母親誣衊妳？」

董氏抹著淚，一副受盡委屈的樣子。「別人都說媳婦難當，婆媳哪能比得上親母女，可能是母親對妾身略有不滿，又受小人蠱惑。昨天鞏姨娘和雉娘去看望母親，也不知說了些什麼？老爺，妾身多年來一直侍奉母親，怎麼可能會做出那樣的事？」

事到如今，她還想將罪過轉嫁到別人身上！母親手臂上的針孔，可不是一天兩天，而是長年累月，試問若真是鞏氏和雉娘所為，又怎麼會沒被婆子們發現？

她巧舌如簧，若不是有真憑實據，確實會被她三言兩語給說服。他憶起過往的種種，每回他宿在西屋，母親總會犯病，這其中又是不是董氏在搗鬼？

「是嗎？母親神志清醒卻口不能言，鞏氏她們如何說服她的？」

「老爺，鞏氏狡猾又會裝樣子，你可別被她騙了。」

「董氏，本官問妳，母親身上的針孔是如何來的？」

董氏被問得有些措手不及，怔一下。「老爺，什麼針孔？妾身不知道啊，一定是下人使壞。母親被人扎了，這是何時的事？妾身沒有察覺，是妾身不對。」

他已經不想再聽到這醜惡婦人的狡辯，恨不得將她撕成碎片，強壓著熊熊燃燒的怒火，一字一句地咬出來。

「董氏，看在我們夫妻一場，本官給妳留個體面，妳自行解決吧。若真要審訊，必會判秋後處斬，想想守哥兒和鳳娘，妳不想他們有個傷風敗俗又蛇蠍心腸，還被當眾行刑的母親吧？」

董氏大急。「老爺，妾身冤枉啊！你可不能聽信小人的話，妾身多年來操持家務，總有看不到的地方。下人們偷奸耍猾，是妾身失察，可這麼多年來，妾身生兒育女，你想想兒女們，鳳娘是縣主，你怎麼可以這麼對妾身，你讓鳳娘以後還怎麼在京中立足？」

「妳還知道想著兒女，自己作惡時怎麼就沒有想到這些？」

「老爺，不是妾身做的，老爺……當年你常常不在家，你可知道我一個婦人的苦處？公爹他……妾身難以啟齒，羅老大看到的爭執是有的，是公爹欲糾纏妾身，妾身躲閃，公爹這才摔死的，老爺，妾身心裡苦啊！」

趙縣令退後一步，心神如同被雷劈開，裂成碎屑。董氏為了逃罪，居然連死去的父親都不放過，要這樣污他的名聲！

他渾身的血都湧上頭頂，雙眼猩紅，腦子裡只有一個念頭——

董氏不能留，她一定要死。

第十七章

趙縣令慢慢地走近，臉色扭曲得嚇人。董氏以為他被說動，心中大喜，緊靠在鐵柵上，做出傷心又羞愧的樣子。

他心中僅有一個瘋狂的想法，那就是眼前的婦人一定要死，他絕不允許她還活在這個世上！

原本藏在袖子下的手迅速地伸出，一把掐住董氏的喉嚨。

董氏毫無防備，死命掙扎著，雙手胡亂地抓他。他的頭往後仰避開臉，任由她抓破脖子也感覺不到任何疼痛，眼睛森森地盯著她，裡面全是扭曲的瘋狂。

董氏力氣本來就大，掙扎得很厲害，他兩隻手一起死死地用力，董氏雖然奮力想扳開他的手，可趙縣令已在癲狂中，勁道驚人，她根本就不是對手。很快地她的眼珠凸出來，臉色黑紫，手漸漸無力，慢慢地軟下來。

他已處在瘋魔中，力道越來越大。

一刻鐘後，董氏已經嚥氣，白眼往上翻著，眼珠子瞪得大大的。趙縣令猶不知，還死命地掐著，等他神志恢復過來，才受驚嚇般地放開董氏，董氏立即倒地。他打開牢門，解下她的腰帶，懸在梁上，將她掛上去。

他的臉色陰寒，本來端正的長相此刻扭曲又猙獰，如鬼附身一般，陰森地看著吊在空中的董氏。

董氏死狀難看，面目可憎，屍體擺來晃去。趙縣令用詭異的眼神靜靜地看著，許久才拉了一下衣領，慢慢地走出牢門。

等候在外面的趙燕娘一下子就撲上來。

「爹，娘肯定是被人冤枉的，求您將她放出來吧！她一介婦人被打入地牢，傳出去，名聲可就毀了。」

趙縣令不理她，轉過頭，有些沈痛地對牢頭道：「董氏犯下滔天罪行，自覺無顏存活於世，自縊而亡。她畢竟是本官髮妻，雖罪孽深重，卻為趙家育有一子二女，看在兒女們的分上，本官想將她的屍體領回，送還董家。」

趙縣令神色悲痛，步履沈重，走到一邊，然後停下來。

牢頭低頭不敢看他的背影，對著兩個獄卒招了招手，從牢裡將董氏的屍體抬出來。

屍體一抬出來，趙燕娘嚇得尖叫連連。早上還活著的母親，不到半天工夫，竟然已經身亡……

她也是不久前才讓雲香去打聽，才知道有人狀告母親害死祖父，父親不分青紅皂白地將娘關起來，她想進牢裡探望，牢頭卻攔著不讓進，說父親在裡面，沒有吩咐，誰都不能進去。

她等啊等，好不容易等到父親出來，竟然聽到這樣的噩耗。

地上的屍體面目青紫，恐怖至極，她不敢靠近，離得遠遠地大聲叫著。「娘，娘，妳醒醒！妳怎麼了？」

沒有人回答她，趙縣令立在那裡，眼神空洞又冰冷。

牢頭撇了下嘴。這位二小姐嘴裡叫著娘，身體卻避得遠遠的；董氏雖毒，死不足惜，可到底是親娘，她如此作派，令人齒冷。

雉娘和鞏姨娘在後院中都能聽到趙燕娘的聲音。地牢在前衙的左邊，從前衙穿過內門就能過去。母女二人稍微怔一下，一起跑出來。

董氏的屍身橫在地上，牢頭獄卒們站在兩邊不動，不遠處，趙縣令神情麻木地立著，離屍體一丈開外，趙燕娘嚎得死去活來。

雉娘上前站在燕娘的後面，臉色悲痛，面無血色，慘白一片，抖著唇看著父親，然後咬唇，低下頭去。

鞏姨娘早就抹著眼淚哭起來，哀哀切切的。

這時，去董家弔唁的趙守和與段鴻漸回來了。趙守和驟然色變，不敢相信怎麼才一轉眼的工夫，竟發生這樣的事。

他一路走來，聽到有人議論母親害死祖父、毒啞祖母，一詢問，才知今日有人狀告母親，還是當年祖宅的鄰居。

對於這些話，他不願意相信，母親雖然為人摳門些，對下人們嚴厲些，但對他來說確實是慈母，怎麼可能做出這樣的事？

一路疾步行來，恨不得長上翅羽，還未近縣衙，就聽見燕娘的哭喊，他的心往下沈，不敢置信地看著地上的屍體。

隨後進來的段鴻漸也驚得張大嘴，他不自覺地別過頭，看一眼趙燕娘身後的雉娘，目光複雜。

雉娘低著頭，一副想哭不敢哭的樣子。

趙縣令見到兒子，神志回來一些。「正好，你們都在，為父就將此事說清。董氏心狠手辣，早年間，害死你們的祖父，毒啞你們的祖母；這麼多年來，仗著打理內宅，虐待你們的祖母，被人揭發，羞愧自縊，罪有應得。為父待會兒休書一封，命人連同董氏的屍身一起送到董家，此後，董氏與趙家再無瓜葛。」

趙守和驚得說不出話來，趙燕娘卻尖叫起來。「爹，你怎麼可以聽信小人的話，娘待祖母一直都很好，什麼時候苛待過她?!」

趙縣令讓人將兩個婆子帶上來，兩個婆子想活命，還沒有拷問，兩人就招了，不停說是受董氏指使，否則借她們十個膽子也不敢虐待老夫人。

趙燕娘一腳踢在其中一個婆子身上。「該死的奴才！誰給妳的膽子，居然敢誣陷主母！」

趙縣令眼神冰冷地看著她，趙守和上前一把將她拉住。「燕娘，夠了。」

「大哥，她們誣陷娘，肯定是受人指使的！」她轉過身，一把推倒雉娘，憤怒地指著鞏姨娘。「妳說，是不是妳指使她們的？妳不過是個奴才，別以為弄死我娘就能當上縣令夫人，我告訴妳，那是白日作夢！」

雉娘倒在地上，半天爬不起來，鞏姨娘哭喊著，將她扶起來。

「夠了！」趙縣令喊出聲，眼神陰沈地看著趙燕娘，又看著兒子。「董氏罪孽深重，證據確鑿，妳祖母親手指認的。你是趙家的長子，是趙家的人，為父希望你能站在趙家人的立場上，認清董氏的真面目。」

趙守和悲痛萬分，點點頭。

雉娘被鞏姨娘扶起來，抹乾眼淚，讓烏朵去西屋取來一塊白布，蓋住董氏的屍身，免得看得不舒服。

趙縣令不由側目，小女兒以德報怨，真是心善。

他看著二女兒。二女兒口口聲聲要為母親討公道，可是眼裡卻未有多少傷心，她不過是想藉董氏的死將髒水潑到鞏氏身上，臉上都是明晃晃的算計。他看著董氏的屍體，突然覺得悲哀起來。

「這兩個奴才所說皆是事實，董氏確實毒如蛇蠍，作惡太多。為父看在你們的面上，成全她死後的體面，等下讓人將她送還董家。」

趙燕娘又叫起來。「爹，祖母年紀大了，又癱了許多年，說不定早就神智不清，她的話不能全信啊！」

趙縣令本來神色已經清明，聽到趙燕娘的話，又陰暗起來。「妳一個孫女，竟然詛咒自己的親祖母，果然是董氏教出來的好女兒。既然如此，妳也回董家吧，董家握著妳與董慶山私通的證物，妳當這董家媳正好。」

趙燕娘驚駭得面如土色，不知是氣的還是羞的。父親竟能當著外人的面說出這樣的話，那幾個衙役還在呢，還有段家的表哥也在場。

她慌亂地看段鴻漸一眼，果然看到他眼中不加掩飾的厭惡。

趙燕娘羞憤交加，恨不得昏倒。她跺了下腳。「爹，女兒是被陷害的，我不要嫁過去！娘死得太突然，女兒嚇壞了，求爹原諒。再說世間哪有做女兒的在母親屍骨未寒時就出嫁，女兒還要為母親守孝呢！」

「妳嫁不嫁過去，我說了不算，妳的東西還在董家人手上，要如何處置是他們的事。他們若讓妳嫁過去，為父也無能為力；至於守孝，董氏如此畜生行徑，哪裡還配為趙家媳，既然她不是趙家媳，生死與我趙家又有何干係，妳又守哪門子的孝？」

趙守和聽出父親話裡的涵義，連忙跪下來。「爹，燕娘是傷心過度，所以才口不擇言，千萬不能將她嫁進董家！」

趙縣令冷冰冰地看著趙燕娘，再深深看一眼兒子，然後轉身去書房。餘下眾人在院子裡不知所措，衙役們沒有接到大人的吩咐，也不敢輕舉妄動。

雉娘心裡猜測父親話裡的意思，不知道是不是自己想的那樣。趙守和兄妹倆還跪著，她和鞏姨娘也不好乾站著，兩人低著頭抹淚。

正當大家猜疑之時，就見趙縣令從書房出來，手中拿著一張紙，紙上墨跡未乾，「休書」兩個大字映入眾人的眼簾。

趙燕娘急得就要上前去撕，趙守和死死地拉著她，她怒吼——

「大哥，你快幫我一起勸父親！母親不能休，若她被休了，你以後如何對別人說起？將來成親也會被人笑話！」

趙守和急急地搖頭。趙縣令沒有看他們，對幾位衙役招手，如此吩咐，衙役們抬起董氏的屍身，就要出門。趙守和不敢攔。母親做下的那些惡行，害死祖父、虐待祖母，他身為趙家的子孫實在無法開口求情。

他用眼神制止自己的妹妹。燕娘若再多說下去，難保父親不會動怒。

趙燕娘還想阻止，被趙縣令冰冷的眼神一掃，只覺得遍體生寒。父親幾時有過這樣的神情，那眼神彷彿在看一個陌生人。

趙縣令替自己悲哀，也替董氏悲哀，燕娘不想有個休棄的母親，僅僅是因為以後不好議親。

衙役們抬著董氏的屍身走出去。縣衙不遠處，還有很多百姓在晃來晃去。董氏的事情已經傳遍縣城，衙役們一路來到東集。

董家的靈棚很顯眼，董老夫人和兒子兒媳都在，一見他們，齊齊色變。

董氏的事情，早有人專程來告訴他們。為首的衙役將趙縣令寫的休書拿出來，當眾唸出，休書上明確地羅列著董氏的罪行，然後說到董氏自知罪無可逭，已自盡身亡。

不知是誰大聲叫好，引來一片附和聲。董家人就是仗著縣令大人的勢，行事霸道，他們以往看在趙縣令的面子上，不敢聲張，現在董家失了趙家的庇護，他們可就不會再相讓。

董老夫人連聲叫著不可能。「你們大人是不是弄錯了？親家公在世時可是對我們家大梅讚不絕口。」

衙役們才不理她，將董氏的屍身放下、休書留下，轉身就走，任憑董老夫人在後面如何叫喚都不理。

董老夫人看著衙役們留下來的東西，心中隱約有猜想，揭開白布一看，果然是已經去世的女兒。她不敢看第二眼，連忙將布蓋上，然後拍著腿大哭起來。

李氏恨恨地盯著地上的董氏屍體，轉身進屋。她是看出來了，董家得罪趙縣令，以後沒好果子吃了。

董老夫人坐在地上，捶著腿罵。「殺千刀的趙書才啊！發達了就想棄糟糠妻，哪有人死了老婆讓丈人家埋的啊，這明顯是欺負人哪！」

左鄰右舍都關上門，不理她的嚎叫。董老夫人見無人聽她說話，圍觀的人都散開，自己爬起來進屋。她對兒子道：「大壯啊，大梅可是你的親妹妹啊，你可不能不管，怎麼也要去趙家討個公道！」

「我沒有這樣的妹妹！娘都不嫌丟人，大梅做的那些事，趙縣令不追究責任，都是看在幾個孩子的分上，要不然，讓她浸豬籠都是輕的！」

李氏也插口道：「依兒媳看，以後趙家必是恨透了咱們，娘，得好好想個法子。」

董老夫人一聽，是啊，沒有縣令大人的照拂，他們家那鋪子的東西怎麼賣得出去？他們的東西賣得比別家貴，附近的人不敢得罪他們，寧願多花幾個錢買清靜。

大梅被休，以後的事情可就不好說，不行，趙家這門親不能斷。

李氏的嘴角往上翹，目光陰寒，默默地拿出杏色肚兜，肚兜上面鮮活的燕子若隱若現，尾羽翹得高高的，她故作不經意地晃了晃。

第十八章

董老夫人眼睛一亮。

沒錯，還是兒媳有眼色，將此物藏得好好的，沒讓女兒拿走。有這東西在，不怕趙書才抵賴，燕娘注定是董家的人，趙家和董家還是姻親，趙書才不想認也得認。

她忍不住笑出聲來，猛然瞧見靈堂上飄揚的喪幡，想到丟棄在外面的女兒屍身，臉又垮下來，說不出的陰毒。

李氏的臉上帶著鄙夷，卻語氣深沈地道：「娘，若是燕娘嫁進來，趙家與我們還是兒女親家，這關係比以前更親近，趙大人不會不管咱們的。那些想看咱們家笑話的小人，到時候再收拾也不遲。」

董老夫人點點頭。兒媳婦說得有理，只要燕娘嫁進來，趙書才有天大不滿，也會看在女兒的分上認下董家這門親，那麼他們家的鋪子就還是這東集的頭一份。

等董老夫人再次想起女兒的屍體時，已經到了傍晚。太陽西下，董家的婆媳倆已經商量好對策，慶山等燕娘嫁進來戴孝後再下葬，這樣就有哭靈的未亡人，而董家和趙家的姻親關係也坐實，誰都不能反悔。

董老夫人走出來時，董氏屍身已經散出異味。董大壯揭開布一看，嚇得倒吸了口涼氣，董氏本來死狀就難看，現在更是面目猙獰。

董老夫人有些害怕，不敢靠近，捂著口鼻讓兒子用草蓆將屍體裹住，連夜用板車拉到野外，隨便找個荒山挖個坑，將屍體丟進去，堆上土，連個石碑都沒有，只豎了一塊木板，粗率地寫著「董氏之墓」，其他的碑文一個字也沒有。

翌日一大早，董老夫人卯時就起身，穿上麻衣，拄根木枴杖，從出家門起就開始哭，一把鼻涕一把淚地哭到縣衙。沿途路上碰到好事的人就拉著訴苦，大聲哭訴孫子死得何其悲慘，又說孫子與趙家二小姐情投意合，趙大人嫌棄自家門第不高，死咬著不同意，讓兩位有情人含恨終生，陰陽兩隔……

很多閒漢不懷好意地東問西問，董老夫人說得越發起勁，說到孫子和趙家二小姐郎情妾意，袖子裡的肚兜隱隱露出一角，頗為香豔。閒漢們猥瑣地擠眼睛，都跟在她的後面。

董老夫人面有得色，眼珠子轉了幾下。「我家孫兒與趙家二小姐情比金堅，說不定夜夜入她的閨夢。」

閒漢們都被她的話嚇得心驚肉跳，暗道董家這老婦人心可真毒，此話一出，趙家二小姐以後別想嫁人了。

她一路走著，一路哭訴，等走到縣衙時，已近辰時。此時縣衙的大門已開，她看著上面明鏡高懸的匾額露出陰沈的笑，回頭一看，後面跟了一長串的好事之人。

董老婆子闖進縣衙。縣衙的門大開著，趙大人今日沒有上堂，可還有衙役當值，她直直地跪在外面，手中捏著那杏色的肚兜。

「趙大人，民婦來求親，求趙大人將二小姐嫁給我家孫兒！他們郎有情妾有意，無奈如今天人永隔，但情意長存，求大人成全！」

趙縣令將自己關在書房中，聽到她的叫聲，黑著臉讓人將趙燕娘叫過來。

趙燕娘聽見自己外祖母說的話，又羞又恨，真沒想到平日還算疼愛自己的外祖母居然是這樣的人。

「爹，她胡說的，女兒沒有——」

趙縣令制止她的話。再如何恨透董氏，也不能將這恨意轉到自己女兒身上。

「她有備而來，妳有把柄在她手上，此事還得另想法子。妳先回去，為父前去會會她。」

趙燕娘咬著牙，怒氣沖沖地走出書房，卻沒有回自己的屋子，而是跑到前衙。縣衙的門前圍著滿滿的人，裡外三層，全是來看熱鬧的。

董老婆子見她現身，立即眼睛發光。「燕娘啊，祖母求妳了，妳慶山哥哥生前就捨不下妳，妳嫁過來後，外祖母一定會好好待妳的！」

趙燕娘指著她大罵。「什麼慶山哥哥，什麼外祖母，董氏已經被我爹休了，你們家和趙家沒有半點關係，妳手上的東西是董氏偷偷給妳的！董氏心毒，人人皆知，沒想到連親生女兒都不放過，夥同你們一起來陷害我！我告訴妳，董家想要我嫁過去，沒門兒！」

董老婆子被她這番話說得有些發懵，趙守和急匆匆地從裡面出來，一把將趙燕娘拉到一邊，對圍觀百姓道：「家門不幸，醜事頻出，讓各位鄉親們見笑了。小生的二妹雖然語氣不佳，所說卻是實情。為人子女，本不該妄議母親，還望大家體諒，都散了吧。」

縣令家的公子親自出面，百姓們沒有不依的道理，卻沒有走遠，而是在遠處觀望。董老婆子惡狠狠地道：「你們兩個白眼狼，親娘屍骨未寒，你們就這樣抹黑，還不認她！白費她生養你們一場，真是沒心肝，活該遭天打雷劈！」

趙守和有些來氣，一拂袖子，面有慍色。「上梁不正下梁歪，為長不慈，又豈能望子孫孝順？董老夫人，小生言盡於此，您請回吧。」

董老婆子示威般地將手中的肚兜晃一下，得意地一笑。趙守和朝衙役們使眼色，幾人上前將董老婆子制住，按在地上，趙燕娘乘機將肚兜奪下，死死地捏在手裡，心裡的石頭落了地。

衙役們眼睛雪亮，自然明白經由董氏一事，趙家和董家撕破臉，也不用趙守和再吩咐，就將她用木杖叉出去。

董老婆子被叉出去後，也沒有走，她一屁股坐在縣衙不遠的地方，指天指地罵起來。她聲音很大，衙役們拿著木杖出來要將她趕走，董老婆子更加來勁，在地上打滾，邊滾邊罵。很快地，周圍又聚起一堆人，一個中年男子下馬，有些狐疑地站在人群外，看了看渡古縣衙上的匾額。

他站在百姓們的後面，聽著董老婆子嘴裡的話，皺了皺眉。

等衙役們將董老婆子趕走，人群散去，將他顯露出來，衙役們認出他，齊齊愣住，連忙派人去請文師爺，通知趙大人。文師爺迎出來，連連拱手。「秦書吏，下官有失遠迎，失禮失禮，上次一別，您近日可好？」

不一會兒，趙縣令也從後衙走出來，雖然臉色還有些難看，神色卻恢復不少。

秦書吏察言觀色，剛才那老婆子的瘋言瘋語讓他聽了一個大概，趙縣令雖極力掩飾，可眉宇間卻布著陰霾，整個人與上次相見時，氣色相差十萬八千里。他的眼神閃了閃，沒有開口詢問。

趙縣令擠出的笑，比哭還難看。「不知書吏此次又是為何事而來？」

秦書吏不動聲色，開懷地笑道：「下官奉知府之命，來知會趙大人，咱們的縣主娘娘儀駕已到淮水河，不出五日就抵達渡古。知府大人命下官將喜訊傳給趙大人，還望趙大人好生準備，迎接縣主娘娘入府。」

趙鳳娘深受皇后娘娘寵愛，日前，她向娘娘吐露思念雙親之意，娘娘仁慈，特命宮中侍衛送她回渡古探望雙親。沿途所經之地，地方官員熱情地派夫人相迎，以表對縣主的尊敬。

聽說皇后娘娘不光是派出御林軍沿途保護，還從宮中調去兩位嬤嬤及幾名宮女隨行。此事極少聽聞，眾人暗思這新封的鳳來縣主，受寵的程度讓別人望塵莫及。

蔡知府早就讓夫人和兩位嫡出小姐做好迎接的準備，等鳳來縣主的車隊一到府城即派人迎接，務必要小姐們和縣主打好關係。

他此次來報知趙縣令，也是蔡知府的示好之舉。

趙縣令臉上先是驚喜，緊接著是憂心。董氏的事情，鳳娘還不知道，她幼年離家，一直長在京中，與他們也不熟悉；董氏之事不知她會如何看待，他這個當父親的也摸不準。

喜的是，雖然鳳娘是養在妹妹的身邊，可他身為父親，對於親生女兒也是牽掛的，這麼多年的分別都沒能見上一面，也不知鳳娘長得是何模樣？

他心裡盼望著女兒，想起董氏，又痛恨又酸澀。

雉娘聽到消息時，正和鞏姨娘在吃飯。聞言，她的筷子停頓一下，然後慢慢地挾起一筷子雞絲，放在口中細細咀嚼，漫不經心地「喔」了一聲，心中無波無瀾。

很快，一碗飯就見底。烏朵有眼色地給她再添一些，她照舊吃得一乾二淨。

鞏姨娘卻憂心得吃不下飯，大小姐是董氏親女，又是陛下親封的縣主，身分尊貴，她望著吃得香甜的女兒，幾次欲言又止。

雉娘輕拍一下她的手。是福不是禍，是禍躲不過，若趙鳳娘真如董氏一般的性子，那麼想要拿捏她們易如反掌，一個身分壓下來，她們躲都躲不掉，還不如靜觀其變。

第十九章

第二天，董老婆子又鬧到縣衙門口，哭喊的聲音比昨日更大，一口咬定燕娘和董慶山生前有肌膚之親。

趙縣令在書房裡陰著臉。董家人這一鬧，燕娘的名聲已經被敗壞乾淨，整個縣城都知道她和慶山有染，以後也不知道嫁不嫁得出去。

董老婆子眼珠子亂轉，見圍觀的人多起來，說得越發起勁。衙役們衝出來用木杖趕她，她索性坐在地上，聲音越發來勁。「縣主娘娘啊，妳快回來看看，趙大人太欺負人了，妳要為老婆子作主啊！」

趙縣令聽得心一沈。董家人怎麼知道鳳娘要回來的事，還拉上鳳娘作筏子！不行，不能由著她再鬧下去，要不然鳳娘的名聲也要受牽連。

趙鳳娘要回來的事，在趙家人看來多少沖淡一些董氏死亡的陰影。董氏已被休棄，不算是趙家的人，趙家的子女們無須為她戴孝。趙燕娘彷彿將她忘記一般，照舊穿得光彩照人，一大早就開始對丫頭們吆來喝去，佈置趙鳳娘的房間。

趙鳳娘雖自小不長在這裡，可董氏卻一直替她留著房間，還是東屋最好的一間房，趙燕娘以前一直惦記著，心中不滿董氏的偏心。

東屋這邊房子精緻許多，房間也多，不像西屋，房子老舊，趙家住進來後從未翻新過，除了雉娘母女倆住著主屋，另外隔得不遠就是下人的屋子。

雉娘冷眼看著趙燕娘將丫頭婆子指揮得團團轉，那房間被佈置得喜慶如婚房，大紅的窗花、桃色的幔帳，還有紅漆桌櫃，乍一看帶著鄉土的俗氣，不像是閨房，反倒有些像新房，不知趙鳳娘看到是什麼反應。

趙鳳娘長在京中，可是皇后娘娘身邊的紅人，見到這樣的房間，怕是要氣得吐血。

如今家中沒有主母，下人們對她和鞏姨娘也客氣不少。她早起就去看望過老夫人，坐著隨意聊了幾句，也提到趙鳳娘要回來之事。老夫人一聽，馬上露出不加掩飾的厭惡，可能是恨屋及烏，老夫人對董氏所出的孩子們都很不喜，就連唯一的孫兒趙守和也不想見。

東側屋新添了兩個婆子，是父親買進來侍候老夫人的，這兩個婆子早就聽過縣令家的事，戰戰兢兢，做事十分小心，將老夫人侍候得不錯。

不過是短短兩天之隔，老夫人的氣色就好了許多，臉上也有了些許血色，與以前灰敗的樣子判若兩人，眼裡也有了光彩，見到她就一直拉著手不放。她親自餵了老夫人一碗濃稠的米粥和兩塊糕點，才回到西屋。

趙燕娘遠遠地看到她，露出一個得意挑釁的眼神，雉娘報以微笑。

外面，董老婆子的聲音還在叫喚著，音量拔高，她們聽得清清楚楚。趙燕娘臉色難看起來，恨得咬牙切齒，又無可奈何，雉娘眼裡的笑意更深。

燕娘狠瞪她一眼，死死絞著手中的帕子，終於沒能忍住，腳一跺，跑出去，兩個丫頭連忙跟上。

眾人見她出來，自覺地讓開一條路，董老婆子欣喜道：「燕娘，妳讓人好等啊！妳慶山哥哥是真的捨不得妳，他昨夜有沒有託夢給妳，讓妳嫁進董家？」

趙燕娘恨不得一腳踢死她，惡狠狠道：「我的名字也是妳可以叫的？妳少在這裡胡言亂語，再鬧下去，我讓父親將妳關進地牢。」

董老婆子似受到驚恐一般。「二小姐，妳與慶山的事已經人盡皆知，妳不嫁他還能嫁誰？可憐我的慶山癡心一片，卻不想人死燈滅，妳翻臉不認帳……別以為毀掉證物就能萬無一失，多少雙眼睛看著我拿的那東西，妳想抵賴也賴不掉，等縣主娘娘回來，也會替我作主的。」

百姓們譁然。縣主娘娘要回來了？怪不得這老婆子如此有恃無恐，論輩分，縣主娘娘也要叫董老婆子一聲外祖母。

趙燕娘恨急。「妳說話就說話，扯上我大姊做什麼？妳拿的那東西是我的沒錯，不過卻是舊的，是我賞給丫頭們的，不知怎的到了妳手裡。」

說完，她一把拉過身後的雲香。「喏，雲香，妳來告訴她，那東西是不是本小姐賞給妳的？」

雲香嚇得說不出話來，看著董老婆子陰毒的目光，還有自家小姐惡毒的眼神，渾身發抖，那個「不」字卡在喉嚨裡，怎麼也說不出口。

趙燕娘譏笑一聲，將雲香往董老婆子的身上推。「妳看，與妳孫子情投意合的正是本小姐的丫頭，妳可別再亂攀咬，想扯上別人。本小姐也不是不通情達理，如此成人之美的好事，也沒有什麼不依的，這就將丫頭的賣身契給妳，妳領回家去讓她與妳孫子成親，也好了了孫子的心願。」

說完她眼有得色，似是佩服自己的機智，又對雲香道：「妳我主僕一場，有什麼話妳為何不直接對我講，我又不是不同意。若是早知妳和董家的孫子情投意合，定會作主成全你們的姻緣。眼下董家誠心求娶，也是一樁好事，妳跟她回去，入了董家門，以後好好過日子。」

雲香淚如雨下，驚恐地搖頭，一個字也說不出來。四周的人群鴉雀無聲，靜待下文。

「妳看妳這丫頭，不就是嫁人，弄得像生離死別似的。」趙燕娘臉上帶著笑，細眼裡卻是寒光，直射向雲香，雲香越發哭得傷心。

董老婆子被弄得有些措手不及，眼珠子亂轉，思忖著該如何反駁回去。

趙守和疾步走出來，手裡拿著雲香的賣身契，丟在董老婆子的手上，然後又拿出一袋銀子。「人妳領回去，以後莫要來糾纏。念在曾是親戚的分上，以前的事就不再追究，這十兩銀子算是雲香的嫁妝，趕緊回去吧！」

他朝衙役們使眼色，衙役們使勁將董老婆子趕得遠遠的，一直趕回東集。董老婆子一直罵著，可有兩個衙役守在董家門口不讓她出去，她也無計可施。

趙燕娘氣呼呼地回了自己的房間。雲香失魂落魄地跟在後面，木香露出憐憫又無奈的眼神。她們是奴才，死生都不能由己，主子說什麼就是什麼，哪有反抗的權力？

雉娘和鞏姨娘都沒有出去看熱鬧。董氏已死，其他事情都與她們無關，前衙的哄鬧聲漸漸平息，雉娘帶上烏朵悄悄地從後門溜出去。

後街還是如往常一般熱鬧，許是心境不同，她終於能靜下心來打量這古代的街市。賣湯麵的老婦遠遠地看見她們主僕，趕緊放下手中的活計，上前來打招呼，一副不太敢靠近的模樣，只敢朝她行禮。

烏朵隨意和老婦人攀談幾句。趙家的事情，整個渡古縣都傳遍了，真沒有想到趙夫人原來是那樣的人，老婦人的眼神帶著憐憫。

雉娘恰到好處地低頭，與烏朵朝前次去過的茶樓走去，要了同樣的東西，也如上次一般被帶到同樣的雅間。

等茶水點心上完後，叩門聲響起，烏朵打開門，映入眼簾的果然是胥大公子。

依舊是青色的長袍，窄腰寬袖，袍子上清爽乾淨，什麼繡花都沒有，瘦高的身姿站得筆直，如翠竹一般，秀雅高潔。

雉娘朝他會心一笑。

許敢將烏朵請出去，門被關上，雅間裡只剩他們二人。

比起上次所見，她的心態完全不一樣，再也沒有那種草木皆兵的危機感，眉頭舒展，整個人都鮮活起來，如同清晨帶著露珠的嬌花，水靈靈的。

她盈盈地行禮。「恩公出手相救，小女子感激不盡，大恩大德，如同再造，小女子無以為報，以後凡有差遣，恩公儘管開口。」

胥良川頭一次好好地審視眼前的少女。少女身姿輕盈嬌弱，行事卻又蘊含無窮的力量，矛盾又迷人。近日裡，他的腦海中常常浮現她的身影，一顰一笑，清清楚楚，連她水眸上的睫毛都根根分明。在前世，從未有過這樣的事。

他是不是病得不輕？

兒女之情是什麼樣子，他從未體會過，也沒有去深想過。

他的眸光暗沈如黑夜，帶著探究。少女水霧般朦朧的雙眼回視著他，綰在頭上的髮髻簪著絹花，她的髮如上好的青緞，絹花的紗質很粗，根本就不配簪在上面。

雉娘看著他一眨不眨地盯著自己的頭頂，然後伸出修長的手指，將自己頭上的絹花摘下來，大感不解。這絹花可是有何不妥？

等胥良川反應過來時，他的手正拿著那朵絹花，紅色的絹花襯著他玉白的長指，說不出的感覺。

他的眼神更暗。他想，自己或許對這少女太過注意，以致常做些莫名其妙的事。

「這絹花與妳的髮髻不配。」

雉娘一愣。恩公還懂得女子妝扮？她感覺有些怪怪的，笑了一下，不好意思地從他手中將絹花拿回。「恩公有所不知，這花是小女子的大哥送的禮物，禮輕情義重，小女子覺得它很好看。」

恩公？這兩個字怎麼聽得這般彆扭。

「以後莫再叫我恩公。」

她露出驚訝的表情。這是何意思？不叫恩公叫什麼？

「我姓胥，名良川。」

「那小女子以後就喚您胥公子吧。」

他似乎皺了一下眉，然後面無表情地點頭。

雉娘從善如流。「胥公子，您也是渡古人氏嗎？」

「是的，渡古是我的祖籍，不過我此前一直住在京城。」

她咬了一下唇，想到快要回家的趙鳳娘。趙鳳娘深得皇后娘娘寵愛，在京中必然是有名氣的，不知這位胥公子有沒有見過？

「真的嗎？原來胥公子是京城人。小女子的大姊也隨姑母住在京城，不知胥公子有沒有聽過？小女子自得知大姊要回來，心裡既盼又喜，心下惴惴，不知大姊是何樣的人，也不知她會不會喜歡小女子。」

胥良川盯著她的臉。粉嫩的皮膚，嬌怯的表情，睫毛微顫，頭略往一邊歪著，貝齒輕輕咬著粉唇，帶著一絲忐忑。他的心抽了一下。小姑娘又在騙人，她哪裡會擔心趙鳳娘喜不喜歡她，怕是想打聽趙鳳娘的為人，是不是和那董氏一個德行。

真是個小騙子，怎麼騙人的樣子都這麼讓人心疼……

他立刻被這個想法駭到。自己一向清心寡慾，怎麼會無緣無故地心疼女子，難道是他前世孤獨終老，所以才會疼惜小輩？

是了，若論年紀，年齡差距如此大，可怎麼讓人如此不舒服？

前世，他對趙鳳娘的印象僅限於她和太子的私情，以及和堂弟的糾葛，算不上有多瞭解。

皇后娘娘對她很寵愛，專門派宮中的嬤嬤教她禮儀規矩，她一言一行比世家貴女還要有氣派，加上長相清秀，深得京中世家公子的追捧。

沈默良久，他淡淡地開口。「趙縣主深受皇后娘娘的喜愛，在京中頗有名氣。我與趙縣主只有過幾面之緣，她自小常出入宮廷，規矩儀態都讓人挑不出半點錯。」

雉娘心裡鬆口氣。重規矩就好，就怕是那種和趙燕娘一樣囂張跋扈的，但轉念一想，趙鳳娘可是董氏的親女兒，萬一她隨董氏一樣面甜心苦，光會做表面工夫，那段數肯定要比董氏高上幾個臺階，到時候，她又要如何應對？

她好看的眉頭染上一絲憂色。

胥良川的眼眸更加幽深，也跟著她一起皺起眉來。「趙縣主已抵達臨洲城，不出二日，必會歸家。無論什麼樣的人，若是包藏禍心，總會露出馬腳，妳小心行事即可。」

雉娘感激地又朝他行禮，便起身告辭。

烏朵和許敢都在門外候著，見她出來，烏朵自覺地跟在她的後面，主僕倆出了茶樓。

雉娘走著，似有所感般地抬頭一看，正對上那深邃又冷淡的眸子。

她微微一笑，再次遙遙行禮。

第二十章

主僕二人還未走到後街，就見前面有兩個和尚化緣。人群之中，他們光溜溜的腦袋很顯眼，讓人不注意都難。雉娘隨意一看，略微一愣。那年輕的小和尚不正是忘塵師父嗎？他不在天音寺裡唸經，跑到市井中做什麼？

此時，忘塵也看到了她，白淨的臉上露出羞澀的笑容，朝她雙手合十，口中說著阿彌陀佛。

她幾步走過去，也回禮，與另一位和尚也相互見禮。

「女施主，一別幾日，不知施主近日可好？」

「託小師父的福，一切都好。」

天音寺建寺以來就有個規矩，凡寺中子弟，每隔一月要輪流下山來化緣，此次輪到忘塵與另一位師兄下山。一路上，兩人已經聽說趙縣令的家事，忘塵一聽，忙找個藉口，尋人仔細地打探清楚；得知趙夫人被人揭穿真面目，羞愧自盡，他心中稱快，心中默唸著阿彌陀佛。

想到山中的那位女施主，趙家出了這麼大的事，也不知她過得如何？那毒婦為人極惡，生前定然沒少為難她。

他故意讓師兄繞著彎子，特意到縣衙周圍化緣，也只是想碰運氣，沒想到竟真的能遇上。

「女施主，小僧一路走來，聽到一些關於趙府的傳聞。果真是佛祖有靈，善有善報，惡有惡報，誰都難逃佛祖的法眼。」

「小師父說得極是，因果輪迴，種什麼因就得什麼果。」忘塵的師兄也跟著附和，口中呢喃著佛祖聖靈，善哉善哉。

街上人來人往，不時有人注視著他們，雉娘向忘塵示意，然後往旁邊走去。忘塵醒悟過來，不好意思地摸了下光光的腦袋。

他在山中待了一段時日，連俗世中的規矩都差點忘記；他們兩個出家人，加上女施主和丫頭，在外人眼中看來極不搭調，自然會惹來不少好奇探究的眼神。

雉娘看到他的動作帶著幾分孩子氣，不由得莞爾。

「兩位師父怎麼會下山，可是有何要事？」

「也無甚大事，不過是寺中的規矩，例行下山化緣罷了。」

她明白，點點頭。

忘塵猶豫幾下，終於沒忍住開口。「女施主，小僧不日將歸家，要離開渡古縣，回到自己的家中。」

雉娘略有異色，驚訝地看著他。和尚還能歸家，怕是還俗吧？這忘塵小師父不知是何處人氏，看他的樣子不像是窮苦人家的孩子，可能家世還算不錯吧。他們不過一面之緣，交情尚淺，想了想便沒有開口相詢。

「那祝小師父一路順風。」

忘塵又合掌，口中道著阿彌陀佛。她也學著他的動作，回道一聲阿彌陀佛。

忘塵心願已了，和她們告辭。雉娘目送著他的背影，他的腳步歡快，帶著少年人應有的朝氣，緊緊跟在自己的師兄後面，風漸漸吹來，他的僧袍呼啦地鼓起。

她忽然莫名有些不捨。在寺中，他們不過初相識，忘塵師父就出手幫她，算起來也稱得上是自己的朋友。這樣的朋友，不曾深交就要別離，多少有些傷感。

許是在過往歲月中，她所得到的善意並不多，對於幫助過自己的人，便牢牢地記在心中。

人群很快將忘塵的身影掩沒，她收起目光，慢慢往回走。

主僕二人回到後院。趙燕娘那裡已經消停下來，東屋靜悄悄的，木香守在屋外，垂頭喪氣的樣子，卻沒有看見雲香。

下人房中，隱約有哭聲傳來，雉娘淡淡地朝那邊看一眼，沒有理會。

烏朵輕聲道：「三小姐，奴婢聽出，好像是雲香的聲音。」

雉娘「嗯」了一聲。趙燕娘想讓自己的丫頭頂包，堵上董家人的嘴，雲香一個奴婢當然不敢說不嫁。董家豺狼之窩，誰嫁去都沒有好日子過，雲香是在為自己哭泣，可是她哭得再傷心，也改不掉嫁入董家的命運。

對於雲香的命運，她無能為力，乾脆不管。

半夜，就聽到一個尖叫聲。聲音是從下人房那裡傳來的，烏朵端著燭火進來，見她呆愣地坐在榻上，輕聲道：「三小姐，可是嚇到了？」

她搖了下頭。「外面發生何事，怎麼如此吵鬧？」

「雲香上吊了，人已經斷氣。是灶下的王婆子發現的，王婆子被嚇得不輕，哭喊著叫人。」

烏朵的聲音有些低落。同為奴才，雲香的死，她感同身受，一面替雲香難過，一面又暗自慶幸三小姐心腸好，自己比雲香要好命。

雉娘眼裡全是冷光。這世道，人如草芥。

翌日天一亮，縣衙外面又響起董老婆子尖酸的喊叫聲。衙役們都皺起眉頭，這董家的婆子究竟想怎麼樣，大人也沒有明確的指示，弄得他們抓也不是、打也不是，十分憋氣。

東屋的趙燕娘一聽到董老婆子的聲音，連忙命人將雲香的屍體抬出去，擺在董老婆子的面前，讓她將屍體領回去。

董老婆子嚇了一大跳。最近也是邪門，老是有人將死人抬到她面前。

雲香是自縊死的，死相肯定不好看。她別過頭，往旁邊挪了好幾步，惡狠狠地盯著縣衙的大門。她要的是燕娘，為的是趙家這門姻親，領個丫頭回去那怎麼行？

再說，兒媳可是透露了，這趙書才得罪了人，有位爺答應給他們二百兩銀子，只要他們娶趙燕娘。這樣的好事到哪裡找去，白花花的銀子啊，還是二百兩，她一輩子也沒有見過那麼多錢；趙家還想用一個丫頭來打發她，想都別想，她要的是大把白花花的銀子，還有正經的官家小姐。

趙守和又拎出一個布包，裡面的銀子已經加到二十兩。董老婆子不為所動，嘴角撇了撇。這麼點銀子，是把她當叫花子呢！她可沒有那麼好打發。

「守哥兒，老婆子什麼都不要，銀子都是身外之物，我一大把年紀，都是要入土的人了，吃不了多少，也用不了多少，我要銀子做什麼？可憐你表哥，死不瞑目，就等著心上人嫁過去。」

董老婆子說著，瞧見有人開始往這邊圍過來，又大哭起來，一邊哭，一邊又訴說起孫子和燕娘的事，翻來覆去就那麼幾句話。

趙守和按捺怒火，冷眼看著胡攪蠻纏的董老婆子，對於這位曾經的外祖母半點祖孫之情都不剩。

縣衙外如唱大戲一般，那雲香的屍體還擺在地上，董老婆子離得遠遠的，生怕染上晦氣。

這時，一行人馬朝縣衙的方向駛來，皮毛油亮的棗色駿馬拉著寬大的馬車，緩緩地停在縣衙門口。

前面護送的侍衛們個個精壯英武，齊刷刷地站成兩排，馬車旁隨行的嬤嬤將小凳放在車轅旁，然後輕輕地掀開墜著珠子的紗簾，緊接著跳下來兩位宮女，梳著雙髻，身著杏色的宮裝。

宮女們下車後，恭敬地立在馬車旁，伸手從馬車中扶出一位白色束腰長裙的少女。

少女約十七歲左右，長相清秀，淡妝素眉，梳著飛天凌雲髻，髻上只一支珠釵，釵子上鑲著一顆龍眼大的珍珠。

她的手優雅地搭在宮女的手上，眼神溫和，卻帶著不容忽視的威嚴，就那麼朝董老夫人一看，看得董老夫人立刻閉嘴。

所有人都張望著氣派的大馬車，和款款行來的少女。

趙守和心中隱有猜測，遲遲不敢開口相問。少女蓮步踏來，立在他的面前，微微一笑，緩緩地略彎下身子。「想必這位就是大哥吧？鳳娘見過大哥。」

心中的猜想被證實，果然是近日要歸家的大妹。真想不到在這樣的情況下相見，趙守和有些激動，也回禮。「鳳娘客氣，為兄慚愧。」

百姓們齊齊瞪大雙眼。這少女竟是京中來的縣主娘娘，怪不得通身的氣派。他們不約而同下跪，口中呼著見過縣主。

趙鳳娘做個請起的手勢，說出的話都帶著親切。「眾位請起，不必多禮。」

董老婆子張著嘴，看著這位從沒見過的外孫女，被她的氣勢震住，坐在地上，起也不是，不起也不是。

趙守和有些愧色。大妹自小離家，頭一次回來就碰到這樣的事。他欲讓鳳娘先回去，此事有他處理；誰知還未等他開口，趙鳳娘就朝前走幾步，伸手去扶地上的董老婆子。

「老夫人，地上涼，小心身子。」

董老婆子驚得合不攏嘴，見她嫣然一笑，居然聽話地起來了。

趙鳳娘眼風往旁邊一掃，就明白事情原委。

她的車隊一進臨洲府，臨洲蔡知府的夫人就出城相迎，本來要在府城待上一日才回來，無意間得知家裡的事，她婉拒蔡知府的宴請款待，馬不停蹄地趕回來，一面派人快馬加鞭來探清前因後果。

一進渡古縣城，打探的侍衛就將趙家的情況悉數告知。

她暗自揣測。擺在地上的屍體，想必就是燕娘的丫頭吧？

不動聲色地扶著董老婆子，她輕聲細語地道：「老夫人，若是從前，鳳娘還得喚您一聲外祖母；但父親有命，做女兒的必須遵從，這聲外祖母是不能叫，可骨子裡的血緣卻是騙不了人的。打斷骨頭還連筋，董家的事就是趙家的事。一路上，鳳娘得知慶山表哥枉死，心中難過，慶山表哥是董家獨苗，外祖母白髮人送黑髮人，想來更是痛不欲生。」

董老婆子被她說得悲從中來，抓著她的手大哭。

趙鳳娘一臉悲色，回握著她的手。「老夫人，人死不能復生，您要節哀。死者為大，理應入土為安，鳳娘深知您是怕慶山表哥在地下孤苦，才想完成他的心願後再下葬。您看，不如將這丫頭帶回去，鳳娘會讓父親認下這丫頭為義女，也是我們趙家的女兒。您放心，無論走到哪兒，趙家和董家的血親是不會斷的，這門親我們是一定會認的。」

董老婆子剛才被她說暈了頭，一聽還是要娶一個丫頭，臉色重新陰沈下來。

趙鳳娘似沒看到一般，繼續道：「明面上，鳳娘不能叫您一聲外祖母，可在鳳娘心中，都有您老人家的位置。您是鳳娘的長輩，這是怎麼也改變不了的事實。鳳娘離家多年，從前不能承歡您膝下，現在也不能，實在是良心難安，鳳娘有心彌補一二，還望您收下。」

說完，她朝其中一個宮女使眼色，宮女從荷包中拿出一張銀票。董老婆子瞧見上面一百兩的字樣，眼睛大亮，就要伸手去接，立刻想起什麼一般又縮回手。

趙鳳娘眼光微冷，看一眼宮女，宮女立即又加一張。董老婆子不為所動，裝作傷心的樣子。

等趙鳳娘加到四張時，董老婆子已經恨不得撲上去，不過想讓她再加一些，努力裝作不為所動的樣子，眼睛卻不停往宮女的荷包上瞄。

她傷心地收起銀票，眼裡閃過悲痛。「鳳娘知道，老夫人必是惱了趙家，才不願接受鳳娘的孝心。鳳娘只好將這些銀子捐給寺廟，讓佛祖保護老夫人身體康健，也算是為老夫人盡點孝心。」

董老婆子見她要將銀票收起來，哪裡肯，一把就從她手中將銀票奪走。「鳳娘的孝心，老婆子收下了。這丫頭我帶回去，也算是與慶山作個伴。咱們可說得好好的，這丫頭是趙家的義女，董家和趙家還是姻親。」

趙鳳娘立刻轉悲為喜，一臉欣慰。「就依老夫人的，老夫人能接受鳳娘的孝心，鳳娘心裡高興。董家公子雖說是冥婚，卻不能草率，以董家的家世，必要風光大辦，也要名正言順。」

趙守和聽出她話中的意思，趕緊將雲香的賣身契遞過去，然後派衙役去請文師爺寫婚書。文師爺行過禮後，也不多言，立刻就執筆研墨。

董老婆子揣著四百兩銀票，緊緊地捂在懷中。這可比那位爺出的要多上一倍，有錢不賺是傻子，當然是替出錢多的辦事！她的心裡樂開了花，爽快地報了董慶山的生辰八字，婚書一式兩份，一份在衙門做底，一份還給董家。

趙鳳娘讓衙役們送董老婆子回去，將雲香的屍體也抬上，圍觀的人也跟著散去。

等他們走後，她才好好地打量趙守和。

趙守和臉上的愧色更濃。自己堂堂的趙家長子，為人處事竟然還不如妹妹，妹妹一出手，事情辦得圓圓滿滿，還讓別人滿心歡喜。今日若不是大妹，還不知要如何收場。

他感慨萬千，兄妹二人又相互見禮。

第二十一章

護送鳳娘回來的侍衛們站在衙門兩邊，個個身姿筆直，圍觀的人已經散去，兄妹二人立在中間，隔著一丈的距離。

趙守和一介書生，長得似趙縣令，溫厚有餘，英俊不足。趙鳳娘氣質出眾，雖非絕美，卻也是位不可多得的佳人。

在外人看來，兩人不似兄妹，反倒像主子和僕人。兄妹二人時隔多年，首回相見，顯得生分，客客氣氣地見禮。

趙縣令神色複雜地站在衙門口。聽到別人說大女兒回來了，他就急急地出門，見大女兒處事的手段，心中欣慰，女兒處事游刃有餘，根本就不需要他再出手，果然是妹妹親自教養的，又自小養在京中，這份見識和大氣是身邊兩個女兒都沒有的。

大女兒得皇后娘娘看重，也不是沒有原因，就憑這通身的氣派，不知道的人還以為是哪個世家裡精心教養出來的小姐。

趙鳳娘也看到了他，父女之間又是一番相見，彼此的眼中湧現淚光。她低聲喚著父親，趙縣令眼神微動，有些動容。

想起董氏，不知從何開口，只一個勁兒地點頭。「回來就好。」

幾人回到後院，趙縣令與趙守和還要細細商量董家的事，一起去了書房。趙燕娘花枝招展地出來迎接鳳娘，一步三晃地走到跟前，頭上的金飾晃來晃去，讓人眼花。

雙生的姊妹頭一次見面，自然談不上有多親熱。趙燕娘的臉色變了幾變，真沒有想到鳳娘居然長得和自己半分都不像。別人不都說雙生姊妹長得如同一個模子般，為何鳳娘和她一點也不像？心中暗恨，百般不是滋味。

趙鳳娘從小出入宮廷，察言觀色的本事爐火純青，瞄見燕娘的臉色變化，心下有些不喜，微不可見地蹙了下眉頭，然後面露微笑地朝燕娘打招呼。「想必是燕娘妹妹吧，我是妳的姊姊。」

燕娘乾巴巴地說著。「姊姊猜得沒錯，我可是千盼萬盼，終於盼到大姊回來，這下我們姊妹終於能團聚在一起。」

雉娘跟在燕娘後面，此時也走上前來，朝鳳娘見禮。鳳娘愣了一下，歡喜道：「我猜這位就是雉娘妹妹，想不到長得如此出色，真讓姊姊自嘆弗如。」

「大姊過獎，雉娘哪及大姊萬分之一的光華。」

趙燕娘怒目橫眉。好哇，這兩人居然當著她的面相互吹捧長相，當她是死人不成？她往前邁一步，將雉娘擠到身後，親熱地挽上鳳娘的手。

鳳娘身體一僵，鼻腔中都是刺人的香粉味，不由覺得鼻頭發癢，不著痕跡地抽開手臂，隔開兩人緊貼的身體。

雉娘在身後，不動聲色地打量傳說中的趙家鳳凰。

趙鳳娘長相秀麗，柳眉紅唇，妝容淡雅，穿衣打扮再加上本身的氣質，將中等姿色愣是提高幾個層次，讓人不容忽視。

遠看白色的簡單衣裙，近看之下，全用銀線繡著富貴的花朵，連袖子都不是簡單的包銀邊，而是花朵形狀的繡花邊，精緻又好看。

她長得與燕娘半分都不相似，超出自己的想像。雉娘本想著，以董氏和便宜父親兩人的長相，生的女兒好看不到哪裡去，但趙鳳娘完全出人意料，比趙氏夫婦都要好看幾倍。

明明是雙胎的姊妹，鳳娘就像是吸收了精華的那個，全是繼承優點，而燕娘只繼承趙氏夫婦的糟粕。

雉娘小心地打量著她，鳳娘也不露痕跡地看著雉娘，越看越心驚。只聽說家中還有位庶妹，父親每回去信也只是略提一下，母親的信中從未提過，想不到庶出的妹妹長得如此絕色，這般模樣，放眼京中都不多見。

能生出這樣貌美的女兒，那聾姨娘肯定也長得十分出色，怪不得父親這麼多年寵愛有加。

她對雉娘笑一下，雉娘裝作害羞的樣子低下頭。

趙燕娘一無所覺，親熱地對鳳娘說：「大姊，妳可回來了！燕娘自從得知妳要回來，開心得不行，妳看這房間都是我親手佈置的，希望大姊喜歡。」

她不由分說地拉著趙鳳娘，一起來到佈置好的新房間，眼神裡都是炫耀的得色。

趙鳳娘隨著燕娘走進自己的房間，看著裡面的佈置，眼睛閃了閃。「燕娘用心了，大姊很高興。」

面。

趙燕娘聞言，得意萬分，挑釁般地斜了雉娘一眼；雉娘似沒瞧見一般，拘謹地站在後面。

宮女們上前將椅凳用白帕子擦拭兩遍，趙鳳娘就勢坐下來，嘴角揚起一個恰當好處的弧度，對雉娘和燕娘微笑。「妳我姊妹三人，十多年未見，姊姊在京中常常掛念妳們，此番相見，心中倍感親切。妳們莫要拘謹，也不要和我生分，有什麼都可以說，我是大姊，自會替妳們作主。」

燕娘和雉娘齊齊稱是。

另一位宮女及時呈上兩只盒子，趙鳳娘伸手拿起，分別送給燕娘和雉娘。

「我在京中常常想起兩位妹妹，很期待能和妳們相見。初次見面，略備小禮，也不知妹妹們喜不喜歡。」

趙燕娘急不可耐地打開，見裡面是全套的寶石頭面，寶石晶瑩剔透，耀眼奪目，她從未見過如此華麗的首飾，就連知府家的小姐都沒有這樣的頭面，不由得喜出望外，緊緊地捧在手裡。然後見雉娘遲遲沒有打開，她一把奪過去，將盒子打開。

雉娘的盒中也是一套寶石頭面，款式略有不同，雖然也很精緻，但寶石沒有燕娘的那般大、那麼透亮。

趙鳳娘做事果然守規矩，分毫不錯。

趙燕娘見雉娘的東西不如自己的，眼裡的歡喜沒有藏住，開心地對趙鳳娘道謝，雉娘也跟著道謝。

趙鳳娘眼睛含笑。「一家子姊妹，有什麼謝不謝的？妳們喜歡就好，我還一直擔心妳們會不喜歡。說起來太過見外，後面的馬車上還有很多衣服料子，妳們可以自行挑選，不用與姊姊客氣。」

趙燕娘一臉躍躍欲試，恨不得立即就去挑選布料。雉娘再次道謝。趙鳳娘帶著笑意望著她們，眼中全是溫婉。

雉娘臉上露出歡喜的樣子，趙燕娘撇了下嘴，一想到鳳娘什麼東西都有這死丫頭的分兒，心裡老大不快。「雉娘肯定高興得頭都發暈吧，妳看看這頭面、這寶石，若不是大姊，妳哪有緣得到如此名貴的首飾，怕是一輩子都不可能見到。」

趙鳳娘冷下臉。「燕娘，妳是姊姊，怎能這麼和三妹說話？妳們都是趙家的姊妹，我有的，妳們就有，哪分彼此。」

趙燕娘臉色忿忿，閉了嘴。

雉娘一臉茫然不知所措的樣子，捧著那套頭面，坐立不安。趙鳳娘安慰道：「我們是一家子姊妹，妳二姊若說了什麼不中聽的，妳莫往心裡頭去。」

她點點頭，又低下頭。

趙鳳娘和身後的黃嬤嬤交換一個眼色。

趙燕娘哼了一聲。若是娘還在，哪有這死丫頭的分兒？平白讓她得了這些好處。鳳娘也太不知道親疏，離家十幾年，一回到家裡，連問都沒有問娘一聲，虧娘在世時還天天惦記著，什麼時候都把鳳娘放在心上。

「大姊回來，若是娘還在，肯定十分高興。」

一句話說得屋裡靜悄悄的。雉娘低著頭，鳳娘淡淡地看著燕娘，神色慢慢轉成傷心。

「子不言母之過，妳要記住，我們姓趙，待父親氣消了，我自然會去她的墳前祭拜。」

趙燕娘不以為然地撇了下嘴。話說得可真好聽，等父親氣消，若父親一輩子都不消氣，那鳳娘不是一輩子不認娘嗎？

趙鳳娘身後的黃嬤嬤臉色也不好看。她是皇后娘娘派給縣主的教養嬤嬤，若不出意外，後半輩子都要跟著縣主，縣主也會替她養老。

縣主溫和恭謙、知書達禮，在京中頗有賢名，深得皇后娘娘誇讚，怎麼就攤上那樣一位親娘？偏生這縣主的胞妹看不懂眼色，尋常人家出了這樣的事，都巴不得趕緊藏著掖著，不再提及；她倒好，才一見面就巴巴地想讓縣主去給那婦人上墳，真是個不長腦子的。不僅長得不如縣主，方方面面也差得太遠，真是一樣米養百樣人，龍生九子，九子各不同。

宮女們輕手輕腳地將泡好的茶水端到趙鳳娘的手邊，趙鳳娘端起杯子，小口地抿一下，然後另有一位宮女遞上潔白的絲綢帕子，她優雅地擦拭一下嘴角，將帕子遞還給宮女。

宮女躬著身子退下去。

這番作派將趙燕娘徹底鎮住。原來世家貴女如此講究，不過是喝口茶，都要如此繁瑣。她眼裡又恨又妒，盯著趙鳳娘細白的手指，心中暗恨。

自始至終，雉娘都沒有抬頭，但眼角餘光掃到宮女們的行事，思量著大致的情形，屋裡靜靜的，一股無形的威壓罩在周身。

那是趙鳳娘的氣場。一個被皇后娘娘寵愛的縣主，又豈是尋常女子可相比？

半晌，趙鳳娘若無其事道：「董氏與我們有生養之恩，縱使她再有錯，身為子女不能妄議。但她迫害的恰是我們的祖父母，身為趙家子孫，我們不能在父親面前提起她半句，妳們明白嗎？」

燕娘心不甘情不願地答應著，雉娘低著頭，小聲稱是。

趙鳳娘眼光看著雉娘，又轉過去看了下燕娘，眼皮子垂下去。

她身後的黃嬤嬤輕聲道：「縣主一路快馬兼程，想必已經十分乏累，不如暫時小憩一下，養養精神。」

趙鳳娘停一下，然後慢慢搖頭。「不成，我自小離家，哪有一回家就歇息的道理？祖母那裡還未去拜見，不如兩位妹妹與我一同前去。」

燕娘和雉娘聽到話音，沒有不依的道理，只是趙燕娘有些不情願。

東側屋內，老夫人依然躺在榻上，聽到院子裡的聲音，啊啊叫了幾聲。侍候的婆子趕緊告訴她，是府中的大小姐歸家，正在搬行李。

趙鳳娘領著兩個妹妹一踏進屋內，老夫人恰好側過頭，與她的目光碰在一起，立即啊啊地叫起來，手朝她伸出。

她一把握著老夫人的手，眼中有淚花。「祖母，不肖孫女鳳娘回來了，您老人家可好？」

老夫人急得不停點頭，拉著她的手不放。

雉娘在後面看得分明，老夫人眼裡的歡喜騙不了人。趙鳳娘讓人將給老夫人備好的禮物呈上來，從衣物到補品，應有盡有，那衣物嶄新，上面繡著大大的福字。

「鳳娘常常思念祖母，每每想起，卻不能承歡膝下，心中難安。這些衣物皆是孫女親手所繡，也不知祖母尺寸，望祖母不要嫌棄。」

她身後的宮女將衣物展開，除了一身繡福字的，另有一套繡著松枝仙鶴，繡工精緻，用料講究，顯然花了不少心思。

老夫人眼中蓄滿淚水，不停張著嘴，死死地抓著她的手。

那些補品自是不用說，幾百年的老參三枝，還有燕窩和其他補藥，婆子們小心地將東西收好。

黃嬤嬤與婆子們輕聲說著補品燉煮的法子，趙鳳娘細心地替老夫人掖著被角，趙燕娘滿臉不耐，雉娘低著頭。

好不容易等趙鳳娘將老夫人哄睡著，三姊妹才齊齊離開東側屋。

趙鳳娘眼裡有倦色，黃嬤嬤很心疼，埋怨地看了一下燕娘和雉娘。雉娘嚅嚅地開口告辭，黃嬤嬤的臉色稍霽。

但趙燕娘不願意，她還有很多話要和鳳娘說。鳳娘是她的雙生姊姊，哪是雉娘能比的，說不定鳳娘還有很多好東西要私下給她呢，於是她挽著鳳娘的手，不肯離去。

黃嬤嬤很不喜，暗道這二小姐真不會看人臉色，還不如一個庶女知禮；明知縣主一路舟車勞頓，還要拉著不放，有什麼樣的事，也可以等縣主休息好了再說。

「二小姐，縣主已經幾日沒有睡個囫圇覺，您若有事，不如明日再說。」

燕娘瞪她一眼。「我們姊妹十幾年未見，貼心的話都說不完，哪還有心思睡覺？再說妳一個奴才，主子都沒有發話，妳就敢自作主張，就不怕別人說妳奴大欺主？」

黃嬤嬤被她噎得臉上青一陣白一陣。趙鳳娘神色淡然。「燕娘，黃嬤嬤可不是一般下人，她是皇后娘娘賞賜的教養嬤嬤，妳此話太過無禮。念妳不知，我暫且不和妳計較，妳先回去吧，明日我們再好好說話。」

趙鳳娘說的話似不帶任何責怪，但趙燕娘卻感覺無比屈辱。她可是堂堂縣令家的二小姐，居然還比不過一個奴才？

她恨恨地鬆開趙鳳娘的手，連告辭都未說，就跑回自己的屋子。

趙鳳娘轉頭對黃嬤嬤道：「嬤嬤莫要生氣，我這位二妹想來被養得有些驕縱，心倒是不壞的。」

「縣主是折煞奴婢了。奴婢曉得，縣主太過心善，能有您這樣的主子，是奴婢等人的福氣。」

趙燕娘氣呼呼地回屋，看誰都不順眼。木香藉口去看縣主的車隊有沒有回來，閃了出去。

很快，隨後而來的十餘輛馬車也已到了縣衙。

木香來報，趙燕娘迫不及待地出去，恨不得將馬車上卸下來的東西都搬進自己屋裡。她的眼中全是深深的嫉妒，冒著火光，看著一個個雕花銅鎖的大箱子被抬下來。

足足有差不多二十只，都被抬進後院，整齊地放在院子裡。黃嬤嬤指揮侍衛將箱子放下後，等侍衛出去，便帶著兩位宮女整理箱子。

紅銅鎖被打開，裡面的東西晃花了燕娘的眼，大到金線繡花的緞被，小到精巧的玉骨瓷筆筒，一應用具都十分精緻。宮女們小心翼翼地拿著，一件件地搬回屋子。

她站在旁邊看著，眼神越來越熱，恨不得伸手去搶。

第二十二章

等布料被搬到後院時，趙燕娘毫不客氣，賭氣般地一口氣挑了十來疋料子，差不多挑走一半布料，全是鮮亮的顏色。

黃嬤嬤眼中閃過鄙夷，等她挑完後，進屋去和趙鳳娘稟報。

趙鳳娘也沒有休息，靠坐在桌邊，手指摩挲著白玉青花杯的蓋子，淡淡道：「隨她去吧。」

宮女們將東西歸置，搬進屋內，也不用鳳娘吩咐，就將房間裡的桃色幔帳拆下，換上帶來的粉色軟煙紗，榻上的被褥全部換下，鋪上描金繡花的緞面被子，桌上的茶具也撤去，擺上成套的白玉青花瓷茶具，窗戶上的紅色紙花也被撕掉，然後擦拭乾淨，掛上墜著琉璃珠的窗紗。

只有紅漆的家具沒法動，宮女們也無法。再如何佈置，與京中也不能相比，趙鳳娘看著，眼神微動。

另一邊，趙燕娘讓木香將布料搬回房間後，心中還是老大不痛快，越想就越來氣，也不進房間，一直探頭探腦地關注鳳娘那邊的動靜。看見宮女們將她辛苦佈置的東西都換了，她恨不得衝進去質問，卻只能死死地將心思按下，越發嫉恨趙鳳娘。

那些東西都是家中最好的，她為了討好鳳娘才忍痛割愛，佈置都是用了心的。誰知別人卻不屑一顧，將她好不容易掛上去的東西都撤下來，隨意地丟棄在門外，堆在角落裡，換上她們從京城帶來的東西。

憑良心說，確實比自己佈置的要強百倍。正因如此，她心中更不是滋味。

那窗紗被風吹得飄起，珠子發出清脆的聲音，聽得她心中煩躁不已。

看看鳳娘身邊的丫頭，穿的都比她這個小姐要好，果然以前鳳娘從京中捎回家的面料都是不要的，虧娘以前還一遍一遍地讓她念著鳳娘的好。

若是娘看到鳳娘這般作派，不知又是何感想？她妒火中燒，生氣地回到房間裡。那套寶石頭面正擱在妝檯上，她抓過來拿在手中，翻來覆去地看著，越看越刺目。不過是一套頭面，趙鳳娘那裡還不知有多少名貴的首飾，寶石頭面又算得了什麼？說不定還有其他外人見不到的稀世珍寶。

若當初姑姑帶走的人是她，那麼現在趙鳳娘所享受的一切都是她的；而趙鳳娘，不過就是個長在小縣城中的姑娘，沒見過什麼世面，滿是仰慕地看著自己，小心地討好自己。

趙燕娘想著那場面，不由得笑出了聲。

她醒過神來，看著自己房間裡的桃色粗質紗帳，臉色又黑了。都怪趙鳳娘，若不是她，在京城中享福的就是自己！

她火大地將手中的杯子摔出去，杯子頃刻間散成碎片。

雉娘自然沒有去挑布料。她和趙鳳娘可是異母的姊妹，再說趙鳳娘這人，她還沒有摸透，不清楚對方的底細，也不敢表現得太親近。

倒是趙鳳娘派人送來好幾疋料子，除了鮮嫩的少女色，還有兩疋穩重的深色，顯然是給鞏姨娘的。

料子都很軟滑。她細細地摩挲布料，眼瞼垂下。胥公子說得沒錯，趙鳳娘行事讓人挑不出半點錯。

鞏姨娘收了料子，自然要去拜見縣主。她穿著素淨的衣裙，頭上只一根銀簪，脂粉未施，卻別有一番楚楚動人的俏麗。

趙鳳娘瞧見她就一愣，鞏氏不僅貌美，而且十分面嫩，根本就不像生養過孩子的婦人。有這樣的生母，難怪庶妹長得那般絕色。

「鞏姨娘不必多禮。這些年，妳侍候父親，沒有功勞也有苦勞。往後家中沒有主母，我們姊妹幾人畢竟是做女兒的，很多事情都不便去做，以後父親的衣食還要妳多多費心。」

「謝縣主看得起，奴婢一定盡心盡力侍候老爺。」

「好，只要妳將父親侍候好了，趙家不會虧待妳的。再說妳是三妹的生母，該有的體面都不會少。」

這句話說得鞏姨娘心中熨貼不已，頻頻道謝。

「縣主折煞奴婢了，照顧老爺是奴婢的分內事，談不上辛苦，其他的奴婢不敢想，只要三小姐日子過得平順，就心滿意足。」

趙鳳娘點點頭，讓她回去。

她一走，趙鳳娘身後的黃嬤嬤就小聲道：「這位姨娘瞧著有些面熟。」

「喔？」趙鳳娘回頭。「我這位姨娘聽說是孤女，連我父親都不清楚她是哪裡人士，不知嬤嬤以前在哪裡見過她的？」

黃嬤嬤搖了下頭。鞏姨娘生得好，若是真的見過，她肯定能記起。

「奴婢不曾見過，只是覺得她長得像某個人，有些面熟，仔細一想，卻又想不起來像誰。」

不僅是這位姨娘，剛開始見到那位趙家三小姐時，她也隱約覺得有點熟悉；現在想來，是女兒像生母，姓鞏的姨娘讓她眼熟。

她仔細回想，想不起京中有哪家姓鞏的人，也不認識姓鞏的尋常人，認真回想半天，不得其果，索性丟開。

趙鳳娘也沒太在意。天下相似之人常有，鞏姨娘出身肯定是不高的，要不然也不會為妾。父親納妾時還是一介白身，不過是託姑姑的福，家境寬裕，有些餘錢罷了。

鞏姨娘回到西屋，神情還有些亢奮，臉上的笑意都遮不住。

「雉娘，縣主真是謙和，與人說話半點架子都沒有，不愧是深得皇后娘娘寵信的女子，這份大氣，二小姐望塵莫及。」

雉娘看著她，沒有說話。

有時候覺得鞏姨娘挺精明的，對於後宅陰私都懂，手段上也不輸他人，卻還是如此天真，別人對她好一點，她就會輕易相信別人是真心的。也不知鞏姨娘是什麼樣的人家養出的女子，從未聽她提起過自己的出身，不知為何進趙家做妾。

「這下姨娘可算是放心了，以後有縣主在，別人不會太看輕妳。人人都說長姊如母，夫人不在，長姊當家，若她能在人前多美言妳幾句，妳將來找人家時就不會太艱難。」

「姨娘，萬事靠自己。大姊雖好，卻不知會在家中待多久，若她很快就要回京，對我們來說，也沒有多大用處。」

翚姨娘一聽，興奮的神情淡下不少，眉宇間又籠上一層鬱色。

「姨娘，車到山前必有路，也不用太憂心。」

翚姨娘望著她精緻的小臉，欲言又止。

雉娘知她心中所想，肯定又是讓自己巴結好鳳娘，以後才能常出去作客，多些機會，說不定能結個不錯的姻緣。

她嘆口氣，突然之間對嫁人有些意興闌珊。以前，她還想平平順順地嫁人做正頭娘子，可眼下，經過董氏一事，多少有些提不起勁。

嫁人做正頭娘子又如何，古代男子家境稍微好些，三妻四妾太平常，自己哪有那個肚量和別人共享丈夫？日復一日、年復一年和那些小妾們鬥法，難保自己不會性子扭曲，鑽牛角尖，變成面目可憎的女子。

那樣的生活，又有什麼好期待的？

若嫁給普通人家，柴米油鹽雖然繁瑣，只要日子能過下去，也不是不可以；但以她的長相，在陋室中太突兀，也不是什麼好事，恐怕還會惹禍上身，累及他人。

她想了想，哪樣都不如意，看著翬姨娘滿是期盼的臉，點點頭。「姨娘，我會與大姊處好的。」

和趙鳳娘打好關係，應該百利而無一害。趙鳳娘是縣主，在尋常人的眼中，那是天大的存在，她是縣主的庶妹，憑著這個名頭，日子也不會太難過。

翬姨娘欣慰地點頭，不知又想到什麼，羞紅了臉。

雉娘看她一副少女含情的模樣，想到現在父親身邊只有姨娘一位女人，腦中靈光一現。「娘，是不是大姊和妳還說過什麼？」

「大小姐說，以後老爺那裡，要讓我照顧衣食。」翬姨娘的神色有些忸怩，但到底還是對女兒說出實情。

果然如此，她心緒複雜。趙鳳娘這人，還真讓人看不透。

早起時，趙燕娘頭疼欲裂，看著自己房間的佈置，再回想鳳娘從京中帶來的東西，心情越發糟糕。坐在妝檯前，看著自己眼下兩塊大大的青影，差點沒打碎鏡子。她讓木香在自己臉上比平時多敷了一層粉，死白死白的。

偏偏自己還一無所覺，描眉塗唇，鏡子裡慢慢顯現出一位詭異的女子。

木香幾次想開口提醒，想著雲香的遭遇，又將嘴邊的話嚥下去。二小姐為人心狠，她再忠心也不會換來什麼，說不定下次二小姐又招禍，被推出去頂替的人就是自己。

董氏雖死，曲婆子仍在；她本是董氏的婆子，如今不知要投靠誰，總不可能去灶下打雜，思來想去，只能巴上二小姐。

她殷勤地守在門口，見燕娘主僕出來，眼睛一亮，大聲誇讚。「二小姐，今日看起來可真精神。」

燕娘得意地一笑。「行了，妳的意思本小姐明白，反正雲香不在，我這身邊正好缺人，按理說我是嫡出小姐，身邊得有兩個丫頭，妳就替上雲香吧。」

曲婆子連連表忠心，就差沒有發誓。

木香低著頭，跟在燕娘後面。曲婆子將她往邊上一擠，自己頂了丫頭的位置。

主僕三人才將將出屋子，就見董家老婆子被人引到後院，手裡抱著一對牌位，她臉色一沈。這董家人怎麼還有臉來？

董老婆子扭著身子，將手中的靈牌露出來。「外孫女啊，妳怎麼見了自家姊妹，連個招呼都不打？」

趙燕娘粗眉一皺。一個牌位打什麼招呼，她不自覺地瞄了下四周，總覺得這話聽得讓人發寒。一轉念又想到雲香可是自己尋短見，和她又有什麼關係，也就這老婆子心壞，故意嚇人，再說誰和一個奴才做姊妹？

「妳又到我家裡來胡說八道什麼，雲香不過是個奴才，哪配和本小姐稱姊道妹。」

「二小姐，妳這話說的……老婆子可就不同意了，將雲香認作義女的話可是縣主親口說的，大家聽得真真的，怎麼到妳這裡就變成奴才，我們董家可不依。」

趙燕娘狠狠瞪她一眼，正要說什麼，趙縣令從西屋出來，怒喝道：「燕娘，妳的禮數都學到哪裡去了？雲香是妳義姊，這事為父親口允諾的，絕無反悔！」

趙縣令和兒子幾番商量，將雲香排在鳳娘後面，也就成了燕娘和雉娘的義姊。

聽到趙縣令親口承認，董老婆子腰桿挺得筆直。「二小姐，喔，不，老婆子喚錯了，三小姐，今日妳二姊回門，妳做妹妹的，就沒有什麼表示？」

趙燕娘眼裡都在冒火。回門？誰家姑娘成親第二天就回門，還敢要東西，簡直不要臉！

趙縣令心下不快。董家人做事可真不地道，捧著牌位上門，究竟還想幹什麼？

董老婆子急吼吼上門，就是怕過幾天，趙家人翻臉不認人，那她的算盤可就要落空，因此也不管什麼禮數，一大早就帶著牌位上門，非要將這門姻親給坐實不可。

她環顧一下，沒有看到鳳娘。「我們縣主娘娘怎麼不出來，妹妹回門這樣的大事，哪個做長姊的不露面？」

這時，趙鳳娘屋子的門打開，黃嬤嬤走出來。

「董家老夫人，我們縣主連趕幾天的路，身子略有不適，若有怠慢之處，望老夫人見諒。」

說完，將董老婆子引到以前董氏住的堂屋。

董老婆子將孫子和雲香的牌位擺在桌上，看得人心裡發毛。

昨日她獻寶似地將四百兩銀票往兒子媳婦面前一晃，然後寶貝般地收起來，連半兩銀子都沒有分出去，氣得李氏差點破口大罵。

李氏和董老婆子說，有人出二百兩銀子買她們娶燕娘，其實話未說全。她藏了私心，那人出的銀子是五百兩，她瞞下三百兩，想著二百兩的數目，對婆母來說也是非常誘人的。

誰知道節骨眼上，鳳娘回來了，三言兩語就將婆母給哄住，拉回丫頭的屍身，還寫下婚書。她氣得發暈，婆母得了四百兩銀子，連半個子兒都沒有分給他們。

董慶山是壯年枉死，本就要趁夜埋葬，夜裡，董家就叫了幾個人，將慶山和雲香合葬在一起，墓碑上寫的是董氏夫婦之墓、生卒年月、姓名等。

董老婆子想著鳳娘的許諾，生怕趙家人出爾反爾，於是一大早就上門，也不管是不是晦氣，她大搖大擺地坐在上座，斜眼看著趙家人。

趙縣令心頭竄火，但鳳娘一言既出，斷無改口的可能，只是董家太噁心人，若有可能，真想到死不再相見。

董老婆子才不看他的臉色，一個勁兒地催著要見鳳娘。

他袖子一拂，就去了前衙。後宅是婦人的事，他一個男人不好摻和。

一刻鐘後，鳳娘迤邐而來。董老婆子看著她頭上的首飾，眼一亮。怪不得這外孫女出手就是幾百兩銀子，敢情是真不缺錢，身上穿的、頭上戴的，都是好東西，她活了這般歲數，都沒見過如此好的首飾。

「鳳娘啊，妳可算出來了。不是外祖母愛說閒話，你們家這些下人們禮數不行，外祖母都坐在這裡半天，也沒有人上口茶水，更別提什麼點心小食。」

「老夫人，家中下人少，多有不周，望您見諒。」

「我有什麼見諒不見諒的，一大早起來，連口水都沒有喝，眼下餓得頭暈眼花，差點就看不清楚路，走錯地方。」

鳳娘看黃嬤嬤一眼，黃嬤嬤立刻讓宮女端來茶水和點心。點心是從京城帶來的，渡古縣裡根本就沒有，精緻小巧，香氣撲鼻，董老婆子伸手就抓，將口中塞得滿滿的，噎得直翻白眼。

鳳娘倒一杯茶水，遞到她手中。她仰頭灌下，將點心沖下去，才緩過氣來，直拍胸口，然後又伸手去抓點心。

不一會兒，盤子就空了，她吃得點心屑子亂飛，嘴裡都還沒有嚥下去，就說起話來。「這點心真不錯，我可從來沒有吃過如此好吃的東西，鳳娘，妳那裡還有沒有？」

點心屑隨著她說話的動作飛得到處都是，鳳娘垂著眸，又命人再端上一盤。

董老婆子見她爽快，眼珠子亂轉，扯扯自己身上的麻衣。「鳳娘，妳看看外祖母，這輩子就沒穿過好衣服。」說完，不停往鳳娘身上瞄。

鳳娘心領神會。「老夫人，等下我讓下人給您備上兩疋好料子，您可以裁幾身新衣。」

「那好，還是鳳娘有心。那個燕娘，唉，以前真是白疼她，現在連嫡親的外祖母都不認，簡直是個白眼狼。」

鳳娘笑得略帶尷尬。「燕娘性子直，老夫人莫與她一般計較。雲香的事情，父親已經同意，您放心，這門姻親，趙家一定會認的。」

董老婆子一把將桌上的牌位拉過來。「那敢情好，妳妹妹和妹夫在泉下有知，也該含笑瞑目。」

鳳娘身子往後稍微挪一下。「老夫人，鳳娘有一事，不知該不該提？」

「妳講。」

「老夫人，俗話說，不孝有三，無後為大。董家表哥英年早逝，大家心裡都不好受，但董家舅舅身體還行，為何不趁此時機再納上一房妾室，也好為董家開枝散葉。鳳娘不忍董家無後，也願意略盡綿薄之力，這妾室一事，就由我們趙家來安排，您看可好？」

董老婆子一拍大腿。那敢情好，最近她都忘記這事，兒媳婦不能生，但兒子可以納妾啊！還是鳳娘有見識，到底是長在京中的，見識就是不一樣，操心著替董家留後，還不用自己花錢，這樣的好事哪有不同意的？

鳳娘笑得謙和，讓黃嬤嬤下去安排。黃嬤嬤的動作很快，立刻找上當地最有名的牙婆子，買了兩個年輕女子，長相端正，關鍵是看著好生養。

人一被帶回來，董老婆子心裡樂開了花，不停打量兩位姑娘的腰臀，越看越滿意，當下就要將人帶走，鳳娘也不攔著。

趙家這才算是平靜下來。趙縣令天天宿在西屋，連衣服等東西都搬過來，鞏姨娘精心侍候著，操心他的飲食，兩人有時出雙入對，鞏姨娘低眉順眼，趙縣令春風滿面。

他們郎情妾意，看在別人眼中卻是怎麼也不舒服。趙燕娘恨得咬牙切齒，雉娘也看得心裡不是滋味。

雉娘發現姨娘是識字的，偶爾無人時露出的風情，讓她都看得入迷，這樣的女子不該是生活在小門小戶中，該是被人嬌養在深宅大院。

她不著痕跡地套著烏朵的話，才知道本尊也是識字的，可憐她厚著臉皮去找便宜父親借書，翻開書一看，簡直是晴天霹靂，上面的字猛一看，她一個也不認識。

靜下心來細看，連矇帶猜，勉強能識得幾個，不由得深受打擊。

趙縣令看著小女兒無精打采的樣子，覺得有些好笑。他不太清楚小女兒識多少字，只知道鞏氏平日有教她，她也從未在人前顯露過才學，想來也不怎麼出色，不知為何又想起看書識字的事來，可能是鞏氏要求的吧！

雉娘沒有心思關注其他人，拿著書就離開書房。

一邁出門，就見文師爺朝這邊走來。她打個招呼，文師爺瞧見她手中的書，儒雅的臉帶著笑意。「三小姐來找大人借書？」

雉娘點了下頭，略有些心虛。

「大人這裡的書都太枯燥無味，想來不適合三小姐這樣的姑娘看。下官那裡還有些遊記志異，不知三小姐可感興趣？」

那敢情好，本來就不識得幾個字，還要看這樣枯燥無味的書，更是頭疼，若換成雜書就好了不少，至少沒有那麼無趣。

「那就謝過師爺，遊記志異皆可。」

文師爺睿智的眼中帶著隱隱的笑意。「好，我稍晚些送過來。」

雉娘又向他道謝，邁著步子往院子裡走。

傍晚時分，趙縣令回西屋時，帶著四、五本書交給雉娘。雉娘讓他代為感謝文師爺，抱著書就回了房。

遊記看起來就簡單一些，猜字也好猜些。她艱澀地看完一、兩頁，覺得頭暈腦脹，又不敢問別人，就怕露餡兒。

她旁敲側擊地詢問烏朵，烏朵從桌子底下的小匣子裡翻出原主以前的習字帖，她不動聲色地接過，一個人關在房間裡臨摹字帖。文師爺送來的幾本書也天天翻看，好在連看了幾天，摸出一些門道，也能明白大概的意思。

邊看邊寫，慢慢也初有成效，字帖中夾著原主以前的字稿，看起來也不是什麼有靈氣的姑娘，寫的字只能算是工整，她練了幾天，就已趕上。

日子不緊不慢地過著，這日，趙家突然接到蔡知府家小姐的帖子，邀請縣主去府城作客。

鳳娘將帖子放在一邊，淡淡地對黃嬤嬤開口。「上次走得匆忙，錯過蔡家宴席，此次定要赴約。妳去通知二小姐和三小姐，一同前去。」

黃嬤嬤派人通知二人。趙燕娘喜不自勝，將裁好的新衣翻出來往身上比劃，又把寶石頭面翻出來戴在身上，站在妝鏡前，左看右看，很是滿意。

雉娘倒是平常心，鞏姨娘卻歡喜得差點落淚。最近這段日子，過得實在太舒服，家中沒有主母，她和老爺天天歇在一起，蜜裡調油一般。

縣主又心善，還是長姊，以後有她帶著雉娘，雉娘肯定嫁得不會太差。她所求不多，只要男方家境尚可，雉娘嫁過去當正頭娘子就行。

府城比起渡古縣自然要繁華數倍，能見的人也多，說不定有些家境不錯的人家看中雉娘，聘為正妻，那就再好不過。

她心中期盼著，將衣櫃裡新做的衣裙收拾好，千叮萬囑要雉娘那天好好妝扮一下。雉娘拗不過她，只能點頭同意。

第二十三章

自趙鳳娘回來的第二天，趙守和便回了閬山書院，順便將京中的家書給段表弟帶去。段鴻漸聽說鳳娘歸家，本就要來看鳳娘，很快又聽聞姊妹幾人要去府城，正好與趙守和一起回趙家，特意來為姊妹幾人送行。

府城離渡古縣有一天一夜的路程，若順著通都運河而下，運河直通無阻，比馬車要快上一倍。幾番考量，鳳娘決定走水路，也好見識一下運河兩岸的風光。

出發當日，趙縣令和兒子、外甥親自將姊妹幾人送上船。段鴻漸看雉娘的眼神帶著一絲陰鬱，有些想不通為何在雉表妹的心中，自己竟是那麼不堪。

雉娘看都懶得看他一眼，徑直上了船。

趙燕娘湊近和段鴻漸打招呼，段鴻漸愛理不理的，她覺得失面子，哼了一聲，昂著頭走上船。

船被鳳娘包下，只有她們姊妹幾人，還有各自的丫頭婆子。

雉娘身邊只有烏朵一人，倒沒有太多事情。鳳娘排場最足，兩位嬤嬤和兩位宮女隨行侍候，燕娘則帶上木香和曲婆子。護送鳳娘回來的京中侍衛早已離京，此次出行，趙縣令雇了幾個壯丁，壯丁們住在底艙，不會隨意上甲板來。

揮手向送行的人告別，船起錨開航，運河上船隻往來，絡繹不絕。出了渡古地界，兩岸的風景慢慢映入眼簾，此時已快入秋，頗為涼爽，站在甲板上，微風徐徐，愜意又舒服。

沿河古樸的建築帶著歷史的滄桑，隱約可見河邊浣洗衣服的婦人，三三兩兩地調笑著，嗓門洪亮。迎面駛來的船隻擦身而過，也能見到一些婦人稚童，這個時代不如想像中的封閉，對於女子也頗為開明。

雉娘思忖著，若真有一天能脫離趙家，自己生存下去的可能有多大？想來若不是長成這般模樣，過著平淡的生活，只要肯吃苦，應該不會太難。

姊妹三人都在甲板上，鳳娘的宮女們早就擺好點心，沏好茶水，姊妹三人坐在一起，河面上，慢慢地划來一艘小船，小船上坐著一位農家妝扮的姑娘，熟練地划著船槳。

燕娘露出不屑的神情。「這女子也真是有傷風化，獨身在外，還招搖過市。」

趙鳳娘看她一眼，淡淡道：「燕娘休要胡說。我朝對女子本就沒有那麼嚴苛，再說這位姑娘出現在此處，也是為了生計。她應是漁家女，自小就長在運河上，靠販賣些小食給過往的船隻，賺取家用。通都運河上有很多這樣的姑娘。」

那姑娘許是看見她們船上都是女子，慢慢將船划過來，被日頭曬得泛紅透黑的臉上，帶著爽朗，側邊垂著一條粗粗的大辮子。

「幾位小姐，可要嚐些小食？我家的糟魚筍乾絲和鹹滷豆子都是極好的。」

她的面前放著幾只大罈子，想來就是裝著糟魚筍乾絲和鹹滷豆子。這幾樣小食都是水鄉一帶的特產，水鄉魚多，天氣炎熱時，鮮魚不易保存，糟起來可以吃很久。筍乾絲和鹹滷豆子都是煮好曬乾的，透著一股鹹香，越嚼越有滋味，是尋常百姓最愛的佐茶小食，在運河兩岸的茶樓裡都有賣。

趙鳳娘命黃嬤嬤每樣都買了一些，漁女收好銀錢連聲道謝，將小船划開，去問另一艘船隻上的客人。雉娘遠遠地聽著，似乎還有男人調戲的聲音，那漁女也是見慣場面的，不軟不硬地避開。

她嘆口氣，自己還是太天真，這漁女姿色平常都能惹來他人的調笑，若是換成她，哪裡能應付這些不堪的玩笑？獨自生活怕是不易，以目前看來，趙家還是她的避風港，雖然這港灣漏風又飄搖，卻可以暫時躲避風雨。

買回來的糟魚還未蒸過，暫不能食用，黃嬤嬤將筍乾絲和鹹滷豆子盛在瓷碟中端上來。都是些普通的小食，看起來黑黑褐褐又乾巴巴的，燕娘有些嫌棄，沒有動筷，鳳娘分別嚐了嚐，就放下筷子。倒是雉娘，吃得多些。

「三妹就愛這樣上不了檯面的東西。」

趙燕娘出口譏諷。雉娘抬頭看她一眼，輕聲回道：「二姊，何謂上得了檯面？食物豈有貴賤之分？都是長在泥中或是生在水裡，哪樣是能上檯面，又有哪樣是上不了檯面？雉娘不知，還望二姊賜教。」

趙鳳娘似驚訝地望向她，然後語氣平淡地對趙燕娘道：「雉娘說得對，食材的貴賤在於它端上誰的膳臺，本身哪有什麼區分？燕娘以後莫要在人前說出如此讓人非議之語。」

雉娘倒是有些意外，趙鳳娘居然幫她不幫趙燕娘，也不知是何用意。

趙燕娘氣白了臉，雉娘才不管她，自顧自地挾起一筷子筍乾絲放入口中。

趙鳳娘的眼神黯了一下，看向雉娘的目光帶著一絲探究。雉娘抬起頭，對她靦覥一笑。

趙燕娘生氣鳳娘偏袒庶妹，正欲離開，不經意抬頭，突然變了臉色。

旁邊一艘大船慢慢超過她們，船頭立著兩位年輕公子，一青一白，青衣公子修長飄逸，面色清冷，白衣公子溫和儒雅，滿眼帶笑。

雉娘一眼就認出，青衣公子正是胥大公子。

趙燕娘激動地站起來，差點踢倒凳子，失聲地叫出來。「胥大公子。」

大船上的兩位公子轉過頭來，看到她們，趙燕娘已經跑到船邊。「小女子趙燕娘見過大公子。」

趙鳳娘瞧見燕娘的動作，眉頭皺了一下，也起身打招乎。「大公子，二公子，別來無恙。」

胥良川和胥良岳朝她拱手行禮。鳳娘是縣主，自然要行禮。

雉娘也站起來，用袖子掩著口鼻處，將未嚼爛的食物嚥下去，她剛好在趙鳳娘的身後，向兩人行禮。

胥良川的眼睛定在她的身上好一會兒，又不經意地瞄了甲板上的小桌子，看著她的舉動，嘴角彎了一下。

趙燕娘一直貪婪地看著胥良川，見他一直盯著鳳娘的方向看，心中不快。

「不知二位公子去往哪裡？」趙鳳娘開口問道。

「我們兄弟二人去府城，參加一位世交的壽宴。」

胥良川的聲音冷冷清清的，帶著拒人於千里之外的疏離。胥良岳知道兄長不愛和這些小姐們打交道，接過話頭問趙鳳娘。「敢問縣主又是去往何處？」

趙鳳娘溫婉一笑，盈盈而立。「蔡知府家的小姐下帖子，邀我去作客，應她之約，今日帶著我的二位妹妹去知府家中赴會。」

胥良岳撫掌笑道：「那敢情好，正好順路，我們兄弟二人和縣主同路。」

趙燕娘這才注意到他，心中暗思。聽剛才鳳娘的意思，白衣公子是大公子的弟弟，那也是胥家的公子，難怪長得也如此好看。

大公子長得好，氣質出眾，二公子風度翩翩，也很出色。她真幸運，能同時遇見胥家的二位公子。

胥家兄弟倆被她露骨的目光看得有些發毛，胥良川冷冷地回了船艙，胥良岳也很不快，與趙鳳娘告辭後才進入船艙。

趙鳳娘看了下桌子，淺淺的兩碟小食還剩大半，她讓黃嬤嬤端下去，由著下人們分食，然後回了船艙。

雉娘本想在甲板上多透透氣，可趙燕娘趕人的意思太明顯，她低著頭，也離開甲板。

甲板上，只剩趙燕娘一人，倚在欄杆旁，搔首弄姿，變換著姿勢。

大船內，胥良岳推開窗子，見趙燕娘還在朝他們張望，無奈地搖了下頭。「這趙家的二小姐，真是沒法說，哪有這樣不知羞的女子，明目張膽地看男人。聽說趙家那位去世的夫人為人極陰毒，能養出這樣的女兒也不足為奇。」

胥良川眸色冰冷。趙燕娘豈止不知羞，根本就不顧禮義廉恥，連蓄養面首這樣的事都做得出來。

「此女不堪，岳弟莫要與之親近，若她糾纏，定要遠著些。」

胥良岳瀟灑地打開摺扇，溫雅一笑。「兄長多慮，那等女子，小弟怎麼會去接近？依小弟看，她的眼睛都恨不得黏在兄長身上，怕是意在兄長。」

胥良川想到那黏膩膩的噁心目光，神色冰冷。趙燕娘究竟是不是真的皇后親女，還有待證實，可前世發生過的事，他不想再來第二遍。

趙鳳娘來到渡古，算算時日，過沒多久，太子應該也會追來。

他是太子的伴讀，但年紀並不相仿，他要大上七歲。當初陛下為太子選伴讀時，看中的是胥家的聲望，所以太子雖與他有些情義，卻遠不及和另一位同歲的伴讀那麼親近。太子漸長後，他就離開東宮，算起來也有幾年未曾一起好好說過話。

皇后娘娘、太子，還有趙氏姊妹……他心裡將這些人默想一遍，如何才能破前世的困局，關鍵就在趙氏姊妹的身世上。

猛然間，腦海中閃過一張嬌豔的小臉，想著那小姑娘掩面偷吃的模樣，他的嘴角勾了一下，眼色慢慢轉暖。

船艙外面，又響起漁女的叫賣聲，胥良川讓人買了兩份，自己留下一份，另一份送到隔壁船上。等做完這些，他才回過神來，愣愣地坐著沒動。

胥良岳有些拿不準兄長的意思。兄長怎麼會送吃食給姑娘，這可是破天荒頭一回；再說兄長這人可真不解風情，給姑娘們送東西，怎能送如此粗鄙之物？

胥良川收到堂弟揶揄的眼神，掩飾般地端起杯子，品著茶水。「不過是隨意之舉，並無其他用意。」

「哦……」胥良岳將這個字音拉得長長的，眼看兄長就要黑臉，才正色起來，坐得直直的。

趙燕娘滿心歡喜地看著大船慢慢靠過來，一位隨從遞來一只小籃子，說是胥公子送來的東西。木香將東西接過來，她開心地打開，見是筍乾絲和鹹滷豆子，臉色就沈下來。

送東西的隨從正是許敢。他心知大公子肯定是送給趙家三小姐的，只是礙於別人眼光，只說是送給趙家姑娘；這位二小姐可真有意思，還瞧不上大公子送的東西。

許敢的目光不善，趙燕娘擠出一個笑。「幫我謝過你們大公子，就說我很喜歡。」

誰管妳喜不喜歡？許敢嗯了一聲，黑面黑臉地縮回身子，示意船夫將船划開，與趙家的船隔開距離。

趙燕娘還巴巴地張望著，那大公子派下人送東西過來，怎麼都不露個面？難道他不知道自己一直在甲板上等著？還是他們讀書人都清高，雖然心裡想，卻假裝正經地端架子。

她又等了一會兒，還是不見有人出來，這才提著籃子回到艙內。

趙鳳娘得知是胥家公子送的，說了一句有心。黃嬤嬤正要伸手去接籃子，趙燕娘不給，緊緊地護在懷中。「剛才我腹中不太舒服，大姊買的東西我都沒有嚐過，著實有些可惜，不如將胥公子送的留給我，正好讓我也嚐個鮮。」

趙鳳娘不置可否，隨她去。黃嬤嬤卻變了臉。

二小姐這番作派，可真夠不知羞的，但縣主沒有發話，她再不滿，也只能乾看著。

趙燕娘才不管她們，提著籃子就回了自己的艙房，歡喜地讓木香將小食盛在盤子裡，一邊吃著，一邊心裡美滋滋的，突然不知想到什麼，差點咬到舌頭。

胥大公子這東西究竟是送給誰的，不會是鳳娘吧？

大公子和鳳娘在京中早就認識，兩人不知道有沒有……她的眼神陰狠起來，洩憤般地嚼著筍乾絲。

中午用飯時，那糟魚被蒸好端上桌。趙鳳娘吃了幾口，雉娘很喜歡，卻也只是吃了幾口就沒有再動；倒是燕娘，不知和誰賭氣一般，生生地吃完一條，吃完後就站在甲板上消食，一消就是半天，還特意換上另一套衣裙，重新描了眉眼，那含春的模樣連個瞎子都能看得出來。

黃嬤嬤默不作聲地侍候在趙鳳娘身邊，趙鳳娘冷眼看著趙燕娘，卻未出聲阻止。

雉娘不想和燕娘碰面，就一直待在船艙中，沒再出去。

趙家的船在前面行著，胥家的船在後錯開一些，不緊不慢地跟著，一直到府城，兩位公子也沒再露面。

趙燕娘滿心期盼落空，吹了一下午的江風，臉上濕黏黏的，髮髻也歪到一邊，回屋對著鏡子一瞧，妝也花了，氣得將桌上的東西都掃到地上，發狠地踩了幾腳，心中只餘對趙鳳娘的嫉恨。

下船時，雉娘心有所感地回頭，就見胥大公子站在船頭，面朝著她。江風徐徐，吹起他寬大的衣袖，清俊如水的面容，依舊帶著讓人難以看懂的深沈。

她遙遙地點頭，跟在趙燕娘的後面。

碼頭上，蔡知府派來接人的馬車早已停靠等候，前面的馬車上下來一位少女，約十五、六的樣子，正是蔡知府的嫡長女蔡知奕。

趙燕娘在知府家作過客，與蔡家姊妹相熟，她衝到跟前，歡喜地道：「蔡大小姐，勞妳親自來接。」

蔡知奕朝她點頭含笑，和趙鳳娘行禮。「見過縣主，謝謝縣主賞臉。」

趙鳳娘含笑，與她相互寒暄起來，將趙燕娘冷落在一邊。

趙燕娘心中不忿。雉娘悄悄往後一步，但她容色出眾，蔡大小姐已注意到她，笑著問趙鳳娘。「不知這位是？」

「是我的三妹。此次我們姊妹幾人來到府城，叨擾妳們了。」

「歡迎都來不及，哪裡談得上麻煩？剛才知奕就瞧著這姑娘貌非尋常，原來是縣主的妹妹，怪不得如此讓人過目難忘。」

趙燕娘鼻子裡哼一聲。「我這三妹一直養在自己姨娘身邊，除了一張臉能看，其他的可都不行。」

趙鳳娘利眼掃她一下，回過頭對蔡知奕道：「麻煩妳親自來接，鳳來深感榮幸。」

蔡知奕剛才有些愣神。前次趙燕娘來府城時，也是她們兩姊妹作陪，那時候，趙燕娘就沒有少說自己庶妹的壞話，還慫恿她們如何對付庶出的妹妹。

蔡家也是有庶出子女的，但蔡家姊妹受母親的教誨，覺得庶出的姊妹兄弟都像是小貓小狗，好好養著就行，倒從未想過要如何苛待。

她見鳳來縣主錯開話題，立即接上話。「縣主真是太客氣，本來母親也要來親自迎接的，但府上為明日的宴會之事準備，她抽不開身，望縣主見諒。」

「蔡夫人太過多禮。」

蔡知奕要將趙鳳娘請進前面的馬車，趙鳳娘溫婉地拒絕。「蔡大小姐莫要客氣，我與妹妹們同乘一輛即可。」

幾番推拒，蔡知奕被趙鳳娘說服。「縣主真賢淑，妳們姊妹情深，讓知奕羨慕。」

她將姊妹三人請上後面的馬車，車夫機靈，等人坐穩就緩緩行駛起來。

趙家人一離開，胥家人才開始下船。

第二十四章

日頭已經偏西，又大又紅，灑在河上的餘暉，泛起金光，一片瀲灩。胥良川背著手，任風吹著自己的衣袍，背後是紅日遠山，孤寂又清遠。

他目送蔡家的馬車走遠，再靜立半晌，然後抬腳下船。

後面跟著的胥良岳也疑惑地看著蔡家的馬車，暗自猜著難道兄長中意之人是鳳來縣主？可聽說鳳來縣主和太子走得很近，太子身為儲君，身分權勢都讓人望塵莫及，那兄長要如何做才能贏得佳人芳心，難不成要與太子相爭？

他搖搖頭，打開摺扇，裝模作樣地嘆了口氣。

胥良川冷冷地掃他一眼。「收起你的心思，鳳來縣主與為兄無半點關係。」

胥良岳驚訝地張大嘴。兄長莫不是有讀心術，怎能猜中他心中的想法？還急著撇清……若不是鳳來縣主，又是誰，總不會是那醜陋又做作的趙家二小姐吧？

他一陣惡寒，渾身抖了抖，拋開心思，急忙跟上去。

「兄長，若不中意縣主，那又是誰？」

胥良川淡淡地睨他一眼。「沒有誰。你若再亂說，我讓許靂送你回書院。」

「不要啊，兄長。」

他膽戰心驚地看了一眼跟在後面的黑臉漢子，連忙閉嘴。

姊妹乍坐在馬車上，趙鳳娘冷著臉。「燕娘，妳今日言語有些不妥。雉娘如何，那是我們趙家的事，妳萬不該在外人面前提及。在外人眼中，我們姊妹三人是一體的，一榮俱榮，一損俱損。」

趙燕娘不以為然。什麼姊妹，她可是嫡出，哪是一個庶出的死丫頭能比的？「蔡家姊妹也不是外人，上回我來府城時，她們已與我成為知交好友。再說我也沒有說錯，雉娘除了一張臉以外，再無其他優點。」

雉娘都要氣笑了。趙燕娘老拿她的長相說事，不就是因為自己本身長得醜嗎？

「大姊，妳莫要怪二姊，她說得沒錯，除了這身皮囊，雉娘在女紅琴棋書畫上都不精通，二姊則不同，拋開長相不說，其他的都很出挑。」

她的話語很輕柔，帶著怯意，可話裡的意思卻讓人聽了不太舒服。趙燕娘朝趙鳳娘露出一個「妳看我說得沒錯」的眼神。

趙鳳娘深看雉娘一眼，慢條斯理道：「妳能這樣想很不錯。燕娘莫要心中不平，妳在人前嘲笑雉娘，別人就會在背後說妳不悌姊妹。無論是嫡出庶出，都是父親的血脈，我們姓趙，縱使不能親密無間，也要做到和睦相處。」

她的神色很冷。燕娘這樣的作派，只會讓別人嘲笑趙家所有姑娘，真不知道娘這些年是怎麼教燕娘的，把她養成這樣的性子。在京外還好，渡古縣中父親官職最大，燕娘再如何舉止無禮，也沒人會計較。但京中就不同，世家女子最看重的就是品行，一個品行不好的女子，長得再美貌也沒用，何況燕娘長得也不出色。

聽姑姑透露過想將父親弄到京中，若真有那一天，燕娘這樣可就不妥。

「燕娘，不管妳以前是怎麼想的，從今以後，妳要記住，雉娘是妳妹妹，在家裡鬧些小彆扭沒有關係，但一定要有分寸。在外面，我們姊妹之間要相互維護，妳明白嗎？」

趙燕娘不甘願地嗯了一聲。

趙鳳娘看一眼自始至終都低頭的雉娘，嘆了一口氣。這位庶妹，不知是真的無心口直，還是扮豬吃老虎，可能也是個有小心思的，畢竟是姨娘所出，縱是有些心思，也透著一股小家子氣。

她放輕聲音。「雉娘，妳二姊性子直，妳莫要往心裡去。將來我們姊妹幾人要結成一心，相互扶持。」

雉娘感激地抬頭，聲若蚊蚋地稱是。

馬車到了蔡府，蔡夫人和二小姐蔡知蕊都在門口候著，趙家姊妹下車，蔡夫人立即上前。「縣主一路勞累，能賞光應約，讓我們蔡府滿府榮光。」

「蔡夫人客氣，蔡家盛情，鳳來不敢辜負。」

趙鳳娘笑意嫣然，將二位妹妹介紹給蔡家人。蔡家母女看見雉娘的長相，眼神都閃了一下。

眾人進門，蔡知奕將幾人引到後院的樓閣，此處早已騰出來，以便趙家姊妹小住幾日。

房間收拾得雅緻芳香，桌上還擺放著新採摘下來的花兒。趙鳳娘被安排在最好的房間裡，蔡家人以為趙家只有姊妹二人，故而只備有兩間房，於是讓燕娘和雉娘共住一室。

燕娘老大不高興，不過才被趙鳳娘訓過，心中有氣顯在臉上，卻沒有發作出來。她指著室內的小榻對雉娘道：「我習慣一人睡，妳晚上就睡那裡吧。」

那小榻比一般的床還寬，上面鋪著的被褥看起來也不錯，雉娘不想在小事上計較，聞言點點頭。

燕娘見她乖巧，對她氣消了一些，滿心怨恨起鳳娘來。上回她來蔡府，住的是最好的那間房；這次來蔡府，不僅蔡家人所有的眼光都在鳳娘身上，連其他的都讓她靠一邊。她越想心裡越不舒服，要是當初被接到京中的是自己，那麼所有的一切榮耀都是她的。

雉娘不理會燕娘心中所想，和烏朵二人將東西搬進來，主僕二人一個坐著一個站著，暫時小憩一會兒。

蔡家備好接風的宴席，姊妹幾人收拾好便被人請到花廳。蔡夫人帶著兩個女兒作陪，趙鳳娘姊妹三人坐在另一邊。

蔡家兩姊妹長得都像蔡夫人，頗有幾分姿色，大小姐穩重，二小姐活潑，一靜一動，和趙鳳娘聊得不亦樂乎。

蔡夫人有幾分風趣，說笑間，氣氛更加緩和。

她帶著笑意對趙燕娘道：「一段時日不見趙二小姐，比以前看起來要清瘦一些。」

「最近家裡事多，母親不在，我在操持後宅，所以瘦了一些。」

趙燕娘這話說得蔡夫人臉色一變。趙縣令家那位夫人的事蹟都傳到府城，人人都道董氏死有餘辜，她本來對於再次邀請縣主的事情有些猶豫，思量了好幾日，遲遲沒有行動。

最後還是夫君問起，她才將自己的擔憂說出。夫君略微深思，直接道縣主背後靠的是皇后娘娘，又是長在京中的，雖是董氏所出，卻無什麼關係，讓她放心結交。

她一直刻意不去提起趙家的事，誰知趙家二小姐主動提及。前次二小姐來家中作客，為人就讓人不喜，若不是看在縣主的分上，這樣的人她們還真不想再結交。

說起來，就董氏那樣的為人，能教出什麼好女兒？她轉頭看向趙鳳娘，趙鳳娘依舊帶著笑意。「我二妹這話說得不假，我才從京中來，家裡的事情都有些不太清楚，都是二妹安排的，真難為她了。」

「二小姐能幹，以後必是理家的好手。」

趙燕娘眼有得色，頭昂得老高。坐在一邊的蔡知蕊嘴角撇了一下。趙燕娘前次在家中作客，作派舉止都十分討厭，眼皮子又淺，看到自己的首飾都想借戴，臨走時還被她磨去一對寶石耳鐺，要不是看在縣主的分上，誰會邀請她一個縣令之女來作客。

一頓飯畢，眾人去園子裡邊逛邊消食。趙燕娘拉著蔡知蕊的手，親熱地說話，蔡夫人和蔡知奕一左一右地伴著趙鳳娘，只有雉娘一人落在後面。

她看得分明，那蔡家的二小姐幾次想掙脫燕娘的手，卻被燕娘抓得死死的，心不甘情不願地走著。

眼見日暮天涼，蔡家人體貼地讓她們去休息，姊妹三人回到樓閣，各自歇下不提。

翌日一早，蔡家就熱鬧起來。夫人們陸續來到，還有一些未出閣的姑娘，為了這次宴會，蔡夫人可是準備許久，城中的官家夫人們也早就等著這一天，誰都想和鳳來縣主攀上交情。

蔡府的下人們將馬車引到外面的側邊，然後領著她們進入園子。園子早就被裝飾過，煥然一新。

臨洲城的夫人們以蔡夫人馬首是瞻，蔡夫人又討好著趙鳳娘，趙鳳娘被眾人簇擁著，如眾星捧月。

她身著粉色的流仙百花裙，妝容淡雅，梳著高高的飄雲髻，上面簪著寶石珠花，髻子微微向後彎著，如幕的長髮散開，像流水一般。行走間，裙襬似金光閃現，層疊如波，整個人飄逸如仙。

眾夫人讚嘆著，這才是皇家的作派，不愧是縣主。趙燕娘被排擠在外面，遠遠地看著這一幕，更是妒火中燒。

為了這次宴會，蔡家可是下了血本，請來聲名遠播的今朝喜戲班子，今朝喜的臺柱柳老闆也會登臺。戲臺早已搭好，眾人落坐，趙鳳娘和蔡夫人坐在最前方中央，其次是身分高些的夫人和蔡家的兩位小姐，邊上是燕娘和雉娘，後面才是其他的夫人和女兒們。

座位之間的小桌上，早就擺好花茶點心還有果盤，點心精緻，香氣盈鼻，夫人們相互談笑著，卻無人顧得上吃一、兩塊。

臺上的大幕慢慢拉開，甩著水袖的花旦嫋嫋婷婷地上臺，點翠頭面青烏髮，臉上是極其豔麗的妝，眼睛水盈盈的，一回首，一挑眉，一甩袖子，萬般風情。

雉娘聽不懂戲曲，但不妨礙她欣賞美人。臺上的旦角身段柔媚，眼睛裡全是戲，就那麼輕輕地一拋媚眼，讓人神魂顛倒。

夫人們沈醉其中，漸漸無人再說話，蔡家的兩位小姐都看得專注，尤其是二小姐，跟著那花旦的唱腔，嘴巴也在一張一合。

一曲畢，其他角色接連登場，餘音繞梁，眾人已經入迷。蔡夫人認真地聽著，趙鳳娘也含笑認真地看著臺上。

「柳老闆果真名不虛傳。」夫人們小聲議論著。

等一齣戲進入尾聲，管樂停止，戲子們紛紛轉入幕後，大幕拉上。

夫人們這才回過神來，紛紛議論起方才的精采橋段，滿口誇著柳老闆的功力，雉娘不知哪位是柳老闆，心下猜測。

不一會兒，一位仍未卸妝的戲子走出來，白色的直裰，前胸平坦，正是剛才讓人驚豔的花旦。

他躬著身朝夫人們行禮，口中說著吉祥話，蔡夫人歡喜地讓人打賞，趙鳳娘也讓人備上賞銀。雉娘方知這位就是柳老闆。

柳老闆再三道謝，才轉回戲臺，臨走時眼波勾轉，雉娘打了一個寒戰。

大幕重開後，又換上另一隊人馬。趙燕娘有些坐立不安，偷偷地起身，雉娘心不在臺上，小心地留意周圍，見那蔡家的二小姐也悄悄離開。

好一會兒，第二齣戲都快要落幕，趙燕娘才回來，臉上神神秘秘的，帶著嘲弄的笑，不時地瞄著蔡家二小姐的位子。

雉娘心下納悶，轉頭一看，蔡家的二小姐也已歸位，臉色紅紅的，眼神迷離，嘴角噙著笑。

臺上在演繹著悲歡離合，臺下人也如癡如狂，動情之處，用帕子拭淚。

看完戲，蔡夫人引著眾人回到廳中，府中下人們早已佈置好，大家依次落坐，蔡夫人一拍手，丫鬟們就端上烹好的佳餚。先是冷盤，後是熱菜，菜色精緻，無論品相還是色澤，都讓人食指大動。

趙鳳娘自然又被人如眾星拱月般圍坐在正中間，燕娘和雉娘被安排在另一側桌。席間，眾人談笑風生，都是圍繞京中的事情。女人們在一起，免不了要談論一些大家都感興趣的事，比如衣飾面料、美容膏子，夫人們妳一言我一語地問起，趙鳳娘輕聲慢語，一一道來。

京中繁華，流行的料子花樣都未傳到臨洲，趙鳳娘對這些如數家珍，往往寥寥幾句，就能形容出華美的東西。

夫人們帶著討好，認真地聽著，姑娘們眼中透著神往，熠熠生輝，恨不得插翅飛到京中，全都用羨慕的目光看著趙鳳娘。

雉娘認真聽著趙鳳娘的話，側面瞭解這個世界的風土人情。慢慢地，她感覺到已經有好幾位夫人用打量的眼神看向這邊，讓人覺得有些不舒服。

趙燕娘插不上嘴，鳳娘說的那些，她聞所未聞，有心也想顯擺幾句，幾次張口，都無人搭理，越發氣悶。而蔡家的兩位小姐和別人一樣，聽得入神，沒有注意到她。

等趙鳳娘說得差不多，蔡夫人也帶頭說起臨洲的一些事情。臨洲與京中自是無法相比，每每說到差異之處，眾夫人又是感慨。

「京中熱鬧，哪是咱們小小的臨洲能比的。」

「是啊，咱們臨洲一年都難得有幾回盛會，此次若不是縣主駕臨，哪有機會讓我們聚在一起。」

趙鳳娘隨意問道：「臨洲城中，最近可是有什麼威望的老者要過壽誕？」

「縣主問得不錯，明日是方大儒的六十大壽。」蔡夫人回道。

趙鳳娘點頭，帶著仰慕的神色。「原來是方大儒，鳳來一直久仰大名，倒是趕巧，明日正好去拜訪。」

方家是書香世家，雖比不上胥家那麼名揚四海，但也是幾百年的大世家，和北方的文家齊名，兩家皆是低調又有底蘊，從前朝到現在，如長青樹一般屹立不倒。方家人不愛官場，隱於市井，方大儒年少成名，風姿卓絕，只不過他和先輩們一樣，視科舉如無物，寄情於山水，反倒深受讀書人的景仰。

雉娘心下一動。趙鳳娘必是想起胥家人上府城作客，才有此一問；能和胥家是故交的，必然也不是等閒之輩。

不愧是常出入宮中的人，這般心細，常人難及。

第二十五章

她們這一桌坐的都是姑娘，也是各家的嫡出姑娘，姑娘們交頭接耳，大家都是相熟的，趙燕娘和蔡知蕊坐在一起，也有說話的對象。只有雉娘，一個人也不認識，也沒有人搭理她，除了埋頭吃東西，再也找不到其他事情做。

她是庶出，蔡夫人是看在鳳娘的面子上將她排在這一桌，聽說知府家裡也是有庶女的，不過都沒有出現。

蔡知蕊可能是心情極好，與趙燕娘說起話來，臉上都透著興奮。

趙家的三姊妹都沒有定人家，在座的夫人們家中有子的，都有些小小意動，仔細一思量，又似被冷水淋頭，滅了心思。

縣主身分高貴，以她們的家世，再是嫡子也高攀不上。趙二小姐身分倒是相配，只不過長相實在讓人不敢恭維，雖說娶妻娶賢，可也不能委屈自家兒子。至於趙三小姐，美則美矣，卻是小妾所出，看起來嬌嬌怯怯的，不堪為大婦。

要是替家中庶子說親，趙三小姐倒是可以考慮；作為嫡母，為庶子結這門親又心不甘，趙三小姐雖然好拿捏，但她有個高貴的嫡姊，不能輕易苛待。

細觀縣主的作派，是個護短的，要不然也不會帶著庶出的妹妹出門作客。以後的事情也難說，就怕千方百計娶個庶女進門，反而成為庶子的助力，將自己的親生兒子比下去，想想都不划算。

雉娘不知這些夫人心裡已經將她想了個遍，趙燕娘更是一無所知，一面和蔡知蕊說話，一面頻頻地望向主桌，見趙鳳娘淡然溫和的樣子，眾人滿口恭維，頓時覺得眼前的佳餚都失了味道。

臨洲靠水，菜色是河鮮居多，雉娘留心著他人的舉動，烏朵不聲不響地替她布菜，主僕倆被人忽略，倒也自在。

宴會結束，夫人們攜女各自散去，蔡夫人一一送別。此次宴會很成功，她覺得很有面子，滿臉紅光。

趙鳳娘是客，宴會結束後便回到樓閣，將燕娘和雉娘召到一起，說明日要去方大儒家賀壽，讓她們做些準備，莫要失禮人前。

趙燕娘這才反應過來，心中高興。「胥家大公子不是說要去參加故交的壽宴，可是這家？」

趙鳳娘聞言，認真地看了她一眼，眼皮蓋住眸光。「嗯，興許是吧。方大儒可是當世大家，妳們明日不求出眾，但求無過，行事穩重些，切莫招惹是非。」

這些話，趙燕娘都沒有聽進去。她心心念念地想著明日就可以見到大公子，心裡美得冒泡，腦子只想著明日要穿什麼、戴什麼才能吸引大公子的目光。

等燕娘和雉娘離開，趙鳳娘神色淡下來，帶著漠然。黃嬤嬤見機道：「縣主，是否要提點一下二小姐？」

「不用，隨她去吧。不知天高地厚的東西，讓她碰個釘子，她就會知難而退，免得以後惹出更大的麻煩。」

她的聲音冷冷的。憑胥家的聲望和胥大公子的人才，怎麼可能看得上燕娘？若是她從中阻撓，以燕娘的性子不會領她的情，必然會懷恨在心。這個惡人，她不想做。

就燕娘這性子，長在遠離京城的地方還好，一旦父親進京為官，全家勢必要搬到京中；京中貴人多如牛毛，隨便都能碰上世家子弟，以燕娘愚蠢的個性，萬一衝撞哪位貴女，必然惹來麻煩。

說是嫡女，還不如姨娘養的雉娘省心。雉娘雖懦弱，卻不輕易招惹是非，也不愛多說話。可燕娘年紀已十七，性子已生成，再糾正的可能不大，若放任下去，就怕到時候拖累自己。索性讓她吃些苦頭，在男女之事上栽個跟頭，碰下釘子，或許能讓她醒悟過來，不再這麼蠢。

母親一死了之，丟下一堆爛攤子，不僅有個壞名聲，還留下燕娘這麼個不成器的東西……

趙鳳娘離家時尚是嬰兒，對董氏沒有半點印象，談不上母女情深；如今董氏背負那樣的惡名死去，她也沒有什麼其他情緒，只覺得頭疼，不由伸手按撫額頭。黃嬤嬤立刻接手，替她捏起來。

片刻過後，頭疼有所舒緩。

「明日妳盯著點二小姐，我怕她在方大儒的壽宴上失禮。」

「是，縣主。」

黃嬤嬤是宮裡出來的老人，趙燕娘的那點心思又怎能瞞得過她？她心中譏笑趙燕娘不自量力，竟然敢妄想胥家大公子。同時又有些自得，自家的縣主身分上配大公子倒是夠的，只不過縣主有更好的人選。

京中誰人不知太子殿下最看重縣主，縣主又深得皇后娘娘寵愛，說不定以後會入主東宮，成為太子妃。

她以後身為太子妃身邊的嬤嬤，將來太子登基，自己的主子被封后位，那麼她就會重回宮中，成為中宮之主跟前的第一紅人，風光無限。

對於縣主交代的事，她定然辦得妥妥的，明日必定要一眼不錯地盯著二小姐，以免她舉止太過輕浮，招來閒話。

趙燕娘不知道鳳娘的打算，還在作著明日要怎麼樣引起胥大公子注意的美夢。她將隨身帶來的衣物都試了個遍，還是不滿意，每件衣服放在渡古縣都算是上乘的，可和鳳娘的衣服一比，都黯然失色。

她眼珠子轉了轉，起身朝鳳娘的房間走去。

黃嬤嬤見又是她，臉上精采萬分。趙燕娘才不理她，徑直坐到鳳娘身邊。「大姊，咱們姊妹一體，燕娘不想給妳丟人，可是我帶來的幾套衣服都上不了檯面，不如大姊妳隨便勻一身給我。」

黃嬤嬤黑了臉。這位二小姐真是不知所謂，縣主的衣服，哪是她一介平常女子能穿的?!

趙鳳娘看一下嬤嬤，緩緩道：「我的衣服很多不太適合妳，倒是有兩身，或許妳能穿。」

黃嬤嬤會意，將兩身沒有繡金邊的衣服拿出來。趙燕娘一看，嘟起嘴巴，老大不高興。這兩套衣服看起來普通，只是簡單地繡著小花，哪能讓人眼睛一亮？

她滿臉不高興，黃嬤嬤還不樂意。縣主的這兩身衣服別看繡花簡單，料子可不尋常，是皇后娘娘賞賜下來的鮫絲織綃錦，一般的官家小姐終生都未見過。

「大姊，這衣服太素淨，與我不相配。妳不是還有很多華麗的衣裙，是不是捨不得才不拿出來，光拿這樣的衣服出來打發我。」

「燕娘，在妳的心中，我就是這樣的人？真讓人心寒，別看我的衣服多，也就這兩身能勻出來，其他的都不合規矩。妳沒有品階，不能穿出去，否則會惹來是非。」

「不借就不借，說什麼身分！我是妳嫡親的妹妹，妳少用縣主的身分壓我。」趙燕娘臉色青白交錯，氣得拍拍屁股就走人。

品階二字像針一樣扎在她心裡。若姑姑帶走的人是自己，那品階不就是自己的，哪有趙鳳娘什麼事？趙鳳娘得了便宜還賣乖，借一身衣服都捨不得。

趙鳳娘也冷了臉。燕娘真是太不知禮數，她可是有食邑和封號的縣主，正五品，穿戴的衣物哪是燕娘可用的！

她盯著那兩套衣服出神，眼皮子直跳。燕娘這性子，遲早要出事。

趙燕娘氣呼呼地回了自己的房間，見雉娘主僕二人都在，她眼珠子轉了轉。「三妹，明日去赴會，妳打算穿哪身衣服？」

「隨便哪身都可以。」

雉娘隨意答著。她就那幾身衣服，穿哪身都可以；再說不過是去參加壽宴，沒有必要花枝招展。

趙燕娘更加來氣。這死丫頭仗著一張臉，口氣倒是大。

「這怎麼能隨便穿？妳沒有聽說，方大儒可是極有威望的人，妳可不能給我們趙家丟臉。」

雉娘嗯了一聲，趙燕娘越發來勁。「說起來我們都是姊妹，但我們的衣服和大姊比起來，就像天上地下。我見大姊的衣服都是極好的，要不妳去找大姊借一身，保證妳明天驚豔四座，說不定還能入其他人的眼，為妳招來好姻緣。」

雉娘暗自好笑，這是慫恿自己去找鳳娘借衣服，怕是她自己在鳳娘那裡碰了釘子，才起的心思吧！

「大姊是縣主，穿戴豈是常人能比？雉娘穿自己的衣服就好。多謝二姊提點，要不二姊自己去借，明日獨冠群芳，豈不更美？」

趙燕娘狠狠瞪她一眼。「不必了，女子端莊即可，打扮得太輕浮，會招人詬病。」

雉娘意味深長地笑一下，沒有再接她的話，吩咐烏朵將明日要穿的衣服翻出來。

趙燕娘在屋裡走來走去，臉色一會兒紅、一會兒黑的，不一會兒又掀簾出去，等回來時，手中捧著一套豔麗的衣裙。

她對著鏡子比劃，滿臉興奮，然後去屏風後面換上，走出來問雉娘。「妳看，這身衣服配不配我？」

衣服的料子很好，顏色豔麗，繡花也十分精緻，纏纏繞繞的，只不過穿在她身上有些緊，腰身處勒得緊緊的，一看就有些不合身，也不知她是找誰借的。

趙燕娘身形似董氏，骨架子粗，再如何瘦都比別人看起來要壯實，若是借趙鳳娘的衣服，十有八成也是不合身的。

雉娘點點頭。「二姊穿什麼衣服都好看。」

「算妳會說話。」趙燕娘喜孜孜地在鏡子前左看右看，很滿意。

蔡知蕊很識相，她一開口就借到衣服，若不然，她就抖出對方的醜事。

她的心情極好。這鮮亮的顏色特別襯膚色，想著明日能見到大公子，心頭一熱，不知大公子會不會露出驚豔的眼神？

雉娘低頭失笑。趙燕娘這大張旗鼓的是要做什麼，難不成還想將趙鳳娘壓下去？這對雙生姊妹不僅長得不像，心也不齊，趙燕娘明顯處處想和趙鳳娘相比，趙鳳娘對嫡親妹妹也不怎麼親熱。

趙燕娘一會兒戴上寶石頭面，一會兒換上金頭面，然後又是描眉畫眼，不停地問雉娘，雉娘敷衍地答著，折騰到很晚，趙燕娘確定明日的穿戴才歡喜地睡去。

雉娘和烏朵對視一眼，無奈地鋪床睡覺。

次日清晨，趙氏姊妹與蔡家人一同去參加方大儒的壽宴。蔡家人看起來十分重視，母女三人都穿得莊重而不失華麗。

見到趙燕娘的穿著，蔡夫人用眼神詢問二女兒。蔡知蕊心情有些不好，說是自己主動借給燕娘的，蔡夫人將信將疑。

這次趙家姊妹三人分開，鳳娘獨乘一輛馬車，燕娘和雉娘同乘另一輛。

方家的老宅在城南，古樹蒼老，屋子質樸，從外面看只覺得裡面庭院深深，幽靜隔世。下人們將一行人引進院子，本來賓客們並不多，受邀的只有幾位世交，像蔡夫人這樣的官夫人，不過是順著面子情才相請的，但不知為何來了許多臨洲的官眷。

站在門外迎客的是方大儒的長媳和次媳，方大夫人也是出身書香門第，為人卻不像家中的男人那般清高，頗有些八面玲瓏。除了蔡夫人，臨洲城其他有些來頭的夫人也都在應邀之列，不過這些事情都瞞著方大儒。

她熱情地接待蔡夫人一行，對蔡家兩個女兒讚不絕口。蔡夫人打住她，急忙替鳳娘引見。得知鳳來縣主來參加壽宴，方大夫人又驚又喜，拉著鳳娘，行完禮後好一頓誇讚。

鳳娘微笑著，目光真誠，方大夫人更是拉著她的手不放，連蔡夫人都被晾在一旁。蔡夫人不怎麼介意，趙燕娘卻氣歪了嘴。

方大夫人留下二夫人，親自將她們領進去，去拜見做壽的方大儒。

方大儒坐在中間，儒雅清俊，身著白色廣袖長袍，髮束高髻，未戴冠，只用布巾包著；

面清如水，看起來最多不過四十出頭的樣子，完全不像一位花甲老人。

他的臉色不是太好看，甚至眉頭都有些皺起來。本來只想簡單慶祝，哪知長媳下了這麼多帖子，來了這麼多人，鬧哄哄的，一點都不清靜。

坐在他身邊的是方老夫人，一張圓臉，慈眉善目，透著平和，卻顯老相，與方大儒不像夫妻，看起來相差十來歲。

方家的小輩都齊聚一堂，長房和二房的孫輩們都來賀壽，方老夫人看著兒孫們，眼神慈愛。

方家大房育有二子一女，二房一子一女，都是嫡出，方家雖然沒有像胥家那樣有明確的祖訓，規定後輩四十無子才能納妾，但自先輩以來，兒孫們嚴以律己，鮮有人納妾，庶出子女更是少之又少。

方家的三個孫子和胥良川兄弟倆站在一處，還有另外一位男子，是北方文家的長孫文齊賢。

方大夫人一進廳堂就介紹趙鳳娘，趙鳳娘將備好的賀禮送上，是一幅古人的字畫，還是一位傳世的名家。方大儒點了下頭，示意下人將東西收好，然後站起來和她見禮。

接下來，蔡夫人見禮，也送上賀禮。

趙燕娘一進門就眼珠子亂轉，找尋到胥大公子的身影後，就定著不動。胥良川目不斜視，胥良岳露出嫌棄的眼神。

雉娘在後面低著頭，靜靜地站在她們後邊。

趙鳳娘和方氏夫婦相互見完禮後，隨意介紹一下自己的兩位妹妹。雉娘微微抬起頭，看到了方大儒，吃驚於對方的年輕，完全不若想像中的老者。

她學著別人的樣子，和方大儒行禮，口裡說著中規中矩的祝福話。

方大儒瞧清她的面容，心神一震，站起身來。「妳是誰？」

趙鳳娘一愣，回道：「方先生，這是我的妹妹，行三。」

「妳的妹妹？」

方大儒的語氣冰冷。趙縣令家的那位毒婦傳得人盡皆知，聽說姓董，他的眼瞇起來。「趙家的三小姐，嫡出還是庶出？走上前來。」

雉娘有些納悶，依言向前走一步。「回先生的話，小女子是趙家的庶出姑娘。」

「庶出？」

方大儒清冷的眼神變得凌厲起來，狠狠地看了一眼身邊的方老夫人。方老夫人的眼中布滿陰霾，死死地盯著她，帶著冷漠。

這一變故讓在場的眾人回不過神來，廳堂中眾人的眼神都看向雉娘，帶著探究。

第二十六章

雉娘今日穿的是一身湖藍的裙子，並不是什麼特別的款式，裙襬上也沒有繡花。她膚如雪，唇如櫻，靜立著就如同一幅畫，連微垂的頸子都顯出迷人的弧度。

眾人的目光全落在她身上，有探究的，有驚豔的，還有不屑的。她心裡一個激靈。看方氏夫婦這反應，莫非方家與鞏姨娘有關？

方大儒已經走到她的跟前，她被迫抬起頭，與對方直視，那通透又沈靜的眼神中溢出懷念和期待。

趙鳳娘率先開口。「方先生，您以前見過我的三妹嗎？」

方大儒沒有回答她的話，目光緊緊地鎖著雉娘。雉娘微垂下眼皮，正好看到他袖子裡的手，白瘦修長，緊緊地握成拳。

「敢問趙三小姐生母是誰？」

這話問得突兀又無禮，可他的話語中透著一絲篤定和急切。眾人心知，趙三小姐的長相必是似先生的一位故人，所以才有此一問。

雉娘心中微動，小聲清楚地答道：「回方先生的話，小女子的姨娘姓鞏。」

「鞏？」方大儒神色激動起來。「她可是名喚憐秀？」

雉娘搖了下頭，表示自己不知。她不知道鞏姨娘叫什麼名字。

方大儒轉向趙鳳娘，語氣冰冷。「妳剛才說鞏氏是妳家的姨娘？」

趙鳳娘已經猜到鞏姨娘肯定和方家有某種聯繫，點點頭。「是的，鞏姨娘是我父親的姨娘，三妹正是她所出。」

他閉上眼，神色痛苦。趙家那位毒婦的事情也傳到府城，憐秀在那虎狼婦人的手下討生活，又哪會有什麼好日子？看她生的女兒就知道，怯怯的，膽小又謹慎，不知道受過多少搓磨。

還在座上未起身的方老夫人臉上青白交加，早已沒有剛才的平和之氣。

方大儒的手微微抬起，想要抓住點什麼，復又垂下。他睜開眼睛，看著雉娘。自己愧對素娟之託，憐秀當年不知所蹤，都是他的錯。

他艱澀地開口道：「妳姨娘這些年可好？」

雉娘輕輕地搖頭。她實在不想說違心的話。

「回方先生的話，大人的事情，小女子不敢妄議。不過在小女子看來，姨娘過得不算好。」

趙鳳娘眼眸閃了下，沒有出聲反駁。母親的事情肯定傳得人盡皆知，雉娘說鞏姨娘過得不太好，也不算說錯，若說過得好才讓人奇怪。

方大儒面上略有痛色，問雉娘。「妳叫什麼名字？」

「回先生，小女子閨名雉娘。」

雉娘？他轉向一邊的趙氏姊妹，若是記得沒錯，趙縣主閨名鳳娘，這名字都是誰取的，用心之惡，讓人發寒。

趙鳳娘被他看得心驚，正要說些什麼，就見他已經轉過頭，認真地盯著雉娘。

「可識字？都唸過什麼書？」

雉娘想了想，斟酌道：「略識得幾個字，最近有讀過一些史記和地方遊記。」

方大儒的眼神帶著一絲驚訝。「遊記？妳還愛看這樣的書……說說看，都有什麼心得和感悟。」

「回先生的話，雉娘以為讀萬卷書，不如行萬里路，書中的道理是死的，而路上的風景卻是活生生、千變萬化的，就好比做人做事，要懂得變通。」

「不錯，妳小小年紀，有此覺悟，也算是難得。」

「先生高看小女子，雉娘愚鈍，對於琴棋書畫女紅繡技都不精通，只願做個平凡俗人，在世俗的風土人情中找一些樂趣，萬萬當不起難得二字。」

方大儒認真地打量她，長得像憐秀，也像素娟，卻又與她的生母、外祖母不同，多了一絲堅韌。這孩子是個聰明的，懂得示弱，卻又有自己的想法。

「好，雉娘，若妳不介意，可以喚我外祖父。」

外祖父？

不僅雉娘覺得吃驚，在場所有人都被這番變故弄得措手不及。鞏姨娘若真是方大儒的女兒，怎麼會獨自一人流落到渡古，還給人做妾？有些說不通。

方老夫人深吸了幾口氣，平復神色，終於起身。「夫君，怪不得妾身也覺得這孩子長得討喜又合眼緣，原來是憐秀的孩子。想不到出落得如此標緻，和憐秀長得可真像。」

真想不到那賤丫頭還活著，不過竟是做了姨娘，真是老天有眼，和她那娘一個德行，方老夫人心中解氣。

當初她嫁進方家，人人都羨慕她，丈夫學識過人，長相出色，她滿心歡喜，一心操持家務，生兒育女。誰知幾年後，丈夫在外面置了一間宅子，等她發現時，那宅子裡的女子已快要臨盆。木已成舟，她再不甘也得認，幸好生下的是個賠錢貨。

丈夫養著那母女倆，一養就是許多年，她也並非是不通情達理的婦人，幾次提出想接那母女倆回來，丈夫都不同意，還說什麼鞏素娟是故交之女，根本就不是他的外室。

她幾次逼問，既然是故人之女，那鞏素娟怎麼會獨身一人，還生下孩子？孩子的生父又是誰？丈夫不肯回答，分明說不出人來，鞏素娟就是他的外室，憐秀就是兩人苟且生下的孩子。

那賤丫頭十歲時，鞏素娟去世，她又提出想將人接回來，就算是庶女也沒有養在外面的道理。但丈夫還是不同意，她氣恨難當。一個庶女而已，一直養在外面算怎麼回事？她幾次找上門，被丈夫發現後，狠狠地訓斥。

終於等到那丫頭十六歲時，丈夫去赴一位老友之約，她逮著機會進了宅子，將那丫頭趕出去。

她收回宅子，轉手賣了出去，丈夫回來時大發雷霆，派人四處尋找，也沒有找到那丫頭的蹤跡。

為了那丫頭，丈夫一直不肯原諒她。她也氣苦，與他分房而居，後來孫輩們慢慢長大，兩人關係才漸漸緩和起來。

真是報應，那丫頭和她娘一樣，也給人做妾，竟然成為渡古縣令的妾室。

方老夫人愛憐地拉著雉娘的手。「長得可真像憐秀，看著就惹人心疼。來，孩子，莫怕，我是妳嫡外祖母。」

方大儒沈著臉，沒有作聲。

蔡夫人先笑起來。「恭喜方先生，賀喜方先生，今日真是雙喜臨門。」

其他人也開始說起恭喜的話來。方大儒的庶女居然是趙家的小妾，看方家人的樣子，原先竟是不知情的，不用想也知道此事必有蹊蹺。

但眾人都是人精，只說賀喜方家。方大儒的臉色好看起來，趙鳳娘也一臉欣喜，唯有趙燕娘，狠毒的目光都要將雉娘戳出一個窟窿。

方大儒與夫人育有二子一女，雉娘與他們一一見禮，雖然匆忙，但兩位舅母都拿出了見面禮。

方家的大夫人和二夫人剛開始也有些茫然，見公爹婆母都認下這趙家的三小姐，想著不會弄錯，順著面子情，隨手給了雉娘見面禮，挑的都是身上最不值錢的首飾。

雉娘也向她們行禮，然後見過表兄弟姊妹。相比表姊們的冷淡，幾位表兄可就是熱情萬分，方家的兒孫們個個透著書卷氣，長相雖不太相同，氣質卻如出一轍。

方大儒順勢引見胥家兄弟和文家的長孫，雉娘也一一行禮。好好的壽宴，變成認親大會。

胥良川深邃的眼神看著她。這個小姑娘，每回見面都讓人意外。

前世裡，從未聽說過方家還有庶女，也沒有出現過認親一事……他的目光緊緊地盯著纖弱的小姑娘。由她開始，身邊的人和事與上一世慢慢有所變動。

他旁邊的胥良岳也認真地看著雉娘。上次這位三小姐躲在鳳來縣主的身後，他沒有瞧清楚，原來長得竟是如此殊色，他心念一動，不自覺地看了身邊的兄長一眼。

兄長目不轉睛地盯著人家姑娘瞧，他恍然大悟。怪不得兄長舉止與平日有異，原來是看中這趙家的三姑娘。他打開摺扇，朝雉娘露出善意的笑。

等認完親，眾人才落坐。雉娘被安排在方家孫女那一邊，方家長房和二房各自只有一位嫡出小姐，名喚方靜怡和方靜然。方家姑奶奶嫁入京中，只派了兒子來賀壽。

方靜怡和方靜然都是大家閨秀的作派，自小飽讀詩書，為人清高，尤其方靜怡是嫡長孫女，連蔡家的大小姐都不放在眼中。

相比蔡家，方家底蘊更加深厚，方靜怡從小習琴，琴技出神入化，六歲生辰就收到祖父送的清澗，號稱天下第一琴的清澗在別人眼中是遙不可及的神器，在她的眼中，卻是一件練技的樂器。

蔡家大小姐每次相請，她心情好就去赴會，心情不好便直接推拒，蔡家人也不敢有半分不悅。

對於雉娘這位多出來的表妹，她神色淡淡的，談不上親熱。一直以為祖父祖母相敬如賓，祖父是修身養性的好男人，誰知竟冒出庶女，還半路殺出一位表妹。

再說這位表妹看起來弱弱的，沒見過世面的樣子，聽她剛才回答祖父的話，就可以聽出表妹沒什麼才藝，光會看閒書，不值得相交。

方靜然想的則是另一回事。她不比方靜怡那般有才情，對於才藝都略通，但談不上多精。她喜愛結交朋友，喜歡享受別人追捧，高高在上的感覺，向來又自負美貌，這冒出來的表妹雖然沒有什麼本事，可架不住人長得漂亮，同性相嫉，她也高興不起來。

雉娘低著頭，心中不停揣測著。鞏姨娘一位書香世家出來的小姐，就算是庶出的又怎麼會給趙縣令做妾？怕又是後宅的陰私，方老夫人最初的臉色她可是看在眼裡，就怕是面甜心苦的。

姨娘從未提過自己的來歷，可能便宜父親也是不知情的，要不然哪裡肯讓方大儒的女兒做妾？

這麼尷尬的身分，她都不好意思和方家的姊妹攀交情。幸好方家姊妹也不想和她交好，大家反倒自在，索性少說話，無人搭理就坐著發呆。

在座的很多夫人暗道可惜，剛剛方大儒考校趙家三小姐，還誇了幾句，她們以為趙三小姐不愧流著方家的血，是有幾分見識的。可看到她和其他姑娘坐在一起，木訥又拘謹，心中感嘆，又是個被養得廢掉的庶女，白費了方家的血統。

蔡家的兩姊妹和趙燕娘坐在另一邊，而趙鳳娘自然和蔡夫人、方大夫人坐在一起。方氏姊妹與蔡氏姊妹是舊識，幾人聊得開心，趙燕娘氣鼓鼓地瞪著雉娘，冷哼一聲。

蔡知蕊眼裡冒火，盯著趙燕娘身上的衣服。這身衣服是新做的，還未上過身，用料和繡工都精緻；可趙燕娘看上這套，非要借走，還說一些陰陽怪氣的話，她心裡發虛，就同意借出去。

新衣服被趙燕娘撐得腰身那處都要綻線似的，就算還回來了她也穿不成，好好的衣服就廢了，越看那醜女就越來氣！

她輕蔑地看趙燕娘一眼，然後大聲說著。「二小姐，妳可是對自己的庶妹有什麼不滿？我這都看見妳瞪她兩回，可憐她嚇得連菜都不敢吃，不知道在家裡是不是也常這樣，也真可憐。」

她話一出，不僅桌上的方家姊妹側目，主桌上的人也聽得清清楚楚。雖然男女不同席，男席和女席之間隔著屏風，可聲音還是傳進方大儒的耳中。他放下筷子起身。

所有人都不知道他要做什麼。大家方才都還說著吉祥話，恭喜大儒找到女兒，連外孫女也一同找回；方大儒雖然面上冷清依舊，神色卻是舒展，看起來心情不差。

哪知女席那邊傳來大聲的尖刻之音，他們暗道不好，就見方大儒已經離席，低聲讓下人備馬車。

壽宴才進行到一半，壽星公竟要出去，這是前所未聞的事情。

方老夫人急急追出去。「夫君，你這是要做什麼？」

「憐秀的女兒在家中竟然如此受氣，連飯都吃不飽，我哪裡坐得住！我倒要去問那趙縣令，究竟是怎麼縱容毒婦行凶，苛待庶女！」

趙鳳娘不贊同地看燕娘一眼，燕娘一副不知悔改的樣子，對蔡知蕊喊道：「我們姊妹的事情，外人多什麼嘴？蔡二小姐還是管好自己的事，整天想著和戲子勾勾搭搭，還有臉來指責別人。」

蔡知蕊臉色大變。蔡夫人急急地責問：「趙二小姐，妳可把話說清楚，莫要紅口白牙地污別人的名聲。」

「可是我親眼所見，蔡二小姐和今朝喜的柳老闆兩人眉來眼去，在園子裡私會，二小姐還倒在柳老闆的懷中。」

「趙二小姐肯定是看錯了。」

趙燕娘昂著頭。「我沒有看錯，又不是七老八十、耳聾眼花，活生生的兩個大人，哪裡會看錯？」

「燕娘。」趙鳳娘制止她。「蔡夫人說得沒錯，妳是看錯了，還不快跟蔡二小姐道歉。」

「我沒有！」趙燕娘說著，見眾人對她露出鄙夷的眼神，賭氣般地跑出去。

方大儒已經坐上馬車，吩咐車夫去渡古縣。

一番變故打得方家人措手不及，壽宴早早收場。

方家老夫人被此事鬧得身子不適，回內院休息。大夫人和二夫人向來參宴的賓客們致歉，將他們送離。胥家兄弟也向方家人告辭。

文家的長孫文齊賢跟同他們一起去渡古，此時胥良川才知道，文家的四老爺居然在趙縣令身邊做師爺。

他眼神深邃，眼前浮現起往日種種。前世的胥家倒下後，後起的正是文家，當時接任閣老一職的就是文家的四老爺，他竟不知文四老爺此前一直在趙縣令手下做事。

前世，他此時並沒有回渡古，也就錯過許多事情。

趙鳳娘不敢多留，拉著雉娘追上燕娘，坐馬車轉回蔡府。

蔡夫人緊隨她們，帶著兩個女兒匆忙離席。趙鳳娘拉著趙燕娘向她道歉，她不敢得罪趙鳳娘，只能用怨恨的眼神看著燕娘。

燕娘心裡不服氣，死不肯認錯，蔡夫人氣得說不出話來，抖了半天才道：「縣主，家中事多，若招待不周，望您見諒。」

「多謝蔡夫人這兩日的盛情款待，我們姊妹多有打擾，就此告辭。」

蔡夫人也不多挽留。趙氏姊妹收拾東西乘船回渡古，比起來的時候蔡家舉家歡迎，走的時候頗有些冷清。蔡家只派車夫將她們送到碼頭，主子們都沒有露面。

趙燕娘心有不滿，發了幾句牢騷，趙鳳娘冰冷地看著她。不知死活的東西，連什麼話該說、什麼話不該說都不知道，以後萬一得罪不該得罪的人，怎麼死的都不明白。

雉娘一直思索著姨娘和方家的事情，冷不防被趙鳳娘拉住手。「雉娘，恐怕父親也不清楚姨娘的身分，等回到家中，妳要和姨娘好好說道，免得方大儒誤會父親，生了嫌隙。」

「我明白的，大姊。」

父親定然是不清楚的，要不然不可能這些年都不來往，也不敢納當世大儒的女兒為妾，哪怕只是個庶女。

其中肯定還有許多不為人知的秘辛，但私心講，能攀上方家，她樂見其成，這意味著以後姨娘和她的日子會好過許多，就不知姨娘肯不肯認回方家。

水路較陸路要快上許多，她們比方大儒要早到達渡古，也來不及拐彎抹角，趙鳳娘將方家的事情一五一十地稟報趙縣令，趙縣令吃驚得眼睛瞪得大大的。

當初鞏氏明明說她是孤女，投親無門才委身做妾，哪裡想得到是方大儒的女兒？他初當縣令時，還想過去拜訪方大儒，投了帖子被拒，萬沒想到自己的姨娘竟是對方的女兒。

好不容易緩過神來，他急急地問大女兒。「鳳娘，妳剛才說方大儒已經在來渡古的路上。」

「正是，父親，方先生怕是聽到一些傳聞，說有人苛待鞏姨娘和雉娘，所以才丟下賓客，連壽宴都不顧，直接就讓人驅車來質問父親。」

趙縣令有些心塞。必是董氏的事情傳出去，方大儒得知鞏氏竟是自己的姨娘，這才坐不住。

「妳看，此事要如何才好？妳母……董氏已經不在，方家來尋為父，定然要為姨娘討個說法。」

趙鳳娘似是沒有聽到董氏二字，神色嚴肅。「父親，方先生是當世大儒，你與他攀上關係只有好處，沒有壞處，萬不可變成仇人。」

「為父明白其中利害。」

「爹，有些話女兒不該講，可事到如今，女兒就大著膽子說上一說。以方家的家世，鞏姨娘就算是個庶女也不可能會給他人做妾，父親何不順水推舟，升姨娘為妻，如此一來兩全其美。」

「沒錯，鳳娘說得有理。」

趙縣令腦子如醍醐灌頂般清醒過來，鄭重地點頭。

第二十七章

那邊的雉娘一下馬車，見鳳娘直奔趙縣令的書房，就知是為了方家的事，她也不停留，徑直回到西屋。

鞏姨娘正和蘭婆子在做繡活，見到女兒回來，喜出望外地站起來。

「不是說要在府城多玩兩天，怎麼這麼快就返家？」

「姨娘。」

雉娘喃喃地叫著。眼前柔弱的婦人神色間還帶著一絲少女的天真，縱使為妾多年都不曾磨滅她的這分純良，究竟是什麼原因，讓她從一位書香世家的小姐淪為他人的妾室？

鞏姨娘被她盯得有些莫名其妙。「妳這孩子，像沒見過姨娘似的。」

「姨娘，我想妳了。」

「不過才離開兩天，妳鮮少出遠門，難怪會想家。」鞏姨娘說著，上前拉住女兒的手。

雉娘順勢和她一起坐下，試探著開口。「姨娘，我與大姊、二姊先是參加知府家的宴會，後來聽說城中的方大儒要做壽，知府夫人和我們一同去赴宴。」

鞏姨娘一震，看著女兒。雉娘無緣無故提到先生，是何用意？

雉娘直視著她。聽到方大儒三個字時，鞏姨娘明顯瞳孔一縮，必是心中震驚。她的眼角餘光中，瞄見蘭婆子眼神也透著傷感，低下頭，收拾好針線籮筐便悄悄地退出去，屋內只餘母女二人。

翟姨娘看著雉娘的臉，神情有些恍惚起來。雉娘長得像自己，這也是她總想不通的地方，是不是誰養的就長得像誰，先生是不是看到她，才想起自己？

她的身體微微抖著，帶著顫音。「可是有人和妳說了什麼？」

雉娘點頭，慢慢地說起方家的事情。

當雉娘說到方大儒當場認下她時，翟姨娘不敢置信地急切問道：「妳剛才說什麼？先生讓妳叫他外祖父？」

「是的，姨娘，方先生當著眾人的面，讓我稱呼他為外祖父。」

「外祖父……」

翟姨娘呢喃著，美目盈滿淚水，順著白淨的面頰流下來。沒想到先生還肯認她。母親去世時，她已經十歲，此前她一直以為先生是她的父親，可母親臨終前說得千真萬確，先生只不過是收留她們母女的恩人；至於她的生父，母親並不願意多說。

母親一直感慨著虧欠先生恩情，一再叮囑她，如果哪天連累到先生，一定要記得走得遠遠的，不要給先生添麻煩。

先生的夫人將她趕出宅子時，她想過再回去。可是再回去時，宅子已經易主，她憶起母親說過的話，不能麻煩先生，惹得先生夫妻不和。

那時候也實在是無處可去，幸好還有蘭婆子，主僕二人搭上一艘船，船泊在渡古，她們便下了船，一路東行，恰巧在石頭鎮落腳。

女子在外謀生不易，她想得天真，本以為和蘭婆子二人賃個小屋，再做些小本生意，也能勉強度日。可她長得貌美，還未開始謀生路，就惹來一些不懷好意的人。那些人欺她孤女，又只帶著一位婆子，膽子大起來，光天化日之下竟想將她搶回去，眼看著就要被人強行帶走，正好老爺出現。

比起被人污辱，老爺看起來要正派許多，於是她跟著老爺回家，成為趙家妾。

從前的種種一直深藏心中，哪怕過得再困苦，董氏再刻薄，她只能小心應對，不敢妄想回到過去，不能再給先生帶來麻煩。

事隔多年，猛然聽到先生的消息，她又驚又喜，再聽到先生竟還肯認雉娘為外孫女，不由得淚漣漣，掩面痛哭。

趙縣令推開門時，看到的就是她淚痕斑斑的臉。鞏氏肯定有苦衷，怪不得她身上帶著書香氣，性子淡然又不愛計較。

他想起剛才大女兒的話，上前扶住鞏氏。「這麼多年委屈妳了，妳怎麼不早和我說清楚？」

鞏氏搖著頭，淚珠大顆大顆地滾下來。

男子的手替她擦拭。「我已知道妳的身分，以妳的出身，做妾實在太委屈。眼下正好，我的後宅無人打理，兒女們已經長成，我也不想再續弦，不如妳來幫我。」

鞏氏的眼淚止住。老爺這是什麼意思？是要許她妻位嗎？

雉娘聽出意思，扯了一下鞏姨娘的衣服，鞏姨娘反應過來，喜極而泣地點頭。

趙縣令鬆口氣。大女兒說得對，讓鞏氏做填房是最好的選擇，等方大儒到時，也能讓對方消氣。再說他有一句話確實沒說錯，兒女們都到了娶妻嫁人的年紀，他真沒有再續弦的打算。

他是一縣之主，辦起事來自然方便，方大儒趕到渡古時，鞏姨娘已經成了趙夫人。

面對並無多大變化的先生，鞏氏淚如雨下。先生相貌與多年前無甚差別，猶記得多年前，自己初識字時，就是先生親手所教。

方大儒也很動容。十幾年前一別，憐秀已從不諳世事的少女變成婦人，越來越像那位故去的女子。母女倆不同的命運，卻同樣多舛坎坷，紅顏薄命，讓人唏噓。

「見過先生。」鞏氏彎腰行大禮，足有好一會兒才直起腰身。「先生一向身體可好？」

「憐秀，妳連一聲父親都不願意再叫嗎？」

鞏氏的淚珠滴到地上。她哪裡是不願意叫，而是不配叫。她本就不是方家女，還為了生存做了他人的妾室，哪裡還敢褻瀆先生的清名？

方大儒嘆口氣。「罷了，以前的事多說無益。妳受了這麼多年的苦，也是我的錯，妳若肯原諒，就再喚我一聲父親吧！」

鞏氏抬起頭，淚珠滑到嘴角，嘴唇微動。「父親。」

「好，能找到妳，為父甚慰。」

趙縣令連忙站到鞏氏的身邊，雙手一拱，彎腰行禮。「小婿見過岳父。」

小婿？難道……算他識相。

方大儒神色複雜地看著他。看著就是一位農夫的樣子，身量中等，長得普通，穿著官袍也不像大人，憐秀居然給這麼個男子做妾，讓人心塞。

他轉頭看鞏姨娘一眼，再看一眼身後的雉娘，孩子都這般大了，再計較這些又有何用？到底是不太甘願，淡淡地應了一聲。

時過境遷，再去追究往事已經沒有多大意義，憐秀已委身趙縣令多年，還育有一女，讓她和自己歸家，以後也難尋什麼好人家。好在姓趙的莽夫還算識相，抬了憐秀的位分。

鞏姨娘眼巴巴地看著他，他抬起腳，邁進縣衙後院。

方大儒來渡古就是為憐秀撐腰，見趙縣令還算識趣，趕在他到之前將憐秀由妾升妻，又想到那毒婦已死，趙縣令身邊也沒有其他女人，他哼了一聲，沒再多說什麼。

趙縣令將他請進東正屋，方大儒也不客氣，端坐在上位，趙縣令和鞏氏二人又一同行禮，然後叫出姊妹三人來拜見外祖父。

趙鳳娘拉著燕娘向方大儒行晚輩禮，口中稱著外祖父。

他看向雉娘，雉娘走上前，行了大禮，一聲外祖父叫得比任何人都要深情。方大儒欣慰地點頭，目光慈愛。幸好雉娘不像憐秀，他萬不會讓雉娘再走憐秀的老路。

趙鳳娘拉著燕娘向鞏氏敬茶，她稱呼鞏姨娘為母親，鞏氏喝過茶，分別給了紅包，至此，鞏氏趙夫人的名頭坐實。

方大儒不想在渡古多停留，事情一辦妥就要回府城，只再三叮囑鞏氏母女要常回方家。鞏氏連連點頭，雙眼含淚。

馬車已在縣衙外候著，方大儒撩袍坐上去，馬車緩緩開動。

趙縣令滿心喜悅，目送馬車走遠，心中想著雖然岳父臉色不好看，但他是方家女婿的身分毋庸置疑，以後再也不會有人敢私底下嘲笑他是泥腿子出身。

但方大儒前腳一離開，胥家兄弟和文齊賢就登門拜訪，趙縣令才知道他身邊的師爺居然是北方文家的四老爺。

一天之內，他先後和方、文兩大書香世家扯上關係，還有胥家的大公子和二公子來拜訪，以前想都不敢想的事接二連三發生，已經震驚得不知該做何表情。

胥家兄弟是陪文齊賢一同來的，得知趙縣令已升妾為妻，一起道聲祝賀。

後院的趙燕娘聽到胥大公子上門，喜得差點跳起來，好生收拾一番，就要去前衙，一出門就見黃嬤嬤守在門外。

「二小姐，您這是要去哪裡？」

趙燕娘哼了一聲。這個老奴才，她要去哪裡，還需要向一個下人報備嗎？她懶得理黃嬤嬤。

黃嬤嬤攔在路上。「二小姐，老奴奉縣主之命在此等著二小姐。縣主有命，二小姐不能外出，若要外出，老奴要陪在左右。」

什麼？趙鳳娘竟然敢監視她。「好妳個奴才，也敢管本小姐的事！」

「老奴不敢。」黃嬤嬤讓開路。

趙燕娘氣呼呼地走過去，黃嬤嬤低著頭，不聲不響地跟著。

句。

前衙中，趙縣令使出渾身解數想巴上胥家，胥良川冷淡如常，倒是胥良岳和他多說了幾

趙家和方家現在是姻親，就憑這層關係，以後說不定會常見面。

趙燕娘趕到時，胥家兄弟倆正準備起身告辭，猛然聽到有人捏著嗓子喚大公子，胥良岳渾身發冷，寒毛都豎起來。

一回頭，原來是趙家的二小姐。

「還不快回去，這哪是妳該來的地方？」趙縣令低聲喝她，示意她趕緊回去。可趙燕娘哪裡會聽，她可是老幻想著能接近大公子，大公子才會發現她的好。

「大公子，既然來了，為何不多坐一會兒？」

胥良川充耳不聞，長腿一邁，出了縣衙。胥良岳似笑非笑地看趙燕娘一眼，搖著扇子跟上去。

留在原地的趙燕娘臉色僵硬，目光怨恨。趙縣令也沈著臉。燕娘不愧是董氏養大的，這不知廉恥的模樣都像了個十成十。

想到胥二公子那臨走時的笑，他的面上都在發燒，怎麼就養了這麼個不知羞的東西！

「將二小姐給我帶回去，以後沒有我允許，二小姐不准出後院！」

「爹，你在說什麼，女兒做錯了什麼，你要禁足？」

「做錯了什麼？」趙縣令恨不得一掌拍死她，對曲婆子吼道：「本官的話沒聽見嗎？還不將二小姐帶下去，若二小姐再出後院，本官就將妳發賣了！」

曲婆子一個激靈，連忙去拉扯燕娘，黃嬤嬤也上前幫忙，兩人才將趙燕娘拉回後院。趙燕娘不敢罵趙縣令，只不停地罵她們倆。

將趙燕娘送回去後，黃嬤嬤去稟報趙鳳娘。趙鳳娘沒有吭聲，只將手中的書捏得更緊。半晌，起身張開手臂，黃嬤嬤會意，立即替她更衣。

「縣主要出去嗎？」

「嗯，去給母親請安。」

鞏氏和雉娘正在西屋，鞏氏神色還是很傷感。先生此行，定是為自己撐腰來的，若不是先生承認她是方家女，老爺又怎麼會如此爽快地將自己抬為正妻？她們母女欠先生的，真是良多。

「雉娘，妳外祖父是個好人，妳以後可要多孝順他。」

「嗯，雉娘知道。」

「不僅雉娘要孝順外祖父，鳳娘也會孝敬他老人家的。」趙鳳娘的聲音從門口傳進來，鞏氏一抬頭，就見她笑吟吟地站在門口。

鞏氏擦乾淚。「縣主來了。」

「母親，您叫我鳳娘吧，縣主聽著好生分。」

「好，那我就叫妳鳳娘。」

趙鳳娘溫柔地笑一下。「母親，鳳娘來是替燕娘向您賠不是的。鳳娘自小離家，並不太清楚燕娘的性子，只近幾日相處，發現她被教得有些驕縱，行事說話都有些不妥，還望母親不要與她一般計較。」

鞏氏有些坐不住。「鳳娘言重了，我怎會與她計較？她的性子直，許是說得無心。」

「那就好，鳳娘還怕母親會生氣。只不過燕娘這性子在家裡還好，若是在外頭也如此，可能會被人說閒話。」

雉娘靜靜地站在鞏氏後面，摸不透趙鳳娘的來意，不會是真的專門來替燕娘道歉的吧？果然，趙鳳娘見鞏氏沒有說話，又接著道：「母親，燕娘也是您的女兒，這教養之事還得您來做。我雖是姊姊，可與燕娘是雙生，她對我多有不服，怕不會聽我的話。」

鞏氏大驚。教養燕娘？她可不敢，再說教也教不好，恐怕會適得其反。

「這……燕娘對我也多有不滿，可能不會聽我的。」

「母親，您是母親，她是女兒，天下哪有女兒不聽母親的？」

鞏氏被她說得有些底氣，遲疑地點點頭。「那我姑且一試。」

趙鳳娘露出如釋重負般的笑容。「鳳娘多謝母親。」

「應該的。」鞏氏有些羞赧。她來趙家多年，還是頭一回受到如此的禮遇。

趙鳳娘略坐一會兒，和鞏氏閒聊幾句後就起身告辭。

她一走，鞏氏就開心地拉著雉娘的手。「妳看，鳳娘的教養可真好，真不愧是京中長大的。」

雉娘嗯了一聲。她不願意去揣測別人的心思，但趙鳳娘表現得太好，太知禮、識大體，總有種不真實的感覺。

世上哪有做女兒的人在自己親娘死後，就同意父親將妾升妻，還滿臉恭敬，一口一個母親，叫得親熱無比，都快比上她這個親生女兒……

她看不透。

第二十八章

且說那邊胥家兩兄弟一出縣衙，就遇上文家叔姪倆。

文師爺正是聽姪子說胥家公子也在縣衙，想到因姪子的緣故，他的身分已經暴露，倒也沒有再遮掩的必要。

胥良川看著面前的男子，儒雅無害的長相，有著中年人的睿智和沈穩。前世，文沐松最後官至閣老，是新帝在朝中的第一心腹。此人城府極深，不動聲色地打壓閬山一派的官員，排除異己，為官幾十年到終老致仕時，皇帝都捨不得，感嘆文公難得，功不可沒。

文沐松來到渡古已有幾年，其間從未說過自己的家世，也沒有去方家拜訪過，想著母親幾次來信催促，姪子又親自來尋，可能是時候該離開渡古了。

「胥大公子，二公子。」

「文四爺。」

文沐松也是第一次見到這位胥家大公子，心中暗道，不愧是百年世家書香墨海裡養出的嫡長孫，氣度從容淡定，神色清冷沈靜，眸底深如暗湧，有著不符年紀的超群脫俗。

兩人不露痕跡地相互打量著，心中明白，恐怕對方才是自己以後仕途上真正的對手。

胥良岳和文齊賢隱約覺得他們兩人氣勢有些奇怪，卻又說不出所以然來。

文齊賢見到自己的叔叔，當然是極力勸說他歸家。文沐松雖覺得有些遺憾，卻是默認將要回文家的事實。

文沐松帶著姪子來縣衙，一方面是為了會會胥家大公子，另一方面便是向趙縣令請辭。

幾人相互見禮後，略寒暄兩句便分道揚鑣。

回到閬山的路上，胥良川的臉色始終寒冷如霜。胥良岳猜不透兄長的心思，暗想著兄長最近的舉止可真夠奇怪，文齊賢與他們同路回渡古，兄長竟然還陪著他一起去縣衙。若是從前，兄長怎麼可能如此做，不會是自己猜想的那般，兄長看中了趙家的三小姐？

遠遠地看見閬山書院的大門，隱約可見青袍的學生們三三兩兩地進出，見到二人，都上前行禮，兄弟二人也回禮。

進門後，拐進左邊的小路，徑直到閬山的後院，那裡便是胥家人的住處。

胥老夫人正在院子裡侍弄花草，遠遠瞧見出色的兩位孫兒並肩走來。「看看，誰家兒郎歸，堪比松柏姿。」

她身後的執墨抿著嘴笑。老夫人幽默風趣，常拿大公子和二公子打趣。

兄弟二人走近，胥良岳搖著扇子，接口道：「此時相近看，原是胥家子。」

老夫人嗔怪道：「貧嘴。」

說完她自己爽朗開懷大笑起來，胥家兄弟倆也笑起來。

「祖母，幾日不見，孫兒十分掛念，飯不思茶不想，您看我是不是都清瘦不少？」

「你個皮猴子，就是嘴甜。」

小孫子愛耍寶，老夫人心中受用，高興地指著一盆菊花意味深長道：「你看，花兒知人意，曉得今日你們歸家，盛開迎接，就好比妻子在等著歸家的丈夫。」

胥良岳看兄長一眼，祖母這是話裡有話啊。

胥良川低頭看著那盛開的花朵。潔白的花瓣帶著一絲羞怯，嬌嬌嫩嫩的樣子，恰似一位含情的女子。他的眼前彷彿出現一張嬌美的臉，水盈盈的眼望著他，朝他微笑，眉眼靈動，帶著三分羞澀，七分瀲灩。

倘若每次歸家，都能見到那樣的笑顏，似乎也挺好的。

他垂目失神，沒有注意到老夫人和胥良岳兩人眼神對視。老夫人露出意味深長的笑容，詢問胥良岳。「岳哥兒，你們此次去府城可有什麼趣事？」

「要說趣事，倒是有一樁，原來方先生還有一庶女流落在外。祖母可知，那庶女是誰，竟是渡古縣令趙大人的愛妾。」

「喔？趙大人的妾室，怎麼會是方先生的庶女？」

老夫人眉頭皺了一下。沒有聽過方家還有庶女啊，這庶女是從哪裡冒出來的，還是趙縣令的愛妾？她想起那日在天音寺見過的趙三小姐，那妾室不會是那丫頭的生母吧？

「錯不了，方先生親口認下的。我與兄長回渡古時恰巧經過縣衙，那趙大人已經將妾室扶正，庶女也變嫡女。」

「她的女兒可是趙家三小姐？」

胥良岳驚奇地看著祖母。祖母竟然還知道趙三小姐？

胥老夫人得意地挑了下眉。「你看我做什麼？想不到我會認識趙三吧，說起來這趙三還真是個不錯的姑娘，心性挺好的。」

「真的嗎？祖母也喜歡她？」

老夫人眼中精光大盛。也喜歡，還有誰喜歡趙三？她緊緊盯著小孫子，胥良岳用扇子擋著嘴，眼珠子往旁邊斜。

她先是納悶，然後醒悟過來。難道是大孫子？

胥良川冷眼掃一下堂弟，淡然地攙著老夫人的手臂。「祖母，日頭有些毒辣，我們進屋吧。」

胥老夫人不停用眼光瞄大孫子。難道鐵樹要開花，大孫子也開竅了？

「川哥兒，你們和趙家人見過？」

「嗯，趙氏姊妹也去參加方先生的壽宴。北方文家也派出嫡長孫文齊賢，我們兄弟二人陪同文公子到縣衙，文公子去找他的四叔，文家的四老爺在渡古縣衙做師爺。」

「喔，還有此事？」

胥老夫人的注意被轉移走。文家和方家一樣，極少現世，子孫鮮有為官者，怎麼這文四老爺居然跑到渡古來當一個小小的師爺？此事怪哉。

胥良川淡淡地道：「文家可能想出仕。」

老夫人點點頭。「有這個可能，若不然也不會屈才當師爺，可能是想多歷練，為以後出仕鋪路。」

「嗯。」

他漫不經心地答著，又似不經意地掃過胥良岳。胥良岳被他的眼風掃得遍體生寒，暗道糟糕，自己只顧著討好祖母，不小心揭了兄長的底。兄長惱羞成怒，肯定不會讓自己好過。

老夫人的心思都在文家上面。百年前，文家和胥家並肩存世，後來不知為何，文家慢慢隱退，唯有胥家在朝中一直屹立不倒。莫非文家真的要開始動作，出仕做官？

「孫兒晚間給京中去一封家書，將此事告知父親。」

「你想得周到。文家也算得上是故交，若是真有人想出仕，讓你父親多提點一下。」

「孫兒也是這麼想的。」

老夫人被大孫子扶進屋，坐在椅子上，眼看著小孫子慢吞吞地進來，心中疑惑。這小子又作什麼妖，怎麼表情這麼奇怪？

胥良岳看著祖母，又朝兄長嘟了下嘴，老夫人猛然想起剛才的事。自己被大孫子一帶偏，差點將趙三的事都忘在腦後。

「川哥兒，成家立業是我們胥家的祖訓，你明年就二十五，也該考慮終身大事。本來此事有你父母作主，按理說我這個祖母不用操心，只是我見你父母並不著急，你自己也不上心，可把我急得差點上火。祖母問你一句，你想找個什麼樣的女子，上天入地，祖母也給你尋來。」

她這話說得合情合理，胥良岳悄悄對她比手勢，祖孫倆的眼神心照不宣地交會一下。

胥良川垂著眸。他想要什麼樣的女子？從前沒有想過，最近不敢去想，一想，就會浮現出那姑娘柔美卻又堅定的小臉。

可能最近總是碰面，才會對一位女子上心。
他垂眸，靜默不語。
「可能是我人老了，就愛看一些貌美水靈的姑娘，像上次在天音寺中見過那趙三，長得真不錯，性子也好，說起話來也頗合我的心意。」
祖母為何一再提起她，難道……
胥良川給祖母倒上一杯茶。「祖母，您一人若是覺得無聊，可以請人來說說話，解個悶。」
胥老夫人歡快地應道：「行，祖母正有此意，少不得要給趙三下個帖子。」
她精於世故的眼神揶揄地看著長孫，發現對方還是一副冷淡的樣子，暗道川哥兒也不知性子像誰，太冷情了些。
陪祖母略坐一會兒後，胥家兄弟倆便離開。看兄長冷著臉走在前面，胥良岳心道要糟，正欲開溜，卻見許靂攔在前面。
他哀怨地回頭。「兄長，我可什麼也沒說啊！」
「岳弟，為兄也什麼都沒有說，你怕什麼？」
胥良岳心裡腹誹：你是什麼也沒有說，可你的臉色說明一切，分明是要算帳的樣子。許家這兩兄弟就跟兄長肚子裡的蛔蟲一樣，兄長什麼都沒有說，許靂就知道擋住他的去路。
「兄長，祖母喜歡趙三，那是好事啊。」
「岳弟，為兄見你最近學業有些荒廢，明年就是大比之期，我們兄弟二人定要下場。胥家沒有無才之輩，從今日開始，你每三天交一篇文章給為兄，為兄幫你順順思路。」

「不要啊……」胥良岳心裡哀號不已，兄長自小有才名，若不是伯父一直攔著，恐怕前幾年就已下場。

三天一篇文章，簡直要命！可是兄長說的話比父親的話還要管用，他連找個訴苦的人都沒有。

胥良川說完就朝自己的屋子走去，留下他耷著腦袋，垂頭喪氣地跟在後面。兄弟倆的屋子都在同一個方向。

胥老夫人滿心歡喜地叫來自己的心腹嬤嬤，兩人嘰嘰咕咕地說到半夜，第二天，就寫好帖子送下山去。

雉娘接到帖子有些摸不著頭腦。那位胥老夫人怎麼會想邀請她參加什麼花會？她既無才名，家世也不顯。

帖子素雅，沒有燙金，帶著花香的淡粉色紙上，寫著娟秀大氣的楷書，一看就是胥老夫人親筆所寫。

鳳娘也接到同樣的帖子。

胥家老夫人倒是有些意思，明明是同府的姊妹，按理來說送一張帖子即可，卻偏要分開來送……她將帖子翻幾下，就讓黃嬤嬤收起來。

但雉娘略一想便明白其中關竅。當日在天音寺中，老夫人偏袒她，對董氏和燕娘不屑，可能就是這個原因才將帖子分開。

而趙燕娘沒有收到帖子，定是胥老夫人故意為之。若只送一張帖子邀請趙氏姊妹，那也包括燕娘；分開來送，一帖一名，就不會弄錯，趙燕娘若是個要臉面的，就不會跟去。

但顯然胥老夫人高估了趙燕娘。為了能見大公子一面，她哪裡還管什麼臉面，眼睛灸熱地盯著雉娘手中的帖子，似乎在想著如何伸手去搶。

雉娘將帖子收好，不鹹不淡地道：「二姊，這帖子別人拿了都沒用，上面可是清楚地寫著我的名字。」

趙燕娘悻悻地縮回手，對胥老夫人怨恨不已。一家三姊妹，就她沒有帖子，寒磣誰呢？反正不管別人怎麼想，她定要去參加花會的，無論如何她也要跟著去，難不成胥家還派人將她擋在外面？只要進去，想辦法接近大公子，到時候再見機行事。

雉娘看她的臉色，就知道她在打什麼主意。「二姊，父親可是親口說的，妳以後沒有他的允許，不能出後院。」

趙燕娘瞪她一眼，臉色陰沈下來。

鞏氏走過來，也跟著道：「燕娘，妳若真想出去，得先和妳父親請示一下，他同意了，妳才能出後院。」

趙燕娘看著她們母女，哼了一聲，昂著頭走出西屋，直往前衙走去。

前衙書房內，趙縣令正和文師爺在整理事務。文師爺急著走，趙縣令得知他是文家的四老爺，也不敢阻攔，新師爺還未找到，只好自己親自和文師爺交接。好在渡古只是個縣衙，移交起來也不麻煩。
她闖進去時，就見父親和文師爺都站著，手中拿著一摞摞的卷宗。
趙縣令不悅地看她一眼。「妳快出去。怎麼不敲門就進來？」
「爹，女兒沒什麼事，只是來跟爹說一聲，胥老夫人下了帖子，過兩日我們姊妹幾人要去參加閬山花會。」
「喔，為父知道，妳出去吧。」
「好的，爹，你們忙吧。」目的達成，趙燕娘開心地離開。
趙縣令沒有細究她的話，想著胥家有請，自然不能不給面子，將趙燕娘禁足的事給忘得一乾二淨。
晚間，他回西屋歇息時，鞏氏一邊替他寬衣，一邊小聲地細語。「老爺，胥家下了帖子給鳳娘和雉娘，邀請她們去參加花會。只是妾身有些不明白，為何單單漏掉燕娘？都是趙家的姑娘，妾身替燕娘心疼，想不明白到底燕娘哪裡得罪過胥老夫人。」
趙縣令按住她要解腰帶的手，氣得發暈。燕娘下午撒謊，胥家沒有請她，定然是有原因的。他可沒有忘記大公子來縣衙時，燕娘不顧姑娘家的矜持跑出來，此舉肯定讓大公子覺得她不知廉恥，老夫人才沒有邀請她的。
「這事妳別管。燕娘不能入胥家人的眼，那是她自己鬧的，妳看好燕娘，別讓她搗亂。鳳娘和雉娘要出門的行裝打點好，不要給趙家丟人。」
「老爺，妾身省得。」

鞏氏順從地點頭。鳳娘是不用她操心的，她只要管好雉娘就行，至於燕娘，老爺的意思再明白不過，到時候她讓人好好看緊，不能讓她跟去。

可是他們都太低估一個鬼迷心竅的女子為了能見到心上人一面，什麼瘋狂的事都做得出來。

等到花會那一日，鞏氏讓人盯著燕娘。蘭婆子說二小姐一直沒有出房門，她這才放下心來。

鳳娘和雉娘收拾妥當，便乘上馬車前往閬山。姊妹二人共乘一輛。

鳳娘穿得奢華，她是縣主，一舉一動不光是代表趙家，還有皇家的體面。

本來鞏氏是要備上兩輛馬車的，是她不許，說渡古不比京中，一家姊妹，為何分開行事？鞏氏拗不過她，才讓雉娘和她同乘一輛。雉娘現在是嫡女，打扮上自然比以前要體面一些，她不欲出風頭，穿著打扮皆中規中矩，可長相擺在那裡，再樸素的衣服、首飾也遮不住她的美貌。

「三妹，妳長得可真美，大姊我在京中，都少見像妳這樣的美人兒。」

雉娘恰到好處地低垂著頭。「大姊可是羞煞我了。若論氣質姿儀，妹妹我站在姊姊的身邊，都覺得無地自容。」

「三妹不必妄自菲薄，姑娘家長得貌美，也是好事。」

至少美貌的女子容易得到好姻緣，世間男子若說真不好色的，少之又少，上自天子下至平民，哪有人不愛花朵般的女子？

鳳娘自嘲一笑，有些弄不清楚自己怎麼會想到這些。

馬車緩緩前行，快到閬山時，馬車停下來，似是有人攔車，不一會兒，車簾子被人掀開，露出趙燕娘濃妝豔抹的臉。

第二十九章

趙鳳娘的面色難看起來。她真不知道燕娘會如此不顧臉面，竟然使詐跟出來。雉娘倒是很淡然，要是能乖乖聽話待在家裡，那就不是趙燕娘。

趙燕娘臉上帶著有些自得的笑，看著車內的兩人，語氣不滿。「妳們可真慢，讓我好等。」

說完，她就鑽進馬車，將雉娘往旁邊一擠，坐在軟墊上。

趙氏夫婦不讓她出門，她早早就計劃好，趁著天色未亮就從後門離開，留木香和曲婆子在側屋，讓鞏氏以為她還未起身。然後租了一輛馬車，在離閬山不遠的地方候著她們。

趙鳳娘冷淡地看著她。「燕娘，妳此舉極不妥當，老夫人並未下帖邀請妳，妳不請自來，恐怕會惹得別人心裡不快。」

「大姊，我們可是嫡親的姊妹，請妳就是請我。胥老夫人可能是貴人多忘事，少寫一個名字罷了，哪會計較這些？」

趙鳳娘深深地吸一口氣。她還從未碰過如此巧舌如簧又不顧臉面的女子，京中的姑娘們大多都端著身分，知進退懂尊卑，往往聽音辨意，就能明白別人話中的意思，哪裡需要挑明講，讓彼此都難堪。

「燕娘，我現在讓人送妳回去。」

「大姊，妳在說什麼？現在讓別人送我回去，不是更丟臉？」

雉娘在心裡嘀咕一句：妳還知道丟臉？

趙燕娘掀開簾子，見馬車已到書院門口，讓車夫停住，然後朝趙鳳娘挑釁一笑，徑直下了馬車。

趙鳳娘無奈地對雉娘苦笑一下，事已至此，多說無益。

「三妹，等下若真有人為難燕娘，記得我們姊妹一體，妳要遮掩一些，還有多留心一下燕娘的舉動，我怕她會做出什麼不妥的事。」

「我省得，大姊。」

「還是妳省心，若是燕娘有妳一半，我就放心了。」

雉娘笑一笑，並不接話。

兩人隨後下車，書院旁邊的涼棚裡已經拴了好幾匹馬，有僕人在餵草料，想來還有其他人先一步到達。

門口引客的丫頭正是執墨，見到趙家姊妹，先是行禮，然後衝雉娘微笑。雉娘也回以笑容。

執墨看到趙燕娘，明顯神色一愣，卻未多說，領三姊妹沿著小路到閬山舉辦花會的園子。

園子位於閬山書院的東側，距胥家人住的院子最近，一直都有專人打理，裡面種著各類樹木和花草、假山怪石，雖沒有精雕細琢之美，卻別有自然質樸的韻味。

假山的旁邊，石桌石凳都被佈置一新，凳子鋪上錦緞繡花的軟墊，每張桌子上都擺放一盆應景的花。

遠處有幾棵金桂，此時已經開花，馥郁的香氣飄蕩在園子裡，夾雜著竹子的清香，清爽宜人。

四周盛開的花兒，或散落在草叢中，或夾雜在樹木之間，好似從未有人打理過，自己生長出來的一般。

已經有幾位姑娘在賞花，雉娘定睛一瞧，都是熟面孔，是蔡家兩姊妹和方家的兩位姑娘。

她們從府城而來，想必是早就動身。

幾人見她們已到，都聚過來朝鳳娘行禮，鳳娘面含微笑，連忙制止她們。「此處不比京中，大家不用太多禮，再說我們都是胥老夫人邀請來作客的，隨意就好。」

「前次祖父壽宴，未能和縣主說上話，靜怡深覺遺憾，雖然此前與縣主不曾見過，卻神交已久，藉著此次花會能再見縣主，心願已足。」

「方大小姐太客氣。我母親是方家女，說起來我們還是表姊妹，以後要見面的機會多的是。」

方家姊妹比趙家姊妹幾人都要大，按理來說，趙鳳娘也要喚對方一聲表姊，但方靜怡可不會主動提起這事。

她看雉娘一眼。「縣主說得極是。雉娘表妹，不知姑姑最近可好？」

「謝表姊記掛，母親一向都好。」

「那就好，祖父一直掛念姑姑，現在重新找回，也是一件喜事。妳們以後可要常去府城作客，祖父祖母定然高興。」

「雉娘會將這話轉告母親。」

方靜怡笑著，又轉向鳳娘。「縣主自小長在京中，想必見慣繁華，不知這園子可還合妳心意？」

「美景天成，頗得我心。」

蔡家兩姊妹隨聲附和，都道這園子景色不錯。

趙鳳娘被人圍在中間，燕娘賭氣地沒有湊上前去，轉頭一看，就對上蔡知蕊不善的目光。

蔡知蕊有些氣憤地盯著趙燕娘。都是這死丫頭，差點敗壞她的名聲，幸好母親機靈，將事情都推到趙燕娘的頭上。

反正趙燕娘的名聲已壞，又是董氏那樣的女人教出來的，因妒生恨，想詆毀她的名聲也是合於情理，其他的夫人都信了。

本來得知胥老夫人還請了趙家姊妹，她是不想來的，但母親說過，若是她不來，才是心虛；她大大方方地出門作客，才會讓其他人更加信服那些話是趙燕娘亂說的。

趙燕娘朝她冷哼一聲，心裡對胥老夫人更不滿，連蔡知蕊這樣不知羞的女子都請，為何就是不給她下帖子？

正在這時，胥老夫人扶著嬤嬤的手走出來，朝姑娘們點頭，彷彿沒有看到趙燕娘一般地略過。

趙鳳娘帶頭行禮，老夫人是一品誥命，比她的品階高出不少。

胥老夫人笑道：「多謝妳們賞光前來。說是賞花，對老婆子來講，妳們就是花兒，得要好好地賞一賞。」

姑娘們都抿嘴含笑。胥老夫人和其他老太君們不一樣，說話風趣，讓人開心。

方氏姊妹與胥家最相熟，方靜怡帶頭接話。「老夫人真是羞煞我們，羞得我們都不敢賞花。」

「哈哈，靜怡還是這麼會說話。花兒和妳們比起來，可就差遠了，要羞的也是它們。」

趙鳳娘道：「老夫人，您這園子真別緻，匠心少，別有野趣，看起來竟比京中的園子更讓人舒服。」

「縣主誇獎。什麼野趣，皆是因為人懶罷了，懶得打理，讓它們自己長著玩，也就長成這般模樣。」

「老夫人真愛說笑。」

胥老夫人嘴角一直揚著，不動聲色地看著鳳娘身後的雉娘，雉娘與她對視一下，並未說話。

她點點頭。別看趙三表現得謹小慎微，可那雙會說話的眼睛始終都是淡然而又堅定的。

「妳們不用太拘謹，來，都坐下吧。」

胥老夫人招呼著，就見執墨和另一個丫頭端出瓜果茶點，擺在桌上。

趙鳳娘率先落坐，其餘幾位也依次坐下。胥老夫人始終帶著笑意。「難為妳們來陪我這個老婆子。人年紀大了，就喜歡看些鮮嫩的顏色，只可惜我一生只得兩個兒子，兩個兒子又分別只生一子，胥家三代無閨女，真讓人遺憾。」

方靜然搶著道：「老夫人，別人羨慕您都來不及，胥家公子可不是其他男子可比的。」

「孫兒雖好，卻不能陪我這老婆子聊些花草，談些家常。」

胥老夫人不可能無緣無故提起家中的男子，在場的姑娘們心裡都跟明鏡似的。胥家男子二十有五才能娶妻的祖訓人盡皆知，大公子已快到年紀，二公子也差不了多少，老夫人難道是想相看孫媳？

方氏姊妹越發坐得端正，蔡家姊妹也表現得十分得體。

趙鳳娘和雉娘都沒有什麼想法。趙燕娘有心想表現，猶豫幾下，想起身開口說話，卻被身後的黃嬤嬤緊緊地扯住，她氣得往後瞪一眼。黃嬤嬤低著頭，不看她。

她雖不能站起來，可總沒有人堵她的嘴，她突兀地出聲。「胥老夫人，等以後胥家兩位公子娶妻，那不就有人陪您說話？他們都是人中龍鳳，哪個姑娘能嫁進胥家，可是三生才修來的福氣。」

胥老夫人的臉色立即沈下來，其他幾位姑娘的臉色也不好看。沒見過這般無禮又不知羞的女子，胥家公子娶妻關她什麼事，怎麼可以大聲說出來？

自古以來，長輩藉著什麼花會詩會相看之事，大家都是心照不宣，若說得直白，反倒落了下乘。這趙家二小姐大咧咧地將話嚷出來，當真是董氏教出的，沒有教養。

趙鳳娘連連道歉。「老夫人，我這二妹心直口快，她話雖說得不妥，理卻是在的。胥家兩位公子可是連陛下都親口誇讚過的，老夫人真有福氣。」

胥老夫人的臉色緩和下來，深看趙鳳娘一眼。不愧是常在宮裡待的，這份隨機應變的本事不小。

方靜怡也回過神來。「縣主說得是，老夫人的福氣可是別人不能比，瞧老夫人這氣色，誰也看不出是做了祖母的。」

「就靜怡會說話。」

趙鳳娘端著杯子輕抿一口茶水，然後用眼神不動聲色地警告燕娘。

趙燕娘心裡忿忿，咬著牙，手裡絞著帕子，到底沒有再做出什麼丟臉的事。

胥老夫人坐了一會兒，有些倦色。「可能是我這個老婆子在場，妳們有些放不開，正好我要午憩一會兒，妳們隨意。」

她離開後，趙鳳娘道：「主人家不在，我們正好趁此機會賞賞花。」

幾位姑娘贊同她的話，站起身來，簇擁著她一齊去賞花。

趙燕娘眼珠子亂轉，悄悄往另一邊走去。黃嬤嬤攔住她。「二小姐，那邊是書院，全是男子，妳切莫亂走。」

要妳多嘴！趙燕娘瞪她一眼，悻悻地收住腳步。

雉娘走在後面，聽到她們的聲音，不想看到趙燕娘再丟臉，她一把拉住趙燕娘。「二姊，妳看這些花兒開得多好。」

趙燕娘掙開她的手，沒好氣地看著她。

前面，趙鳳娘不疾不徐的聲音傳來。「妳們看這木槿，就隨意開在竹子旁邊，本是不相干的兩種東西，卻意外地讓人覺得相映成趣。」

「縣主說得是，往往在別人眼中不相配的東西，搭在一起卻出奇相得益彰。」

趙鳳娘含笑地看著方靜怡。「方大小姐說得極是。」

後面的趙燕娘翻著白眼，不明白她們說這些無趣的話有什麼意思。

雉娘低頭思索趙鳳娘的話，越想越覺得是意有所指。

她愣神的瞬間，趙燕娘瞅著黃嬤嬤沒有注意，提著裙子往旁邊的路上跑去。

小路通往的正是書院，書院的學生們守規矩，從不往後院這邊來，她聽到遠處傳來男子的聲音，加快腳步。

那一頭，正巧有四位男子往這邊走，除了胥家兩兄弟，還有兩位眼生的公子。走在前頭的公子身量修長，英俊沈穩，一身紫色長袍，長袍滾著金邊；他身側的藍衣公子長相普通，身體壯實。

紫袍公子氣勢不凡，帶著天生的霸氣，和胥良川淡然的神態完全不一樣，卻並沒有掩蓋住胥良川那遺世獨立的風華。

四人朝後院走來，和跑出來的趙燕娘碰個正著。

趙燕娘一眼就看到胥良川，大喜過望，大聲呼喚。「大公子，燕娘見過大公子。想不到在此處碰到大公子，真是巧。」
胥良川眉頭皺起，不理睬她。
紫衣公子露出厭惡的神情，這女子不知是從哪裡冒出來的，見到男子不避不躲，還敢出口喊叫。
黃嬤嬤一發現趙燕娘不見，就知道她肯定往書院那邊跑，趕緊追過去，看到紫衣公子，大驚失色，忙下跪行禮。「老奴見過太子殿下。」
太子殿下？
趙燕娘這才注意到紫衣公子。剛才黃嬤嬤喚他太子殿下，難道這位公子是京中的太子？
「放肆，見到太子殿下還不下跪！」
趙燕娘呆呆地被黃嬤嬤拉著跪下，腦子裡只有兩個字：太子、太子，她居然碰到太子了！
太子就是下一任的皇帝，若是能和他扯上關係，以後飛黃騰達，還怕什麼趙鳳娘，什麼胥老夫人？
「臣女趙氏燕娘見過太子殿下。」
她故意捏著嗓子說話，讓人聽了極不舒服。
太子祁堯聽到她的名字，有些愣神。莫非此女和鳳娘有關係？
「起來吧。」他拂了下袖子，將手背在後面。
黃嬤嬤出現在這裡，說不定這位姑娘是鳳娘的妹妹。只是鳳娘怎麼會有這樣的妹妹？

「謝太子殿下。」

趙燕娘扭著身子起來，頻頻偷看祁堯。原來太子殿下長得也很不錯，雖然不如大公子，可身分比大公子更尊貴，看起來貴氣又穩重。

她心跳加快，做出羞答答的樣子。

祁堯如同吞了一隻蠅子般噁心。若是其他女子敢這樣不知死活地看著自己，當場就讓人拉下去杖斃。

胥良川神色冰冷，垂眸立著。

黃嬤嬤心裡堵得慌。二小姐也太不知恥了，之前妄想胥家大公子，千方百計地想接近大公子，為的不過是大公子的家世和人品；現在見到太子又起歪心思，也不看看自己長得是什麼德行。

她一定要將此事告訴縣主，對二小姐要防著些，若不，讓二小姐做出什麼有失體統的事來，平添堵心。

太子臉色不好看，胥良川道：「殿下，趙二小姐是和縣主等人一起來參加花會的，想必縣主也在園子裡。」

「正好，皇后娘娘有話帶給縣主，孤與你們一同前去。」

太子來到渡古，為的就是趙鳳娘，見有人遞梯子，哪有不順勢而下的道理。

他身邊的藍衣公子出身常遠侯府，是平皇后的親姪，名喚平晁，自小便是太子的伴讀。他和胥良川不一樣，胥良川年長，除了陪同太子讀書，很少住在東宮，而他日常起居都和太子一起，又是表兄弟的關係，情分自然更深。

太子的心思他一清二楚，得知縣主在胥家，斷沒有不去相見的道理。

幾人往前走著，正在這時，遠遠看著小路上又走來一位女子，走得極快，身姿如弱柳迎風一般。

雉娘心裡著急，將趙燕娘罵個半死。若不是怕趙燕娘做出太丟臉的事，連累到自己，她真不想管對方死活。

待走近一看，她不由得大驚失色。怎麼除了胥家公子們，還有外男在？這如何是好，別人已經看到她，小路太窄，進也不是、退也不是——

——未完，待續，請看文創風637《閣老的糟糠妻》2

2018年5月出版

閣老的糟糠妻

文創風 636～639

她與姨娘活得困苦，在嫡母嫡姊手下討生活的日子，
若不是有了一位神秘公子的幫助，
哪能逃過各種陷害手段？
她有心回報，可他跟自己索要的卻是……

嬌嬌小娘子養成　雀鳥搖身變鳳凰／香拂月

父親是小縣令，生母是柔弱的妾室，嫡母與嫡姊蠻橫凶狠，
使盡下流手段要毀她名聲，指婚、私會外男樣樣來，
她防不勝防，千鈞一髮之際，幸得一位神秘的公子出手相助；
只是天底下真有這麼善心的男人麼？連自家後宅的陰私都幫她料理，
對自己如此好意，她又能回報他什麼呢……

為流浪貓狗加油 和貓寶貝 狗寶貝 廝守終生(一定要終生喔！)的幸福機會

對人來說，貓寶貝狗寶貝只是生活的一部分，但妳（你）對牠們來說，卻是生活的全部，領養前請一定要考慮清楚——

▲ 相親相愛的三姊妹　太妃＆踏雪＆揑揑

性　　別：皆是女生
品　　種：米克斯
年　　紀：皆約七個月大，是同胎
個　　性：穩定乖巧、撒嬌功力高強、親人親貓
特　　徵：太妃及踏雪是三花貓，揑揑是虎斑貓
健康狀況：1.已驅蟲除蚤、已打兩劑預防針
　　　　　2.體型偏小，約2.5公斤
目前住所：新北市新莊區

『太妃＆踏雪＆捏捏』的故事：

中途是在一家貓旅館遇見太妃、踏雪和捏捏的。她長期擔任送養貓咪的中途，偶有忙不過來的時候，便會將其中幾隻送至貓旅館暫住。有天，有位高中女生救援了一隻懷孕的貓媽媽，將其送去貓旅館安胎及安置，沒幾天，貓媽媽就生下太妃、踏雪和捏捏。

然而，這位高中女生較無送養經驗，只能將牠們一直留在貓旅館。中途得知此事，便請貓旅館的店長轉達，她願意將三隻小貓帶回親訓，也很樂意幫牠們找新主人。

中途表示，這三隻是同胎姊妹，感情很好，常會看到牠們互相照顧的畫面；另外，由於牠們從小就接觸人，所以很親人、愛撒嬌，就連睡覺也都愛跟人膩在一起。

中途還特別提到她對太妃、踏雪和捏捏的觀察及感覺。她說，太妃是隻很有趣的貓，一開始是較怕生的，但熟悉後就十分黏人；喜歡跟前跟後，對人的舉動相當感興趣，很適合喜歡跟貓咪零距離的人。而踏雪乖巧懂事，個性穩定，不太會搗蛋，就連剪指甲都很乖，不會掙扎；也完全不怕生，能最快適應新環境。至於捏捏，中途覺得牠很有特色，若跟牠對上眼，就會大聲地請求摸摸，還會從遠處飛奔過來，像是要人「陪玩」（笑）。

中途表示，貓咪的心思細膩，換環境需要時間適應，且壽命可達十幾年，希望能為太妃、踏雪和捏捏找到願意承諾牠們一輩子的好主人！來信請寄toro4418@yahoo.com.tw（劉小姐）。

認養資格：

1. 認養者須年滿20歲，有穩定經濟能力，不管是否跟家人同住，須獲全家人同意。
2. 須同意簽認養寵物切結書、日後追蹤探訪，並提供照片讓中途瞭解貓咪未來的生活環境。
3. 會對待貓咪不離不棄，不會因生病、搬家、結婚、生子、長輩等因素退養。
4. 非必要不可長期關籠，不接受放養；若會遛貓，請告知訓練方式。
5. 為讓中途對您有更深入的瞭解，請先來信「詳介」自己，並提供住家門窗照片，中途會再與您聯繫。

注意事項：

1. 因貓咪們感情很好，認養兩隻為優先；但想為家中貓兒添同伴或認養單隻也都歡迎。
2. 不排斥新手認養，但請先了解、學習養貓的知識（飲食、基本醫療等）。

來信請說明：

a. 個人基本資料：姓名、性別、年齡、家庭狀況、職業與經濟來源等。
b. 想認養太妃、踏雪和捏捏的理由。
c. 過去養寵物的經驗，及簡介一下您的飼養環境。
d. 若未來有結婚、懷孕、出國或搬家等計劃，將如何安置太妃、踏雪和捏捏？

文創風 636

閣老的糟糠妻 1

國家圖書館出版品預行編目資料

閣老的糟糠妻 / 香拂月著. --
初版. -- 臺北市 : 狗屋, 2018.05
冊 ; 公分. --（文創風）
ISBN 978-986-328-865-7（第1冊：平裝）. --

857.7　　107004038

著作者	香拂月
編輯	張蕙芸
校對	黃薇霓　周貝桂
發行所	狗屋出版社有限公司
地址	台北市104中山區龍江路71巷15號1樓
電話	02-2776-5889～0
發行字號	局版台業字845號
法律顧問	蕭雄淋律師
總經銷	知遠文化事業有限公司
電話	02-2664-8800
初版	2018年5月
國際書碼	ISBN-13　978-986-328-865-7

本著作物由北京磨鐵數盟信息技术有限公司授權出版

定價250元

狗屋劃撥帳號：19001626

網址：love.doghouse.com.tw　E-mail：love@doghouse.com.tw